一样的天空

陶然 著

作家出版社

不一样的天空

舒　婷

平时都叫他乃贤，正式场合尊他一声陶然，有求于他时，比方路过香港要他请吃饭，就敛手规规矩矩称他大师兄。

常常忘记他姓涂。虽然他定居香港多年，并且担任《中国旅游》杂志副总编辑，而今兼任《香港作家》总编，却难得听人称他涂先生或者涂总。

涂总兢兢业业，版面上名家荟萃；涂先生不大有钱，因为不炒股票又不识投资加偷税；乃贤是个贤夫良父，帮太太刷碗带儿子上提琴课啦，对朋友也许做不到两肋插刀，插一肋还是肯的；做师兄虽有书必赠，并非有招必教，如此藏私还经常对我生气，板脸不过五分钟，摆摆师兄架子而已；至于陶然，陶然可是香港知名作家，散文、散文诗、小小说、短篇及中长篇小说，一本书接一本书地出版。尤其最近出炉的《一样的天空》就很烫手，竟激活文坛宿将新锐来著文推介，有点好评如潮的声势。

因此，现在跳出来自诩师妹的我，大有高攀的嫌疑啰?

陶然有别于其他香港作家，并非在题材、主题的开拓上多出几招（有多少人写着同样的题材、主题?)，比如移民，他集多年切肤沧桑，轻揭伤疤，其疼痛十指连心；比如商战，虽无直接亲历，凭间接冷眼旁观（常人能有几次身历其境?），居然借演艺圈杯水风波，照几番丑陋的原生态，让人倒抽几口冷气。但设若仅此而已，陶然可能还处于“风情卷”阶段，真诚中带几分稚气。

一个作家的成功，大概是将他的气质优势淋漓尽致到他特有的“领地”，且义无反顾地深耕细作？陶然一入道，就充分挥霍自己的潜质、内质。谦卑、柔弱地“软抵抗”十里洋场，又柔弱谦卑地强化自己的艺术追求。无论散文诗、散文、极短篇、中长小说都自觉或不自觉弥布在一种好似绵里藏针的气息中。根植于心源深处的温暖色调，带着陶氏特有印记，涂抹《一样的天空》，突显出不一样的声部。

这不能不归结作者的“心理功夫”。

从王承澜身上，不难看到他的内向、腼腆，也领会他独善其身的艰难。其缠绵、敏感、优柔寡断乃至婆婆妈妈，紫色的忧郁和丁香的感伤。此番同构性塑造，得益于二者息息相关和天然转换。他的遗传、血脉，有多少丰富填补着主人公脾性，主人公遭际又有多少内接于他的精神、情意。绵细的心理体认，点穴到方玫神经质痛点，成为半睡半醒的“呓语”，触到陈瑞兴骄矜的脉络，则浮现两全其美的世故。且教其他人物气色也多跃然纸上。

陶然笔下的中年情怀既是王承澜的，也是陈瑞兴的，甚至是方玫的。从文则对金钱把持不定甚至羡憎交织；经商又难舍知识分子臭毛病，尽管敛财有道还要满场走着方步；有爱情没有金钱不行，有金钱没爱情还是不行，等金钱和爱情都有了，就要求名分，没有名分的方玫终于远走高飞。

咳，人到中年什么都赔不起，名利、金钱、地位、家庭，唯一可以牺牲的就只有爱情了。

香港如此，经济快速发展的内地如此，不敢说“环球同此凉热”，至少我们之中的王、陈、方比比皆是。陶然逼我们抛弃自艾自怜的感伤，正视无可推诿的自身弱点乃至人性缺陷。由此，让我们面对经济社会的压力、诱惑、损害所造成进退维谷的尴尬，更加平心静气些?

小说以回溯的展开充溢着痴情眷旧，纤弱的感伤特别适合内在化的心灵细语，而剪不断理还乱的缠绵有利于推进意识流动。诚如有些评论所言，陶然的文本风格偏向女性化，我以为正是如此这般细腻委婉坚韧入微的笔触，方能揭开中年知识分子温吞水的表面，进入波澜迭起的内心。

多种独白、情绪化心理体验及条状意识流，构成该小说重要特色。很难给陶然贴上这个流派那个流派的标签，在各领风骚三五天的当代文坛上，陶然不是最前卫的，但是持久。

二十年前，初次见到陶然的不是我，而是我未嫁前的那只老藤椅。他好容易来了鼓浪屿，我却去了河北，擦肩而过跌足不及。这以后，三五年见一面吧，大多是我过境香港，有次还在他家叨扰了一星期。

如今，从我的天空到你的天空，不必再签证了，乃贤。作为写作人，虽是一样的中年情怀，我们却各自驰骋在心灵里那不一样的天空下。

（载于香港《文汇报·文艺》1997年12月14日
北京《中华读书报》1997年12月17日）

舒婷：诗人，中国作协全国委员会主席团委员，福建省文联、作协副主席。

商业语境中的生存独白

——评陶然长篇小说《一样的天空》

吴义勤

在近年来涌入大陆的众多反映香港商界生活的小说中，陶然先生的长篇新作《一样的天空》可谓独树一帜。虽然同是以商场竞争中风诡云谲、变幻莫测的人生景观为题材，同是以揭示香港移民悲欢离合、酸甜苦辣的生存心态为主题，然而《一样的天空》在主题的实现方式上却蹊径独辟，作家对主人公生存困境的勘探不似同类小说重在对感性生存状态的描绘和展示，而是主要借助于一种交织了主人公生存独白、灵魂变奏以及作家对存在的言说等多重话语的独特商业语境的营构来完成，这就使得小说旨在敞开的生存世界呈现为一种话语和“声音”而不是“画面”。正是通过对“声音”的倾听，我们获得了进入和阐释这部小说意义世界的可能。

显然，在小说艺术世界内商业语境和主人公的生存景观是相辅相成的。商业语境既是主人公商业性生存的背景和制约力量，同时也构成了对这种生存的一种阐释。某种意义上说，这个语境本身也正是这部小说的主题和结构核心，是我们理解小说无当超越的梯阶，对它的描述既势在必行也难以回避。我们发现，矗立在小说世界中的商业语境是一个价值观念崩坍了的语境，商业主义的游戏规则是它遵循的基本法律，而金钱和机遇则是它的核心语码。金钱是这个商业世界的统治语汇，它主宰了商业人生的全部风景。这里，文化被扼杀了，“能够赚钱就是英雄好汉，文化拿它干什么”；亲情被泯灭了，陈瑞兴自认“我纵横商场做生意时有一个坚守的原则便是六亲不认”；人性被扭曲了，“在商场上吹牛不用眨眼，不用脸红……我不吃人家，人家必会吃我，既然没有调和余地，我宁可当虎狼，也决不做羔羊”；道德被篡改了，没有是非，没有善恶，也没有了品质和信念，合理的变得荒诞，而荒诞却越发合理，于是“清高”和“志气”显得抽象、空洞，而“虚伪”和“残酷”则显得意义非凡，诚如方玫所言：“人是需要某些适应生存的手法，而某些虚伪，我想便正可使自己不陷于被动甚至被猎获的危险。”金钱的力量是如此巨大的，整个世界事实上已为之黯然失色。至于另一个核心语码“机遇”则可以说是这个商业世界的润滑剂。由于商业式的生存完全遵循游戏规则，一切取决于命运，一切均为偶然，因此主人公人生游戏的成败得失就全凭机遇和运气操纵。正如陈瑞兴所言：“没有机遇，才华也只是奢侈的游戏”，实际上，他本人在商场上的功成名就也正是“凭着一份初生牛犊不怕虎的傻气，一份对富贵荣华向往的勇气，还有一份莫名其妙的运气”。此外，颠覆和消解是这个商业语境的基本运作方式。在这里，传统的生存信仰、价值观念、世界图式和话语系统都已被化解得面目全非。友谊是其颠覆的第一个生存词汇。在商业词典里，友谊是一个陌生的闯入者，是商业法则的天然敌人，因为在商业世界中一切皆唯利是图，“有钱赚就有友情，没钱赚就是无情”，没有永久的朋友，也没有永久的敌人，“友人敌人像走马灯一样叫人眼花缭乱”。置身在这样的语境里友谊自然是走投无路。主人公王承澜和陈瑞兴友谊的变迁可以说是对这种消解命运的一个生动演示。占据《一样的天空》情节中心的是陈瑞兴和王承澜两位朋友的人生经历和现实体验，对他们现实交往和友谊历史的叙述也是这部小说的重要内容。他们本是学生时代的密友，移民香港后也仍是关系非同一般，正如王承澜所言："学生时代的好朋友，最是难忘，即使心在艰难的生活道路中因备受颠簸而变得粗糙起来，但一旦回忆起单纯岁月所结下的纯洁友谊都会顿生柔情"，但小说开始的时候我们发现这种友谊已经受到了商业语境的强烈冲击并濒临危机。陈瑞兴经过多年的钻营已经成为香港屈指可数的大富豪，"70年代他们大陆来香港的人能以我这样的速度迅速膨胀财力的人没有几个"，而王承澜却一直只能在一家报馆里当个小编辑"挨世界"。虽然主观上，陈瑞兴也很珍视这种友谊，但他却无法突破他的商业地位对他的束缚，他对SANDY就说过："承澜以前既是我的知己，一个脑袋都可以交换的朋友。但现在？怕也难说。其实我主观上并不想与他疏远，但人在江湖呀！他有他的圈子，我也有我的圈子，彼此生活范围不同，香港的节奏又那么快，交往自然也少，友情就淡了。"王承澜内心里也极力想把他们的友谊保存得如学生时代那么美好，但自卑自尊的心理矛盾和恶性循环总使他无法做到在与瑞兴的交往中轻松自如。他觉得："唯有自尊尚可以与他的财富相抗衡了，而使得友情处于平等状态。假如我已然没有钱，连自尊也丢失了，那又要摇尾乞怜，甚至沦落为'傍友'？"因此，他甚至连和瑞兴一起吃普通一餐饭也显得拘束。许多的时候，他们相对而坐，却多默默无言。虽然同处"一样的天空"，但两位朋友生存状态、生活方式和生命态度的天壤之别已决定了他们的无法沟通和相处。就陈瑞兴来说，他对商业社会金钱至上的实用主义游戏原则可谓心领神会，因而无论是游戏敌手、周旋情人，还是决策商场、铲除异己，他都得心应手，相反，王承澜则无论在性格和价值观上都显得与这个商业社会格格不入，写电影他遭人暗算，当编辑他被人压制，焦虑、窘迫，捉襟见肘的困境总是陪伴着他。显而易见，在小说的商业语境中陈瑞兴和王承澜这对昔日的朋友完全操持的是两套不同的语码，陈瑞兴是当之无愧的商业话语的信奉者和阐释者，而王承澜则是这种话语的反抗者和失语者，他内心虽然也渴望和抵抗着什么，但他却没有能力对这个世界“发言”。话语的差异可以说也是一种最本质的差异，所谓“话不投机半句多”，他们二人友谊的消逝乃势所必然。而爱情则是商业语境颠覆的第二生存语汇。在《一样的天空》中除了陈瑞兴和王承澜的交往及家庭生活之外，爱情故事也占相当大的比重，爱情心理事实上也是小说旨在揭示的主人公生存心理的重要组成部分。但是“爱情”在这里已经褪去了它传统意义上的诗意光环，而是以一种悲剧形态呈现在这个商业语境内。在这个笑贫不笑娼的商业社会里，“英雄莫问出处，只要腰缠万贯，到时自然会有许多人唱颂歌”，“有钱可以打情骂俏得毫无束缚”。正因为如此，郑乾坤、柴世方之流才可以放肆地玩弄女性，进行钱色交易，如陈瑞兴想象郑乾坤和方玫关系时所言：“钱哦，谁不知道钱的可爱。明知他只不过逢场作戏，不会投入真情，那也顾不得了，反正从头到尾是一场交易，你出钱我献身。”即使在“商场永不言退”的陈瑞兴也在欲望的支配下冷落妻子美若，而迷失在与SANDY和方玫的私情偷欢中，“我不知道我追求的是什么”。而他和方玫的“爱情”在方玫眼中也无异于一场“游戏”。“我对他有戒心，也相信他对我一样有戒心。我们在某些方面互相吸引，但却并非全心投入，彼此小心翼翼地合演走爱情钢绳。”如果说陈瑞兴和美若的爱情病变展示了金钱对于爱情腐蚀性的一面的话，那么王承澜和芝兰的爱情蜕化则从反面证明了金钱对于爱情不可或缺的重要性。虽然，王承澜和芝兰曾有过美好的爱情回忆，也有过恩爱和美好的婚姻生活，但在商业语境的压迫之下，他们的爱情就一步步被扭曲变形了。不仅心中的热情消逝殆尽，而且爱人的形象在彼此心目中也已是面目全非。芝兰婚前喜欢的是王承澜的老成持重，觉得他成熟可靠，嫁他之后却发觉“他的这个长处慢慢变成了致命的弱点”。在日益隔膜和陌生的生活中，他们只能眼睁睁地目睹爱情之花的枯萎、凋谢而无能为力。正如芝兰所分析的：“没有面包爱情也不便于生存”，“当两性间的神秘感消逝，当金钱的重要性赤裸裸地凸现出来，想要永远热恋下去，谈何容易”。并且，在这个商业语境中，我们还发现，爱情在许多时候已经异化为一种生存手段，在瑞兴眼中“做生意和做其他很多事情一样，美女绝对占便宜”，而“美人计更是商场的撒手锏。英雄难过美人关，即使明知美人身后有伏兵，男子汉却偏无法回避，即使是刀山火海，也是闭眼硬闯过去再说，至于是祸是福，早已不在话下，只是为了片刻的贪欢”。显而易见，方玫和陈瑞兴的“爱情”就明显地烙上了这种商业化的印痕。

然而，对《一样的天空》来说，其商业语境不仅在主题的实现方式上具有超越性，而且这种语境以独白和独白中的回忆为主的营构方式也给小说的文体形态带来了革命性的影响。由于小说旨在突出主人公在商业语境中所发的“多音齐鸣”的灵魂独白，因此，整部小说的情节和结构也就被打上了“独白”的印记，从而呈现出心理化和情绪化的色彩。显然就情节线索而言，《一样的天空》有过去的“回忆”和现在的“独白”两条线索，但情节的演进和时空的变化在小说表层则毫无痕迹。小说呈现在读者视野中只是主人公言说“独白”的静态画面，很难发现情节的动作性和画面性。小说也没有表层的时空切换，这一切都内化在主人公的“意识独白”里。“现在”是小说的基本时态，“独白”在现在时态进行，而在现在时的“独白”中“过去”的回忆开始涌现、切入。可以说，在《一样的天空》中“过去”时空是孕育、包融在“现在”时空之内的。不但王承澜、陈瑞兴的生活史在“独白”中被呈现，就是柴世方、大亨新、方玫等主人公的人生经历也都是在“独白”中通过“意识的回眸”而展示的。正因为如此，这部小说的故事和情节都经由主人公心理情绪的浸染而呈现出心理体验的色彩，这样，现实世界被替换为心理世界，小说的自我阐释性也随之而来，故事的原生态也从而具有了某种阐释性。与此同时，小说的结构也完全遵循心理的逻辑，纷繁的生活场景、众多的人物、变幻的时间和空间都脱离了现实原则的支配。“现在”的故事发展缓慢，情节似乎被冻结了，而“过去”的故事则频繁曝光不断穿插闪现。显然，操纵它们的出现和隐匿的都是主人公意识的流动和情绪的起伏，这不仅带来了小说结构的自由和弹性，也更赋予小说叙述上的生动活泼。

作为一部以营构商业语境为主的独白体小说，《一样的天空》在叙述视角上也呈现出风格，这就是叙事者的主人公化。在现代小说中叙事视点显得非常重要，它不是作为一种传递情节给读者的附属物后加上去的，相反，正是叙事视点创造了兴趣、冲突、悬念，乃至情节本身。通常的叙事视点有第一人称和第三人称两种，第一人称有利于坦露自我的内心世界，但他却无法进入他人的心理；第三人称属于全知叙事，它可以叙述一切，也可以自由进入别人的内心，但这种视点给人以不真实感。《一样的天空》采用第一人称为主的视点但同时也插入了第三人称视点，这就是第21章、23章对陈瑞兴、方玫、王承澜、SANDY四人海边相遇的戏剧场景的叙述。这种在第一人称独白中插入两章第三人称叙事的方法不仅造成了小说叙述上的变幻之美，同时也有利于推动小说情节的发展和结构的变化，可以说是艺术上一举两得的事情。

仅就第一人称而言，这部小说也不同于传统的第一人称小说，它有效地克服了第一人称无法进入他人内心叙事局限，通过使所有主人公都充当叙述人的方法，小说赋予了第一人称视角的多重性和变调性。《一样的天空》能充分、深刻地坦露和揭示众多主人公的生存心态和灵魂波纹显然正是与这种叙述者和主人公的一体化分不开。这样的叙述方式一方面使小说描绘的生存图景以心理体验的方式呈现，从而加深了小说的心理内涵，另一方面也使小说的心理内涵更具有真实性。在小说中，陈瑞兴骄傲而又自矜，王承澜既自卑而又自尊，方玫刚强而又脆弱，SANDY似爱非爱似恨非恨的矛盾心理之所以能得到如此淋漓尽致的表现，事实上也很大程度上得力于主人公们主动的自我“独白”和倾听。而对读者而言，这种独白和倾诉又营造了一个真实的对话情境，每个主人公都以各自的声音敞开了他们的心理世界并对我们发出了心灵的召唤。如此，阅读变成了一次真正的倾听，在倾听中我们完成了对主人公生存本质的拷问和阐释，完成了对小说商业语境的真正进入和对话。海德格尔就说过，倾听和对话是一种真正的哲学境界，这种境界的获得也是《一样的天空》艺术成就和艺术魅力的体现和证明，它使这部小说本质上和那些以感性描写刺激读者猎奇心理的通俗小说区别了开来。

1994年酷暑于扬州

（载于沈阳《当代作家评论》双月刊1994年第10期）

吴义勤，文学评论家，现为中国现代文学馆常务副馆长。

寂寞之舞的陶然

陈瑞琳

世上人多，大多会忘却。但是就有某一个时刻，偏偏会记住一个人。那个人就烙在记忆里，时不时地想起，甚至思维忽然就有些停顿，然后想看看窗外，真好，与这样的一种人活在同一时代。

那是2006年的7月，天气却有些凉飕飕，因为是在吉林的长春。一群（至少有一百多人吧）非要研究中国大陆以外汉语文学的人正聚集在一起，召开第十四届世界华文文学国际学术研讨会。代表们都住在郊外，感觉人烟稀少，迎面遇到的表情多是行色匆匆。

记得是午后，我从宾馆的饭厅踱步走过一楼前，忽见三两人垂头陪着一人，主要是那一人蹲在台阶上，姿势很不寻常。走近看发现是香港来的陶然。陶先生的脸很有些白，让他本来就不红润的面色又多了青黄，眼睛也比平日更加地深陷，嘴角却努力地扯出笑容告诉我是他的肠胃出了状况。我心里叫苦，看他本来就不壮实，而这种病最好的疗法就是空腹，岂不让他消瘦更快。那个下午，什么的报告都没听清楚，脑子里一直在联想：陶先生一定是水土不服了，估计是这东北的粗野菜肴闹的，陶先生祖籍印尼，如今在香江之畔，胃里面怕是习惯了精致的小茶点，这长春人的大盆子大碗怕是让他消受不了。

翌日，大家要作鸟兽散。我却蓦然看见陶先生正端坐在一辆要去长白山天池的大巴士上，心里顿时大惊，很是为他担心。转念想他可能是一个很顽强的人，不到天池非好汉。不过，我心里面还是很后悔送了他一本新出版的《横看成岭侧成峰》，小书虽不厚，但旅行的人多一张纸都累，何况他要上天池。

过了很多年后，那长春会上所有的记忆都模糊了，但是我却总能想起陶然。他的因为肠胃的不适而有些抑制的痛苦表情就不断地出现在脑海里，干脆就是挥之不去。那表情在我看来好像就是他与这个世界的关系，而不是食物与胃的关系。他的身体似乎总在面对着某种悖逆和挑战，但他的嘴角依然能够留给这世界足够的笑容。我们后来的见面多起来，但是我还是忘不掉他在长春的面容，竟成为永远的定格。

说起来，健康壮硕的人虽是让人羡慕的，但写作人的精血多用于心，好的身子骨就颇不易。记得平凹先生就说过他病的时候形象的思维才异常地活跃。此外，内心强大的人性格上多内向，言语也容易讷拙，这些正是陶然。舒荣大姐的文章里写陶然是“儒雅文静、少言寡语、笑微微的腼腆”，还真是精妙。尤其是那个“笑微微”，一展他对这个世界敬畏的关怀和宽怀。他自己曾说：“陶然二字本身含有陶然快乐的意思，我并不是一个快乐的人，但我希望自己是。”

一个好人内心的强大主要是来源于他心中与生俱来的大爱。在陶然的心里，显然蕴藏着很多爱。只是他把这爱一层一层地分给了三处：一层是这个世界，一层是这个世界的人，一层是这个世界的文学。在我看来，一个真正爱世界的人，才能看到这个世界最深处的黑暗。所以在陶然身上，明显地融合着温暖灵秀与阴郁愤激这两种截然不同的气质。

喜欢那句话："用文字打败时间。"关于陶然，我倒是觉得他是在用文字完成他所有的爱恋。诗人，散文家，小说家，编者！这么多的身份，需要的是一种怎样强大的力量，需要储存多少不同寻常的"爱"。这种爱不因环境而改变，不因年龄而消减，正如他喜欢的那句雨果的诗："你没有那么多的死灰能扑灭我的灵火，你没有那么深的遗忘能吞没我的爱情。"

通常一个顺遂的人，爱的力量反而脆弱。另外的一个奇妙结论则是一个具有太多爱的人与这世界的关系又常常是紧张的。所以说，一个好的作家，其实是与这个世界格格不入的，也可以说就是永远地"水土不服"。但是陶然的心里有足够的爱，让他对这世界不厌不弃。无论漂泊与苍凉，都如东坡的诗："一蓑烟雨任平生。"

陶然，在上个世纪中叶的红色风暴中从南洋来到凛冽的北京，最后又在大时代的无奈中移植到香港，这期间的人生经历何止是失落与失望？对此，吴义勤先生有这样精彩的概括：陶然的"前朝是对北京的那种政治的无情，后朝又是要面对香港商业社会的无情"。陶然，这个注定了生命轨道总是逆行的人，唯有文字才能最终化解他生命之躯的切肤之痛。

话说陶然，就不能不说香港的文学。

当下的中国文学，正有两个"异数"，一个是台湾的文学，另一个就是香港的文学。这两个地方跟中国大陆很不一样，因为不一样，从而具有了文化参照的意义。台湾，在经历过西风洗礼之后，在螺旋上升的意义上保存了中华文化。香港，在经历了殖民时代之后更多地靠近了物质的西方。正因为此，很多人以为香港的传统文化有缺失，其实不然。香港的文化表面上看起来不中不西，这正是它的奇妙所在，妙就妙在它什么都能存在。

记得黄万华教授就说过，香港文学的特征是一个“杂”字，而且是“混杂”中的“丰厚”。我想，他说的“杂”，就是包容，左的、右的，中的、西的，新的、旧的，雅的、俗的，乡村的、城市的，现代的、传统的，本土的、外来的，殖民的、反殖民的，等等。但这些彼此的特征界限又都是模糊交错的，并不成流派。所以归根起来，香港的作家是更看重自己的个性，如同斑斓多彩的“沙拉”，谁都不同，各有各的颜色。

1999年，我去香港，虽然只有三天，感受却非常深。第一天走到尖沙咀，远远看见垂下来的巨大条幅，是一个云集世界大师的画展。小小香港，却一直在追寻着文化上的尖端。再看它的文坛，表面看来是“杂”，其实也是各家的极致。仅仅说我喜欢的女作家，言情的有亦舒，商场的有梁凤仪，闺秀的有林燕妮，影视的有李碧华，真是个个都站在尖端上。更不要说举世无双的武侠金庸，以及那笔力千钧的散文大师董桥。

不过，相对于中国文学的洪流巨波，香港的文学还是感觉“轻”了一些，这“轻”的另一种说法就是不够“沉重”。或许是因为土地本身的狭小？或是因为人与人的距离太近？总之，在香港的文坛上执着于现实主义批判（不是批判现实主义）的小说家数目上的确有些少，至今亦未能形成创作主体的大格局。早年有老作家刘以鬯等开荒耕耘，但步其后尘者实乃寥寥。于是，在这样的空山峡谷之中，我们看见了女作家西西如侠女般的独行，又看见香江之畔三十多年一直在寂寞之舞的陶然。

面对“香港文学”的“多元共存”（袁勇麟语），陶然的存在显然也是一个特异。无论是他早期的“移民故事”，还是他后来的“香港故事”，无论是他作为“外来”的作家，还是作为香港文坛现实主义流派的火炬传人，他的创作，在宏观的意义上为香港文学注入了现实批判的价值潮流，微观的意义上则是提供了关于人性奥秘的精神思考，即刘俊先生所概括的“现实批判”和“人性表现”。而我更以为在陶然的作品中，现实的层面其实只是一个载体，陶然小说的深层价值则在于他对人性奥秘的重要发现，而不仅仅是“表现”。

陶然，这个本名叫涂乃贤的广东人，出生在印度尼西亚的万隆，毕业于北京师范大学中国语言文学系，1973年移居香港。他已经出版的小说作品计有《追寻》、《与你同行》、《一样的天空》、《旋转舞台》、《平安夜》、《蜜月》、《红颜》、《心潮》、《岁月如歌》、《连环套》、《窥》等等。其中，长篇力作《与你同行》(1991) 和《一样的天空》(1992)，归根起来，表达的都是他身心放逐的精神痛苦。

早先读到陶然的长篇《与你同行》。这简朴的书名，感觉就是非你莫属、为你而活的至情至性，读进去真就是一个这样的故事。小说里的华侨子弟范烟桥从香港去北京参加母校校庆，最想见的真就是当年的青葱恋人。这小说我一直看到结尾，那个叫章倩柳的女子终于还是没有出现。评论界都说这小说表现了时代风云对普通人命运的影响和冲击，其实却不尽然。人生原本就是一个失落的过程，在哲学的意义上，失落其实比失望要美好。还有，人的生命只有在年轻的时候负过情伤，才会真正成熟起来。《与你同行》的更深含义是在给我们看两个经历风霜的苹果，一个正在远去，一个由青涩变为酡红。

陶然在1996年创作的《一样的天空》，题目就很意味深长。所谓“一样”，其实是不一样。如作者在扉页中写道：“书中的三位主人公毕业于北京同一所大学，先后来香港谋生。十年后，在一样的天空下，却展现了不一样的人生：陈瑞兴从打工仔变为商界富豪，王承澜仍是靠笔度年的寒士，而当年大名鼎鼎的红卫兵首领方玫却做了陈瑞兴的情妇……”但是，小说中的这一辈南来移民的甜酸苦辣，故事很激烈，在陶然的笔下，却是写得相当节制。他的本事就是把再深的痛苦也能处理成行云流水，仿佛是跳出了万丈红尘，然后悲天悯人地娓娓道来。

近来读到他的《天外歌声哼出的泪滴》，这个中短篇集不仅嚼起来有生活的劲道，而且因为洞幽人心，咸腥的味道之外更有诗学的境界。王鼎钧先生把陶然的这批创作绝妙地概括为“压力文学”，称他的这些故事是“压力下的完卵”，比如那个《身份确认》里的倒霉女人，《旋转舞台》里的歌星，《碧玉岩》里的诗人，《连环套》里的一群男女等等，告诉人们活着就是战场，也即情场，所有的人都在欲望的陷阱里厮杀。

说到“诗学”，陶然在《天外歌声哼出的泪滴》里借着紫霞说出了一段话：“人在本质上都是寂寞的。你没有办法解决别人的寂寞，别人也没有办法解决你的寂寞。所有的寂寞，归根结底，还是要靠你自己去面对去解决。”小说中的男主人公萧宏盛的寂寞其实就是“人”的寂寞，“他只是独来独往的匆匆过客，没有回头的望眼，也没有送别的挥手”。他的分不清是离别还是告别，是逃离还是挂念，最后只有在“天外的歌声”里，让人间的一切远去。这个境界让我想到一个哲言：当一个人的生命将要结束的时候，他不是害怕死亡，而是问自己究竟是否真正地爱过。还有一个意味深长的故事，是一个年轻人问着一个老人：“你都这么大年纪了，还会想到爱吗？”老人在拨着一堆燃尽的灰，说：“你看！”那灰烬的里面竟还是红的，吹一下，依然热浪烫人。年轻人明白了！

在陶然的小说中我特别痴迷的是那篇《碧玉岩》，里面的故事，用鼎公的话：“此情此境，在任何小说中都会发生一些激烈的动作，这里却什么也没发生。”但字里行间却处处充满了“性爱”的张力。这小说表达的主题不是“爱情”，而是“暧昧”。

“暧昧”其实是一个很重要的美学概念，这是一个不明确的精神境界，是一个可以向往可以探索可以等待的世界，这个世界在“知”与“不知”之间，所以是一个充满感觉的世界！这样的一种暧昧情怀，高就高在它是“形而上”的，是属于“人”所特有的一种诗意的本质。可惜这种“人”的诗意本质在现在的人间已经越来越淡化，“人”的行为方式更接近“动物界”的目标与快捷。这让我想起了莫言的一段话：“交通的便捷使人们失去了旅游的快乐，通讯的快捷使人们失去了通信的幸福，食物的过剩使人们失去了吃的滋味，性的易得使人们失去恋爱的能力。”《碧玉岩》的意义，就是想告诉我们爱是一种感觉，是一种能力。

陶然的小说，从整体上看，虽说融汇了移民、商战、情爱等等诸多的香港文学的基本要素，但却不是“香港的文学”所能概括。他的作品，其中深厚的历史背景，共和国的世纪风雨，更有对现代城市商业文化的本质揭露与批判，都具有着超越性的意义。他是“入”香港的，又是“出”香港的，犹如“入世”与“出世”的共存。他要写的人，既是“香港人”，又不是“香港人”。所以，我并不认为香港的作家就一定要写香港，如同莫言要写高密、贾平凹写商州、陈忠实写关中、王安忆写上海，一个作家跟自己的土地太亲近，也会浑浊了他原本高远的天空。文学与生活的关系应该是一种“距离”的艺术，能“入”再“出”，香港才会诞生真正扛鼎的作家。

陶然小说的“入”，是他以“香港的故事”为体。谈到“出”，则是他最终的诉说升腾到了人的无奈和困境。这种无奈，有现实的逼迫，有人性的桎梏，更有理想的光芒。如果说陶然的小说还有不足，在我是觉得他的想象力喷发还不够，缺少一种天马行空的大气概。对此，我们并不能给以翘首的期盼，因为任何一种特质，都有辩证的两极，深度可以有力度，但肯定要失去它的某种宽阔。

这些年，我是先被陶然的散文吸引，之后才进入到他的小说世界。在散文的世界里，陶然是在耐心而谦和地讲意味深长的道理，他的小说，却是向这个世界吐露并诉说着自己内心的秘密与呼唤。关于他的散文，那是另一个沉重的题目，里面所蕴藏的精致温和的气息，常常将我熏染如醉。陶然在小说里不能明白说出的话多在散文中说出来，他的抚掌叹息，他的漂泊之痛，他的风物感伤，他的历史咏叹，现实暗恋，统统都流泻在他的笔端。

任何一个地方的文学都会有两种风景，一种是本地人的风景，一种是外来者的风景，文坛亦然。正是因为有这两种风景的交相辉映，文坛才如活水般充满生机。香港的文坛，正如陶然主编的那份自1985年创刊的《香港文学》，琳琅繁华之中，始终有一脉来自地心的清流，顽强地流淌着，慷慨地滋润着，默默地指向远方。

（刊于《香港文学》，2012年12月号）

北往南来漂离笔——陶然

廖伟棠

“南来作家这个名字现在简直带点原罪的意思。”陶然皱眉说道。

香港文坛中提到“南来作家”(即从内地来港的作家),莫名总带点贬义,似乎总不如“土生土长”来得响亮,而且这个名字下面笼罩了一大群不同风格、水平的人,率为武断。与陶然见面,刚坐下他就说:“南来作家这个称呼其实我一直不是很认同。”——即使中港研究者都这么定义他,有的还把他作为南来作家的代表,即使他已经来港三十八年。但无论是内地文学史书写的热衷关注,还是本地读者的有意无意忽略,陶然那一代南来或南迁作家,他们的作品和他们的经历都是其时代的另一种脚注。

相对于“南来”,我更感兴趣的是他的“北往”,他最初是从印尼去的北京,才又从北京来的香港,如此南来北往,决定了他的作品中的流离之味。虽然说话还带着一点点口音,陶然其实原籍广东,但他在印度尼西亚的万隆市出生长大,四十年代到五十年代,一如我们所知的彼时华侨知识家庭,他和他的家庭都被卷入历史的诸多误会的波澜之中……

陶然的外祖父据说四十年代在雅加达亲国民党报纸《天声日报》任社长，五十年代到香港，遂被统战回国，结果回国一年就因为土改被斗，在拘留所内含冤自杀。但这件事没有影响其后十年在万隆的左派学校学习的少年陶然，他相信国家在变好，每天收听中央人民广播电台、阅读《人民画报》，学得流利的普通话，并且耽读《青春之歌》、《林海雪原》等从万里之外漂流至此的革命文学。终于1960年的一天，他的母亲无奈地对他说："既然你这么爱国，你就回国读书去吧！"母亲并不认同共产党，她的考虑，当然还有印尼日益高涨的排华气氛，少年陶然尚未了然日后的恐怖，只是为能够回国建设而兴高采烈。

印尼风情没有给陶然日后的创作留下太大影响，他的心一早飞到北方去了。陶然和哥哥、两个姐姐来到广州，哥哥因为超龄留下在广州务工，陶然和姐姐因为对广州的失望和对北京的向往，坚决要求赴京。"广州码头飘满万国旗——都是市民晾晒的衣服。在街上问路竟被随意指点到反方向，在巴士上说下车，售票员呵斥应该说落车（粤语）！"敲锣打鼓被欢迎的华侨子弟，进入广州市内遭遇了一片混乱，这落差至今说起仍然觉得不可思议。

坐了三天三夜火车，胆粗粗的陶然来到几乎举目无亲的北京，就读于天安门旁边的北京六中——清朝的吴三桂马房，天子脚下却好不逍遥。"相对于广州的破落，北京的建筑虽然也灰，但气派大多了，大马路大建筑，印尼也完全见不到。北京的文化素质更是比广州高很多。"

但政治气氛北京也浓厚得多，书迷陶然发现找不到太多想看的书，"顶多是杨朔、刘白羽等官方作家作品，解放前作家只有鲁迅的书，连钱钟书都没有，甚至《红与黑》都看不到。"他对看不到《红与黑》耿耿于怀，"十九世纪的浪漫小说，不过因为故事中于连和市长夫人的私情而被害怕有负面作用，成为禁书。"

“那时只好拼命去看电影，都是社会主义电影，当时还是困难时期，物质上吃不饱，精神上也饥渴。”他的一个同学饿到去公园偷榆树叶吃，结果被斗。华侨子弟也不敢让海外寄东西，否则会被当作资产阶级。全靠一个香港来的同学，总是偷偷叫上陶然等去全聚德吃烤鸭，“他认识那厨房师傅，一进门人家就知道他要吃什么，只是吃完他就一再叮嘱我们千万别说出去。”

上了北京师范大学，遭遇了“文革”，陶然因为特殊的身份一直“被迫”成为“逍遥派”，因为没有红卫兵组织要华侨子弟。唯一参与了1966年的串联，是沙捞越矿工子弟组织的“赤卫队”——可以说是“红卫兵”的山寨版，从北京到武汉到广州、泉州，纵贯下来等于免费旅游。后来一个红卫兵组织接纳了他，他也只有在别人贴大字报的时候拎浆糊的资格，连大字报都没有写过。

因为逍遥，更可以看书，他和几个同学“占领”了一间空置的女生宿舍，天天躲在里面看书。“能看的书都看了，六八年的时候有一个神秘的同学来跟我说可以提供禁书给我看，条件是要用海外寄来的日本立体照片来换。他带我去中国书店的秘密书库买十八、九世纪外国的小说，充满了诱惑。”立体照片和禁书，诱惑对于不同的人是不同的，陶然选择了后者。

也是那个时候，他认识了影响其一生的人：著名诗人蔡其矫。“当时崇拜诗人，五十年代初蔡其矫曾在文学讲习所教小说，六十年代被下放，一个认识他的同学介绍了我们认识，于是开始通信。”其实当时明知蔡其矫已经被“打倒”，青年陶然还是坚持与他通信谈文学，这通信持续了几十年，累积数百封，直到前几年蔡其矫逝世。对陶然影响最大的是七十年代初的一封信，蔡其矫说：“你是学文学的，为什么不拿起你的笔？我非常反感现在社会流行的文学无用论，要是换了我，即使烧成灰也要写。”在他的鼓励下，陶然开始写作。

1972年分配，大学生面向农村，分配并不公平，和工宣队天天喝酒的人就可以留在北京，这点令陶然很气愤。他被分到陌生的江西，父亲从印尼来信要他回印尼，其实当时他也对北京的政治现实清醒，“留在大陆肯定没有希望，你的出身已经成为你的原罪。”但他走之前做出了一个非常大胆的举动，他不辞而别跑去新疆探望被分配到那里的女友，校方因此对他进行了缺席的批判。这一段乱世中的爱情故事，曾化身出现在陶然日后最重要的一部长篇小说《与你同行》中，而新疆，也因此成为他日后无数篇散文的主题，不但象征了青春的绝望爱情，也象征了青春不顾一切的自由。

1973年2月陶然获批香港通行证，但拖到9月才来港。全因为不舍，新疆的女友又赶回北京和他惜别。政治对爱情的压力凡人又如何化解，“在这批判斗争的世界里，每个人都要学习保护自己。”罗大佑《爱人同志》唱的绝对真实，爱情中甚至要学习保护对方，“总之很凄惨，当时的感觉……她是干部家庭出身，家人对海外关系非常敏感……在当时环境下，也可以理解吧。”

陶然来到香港，却不能回印尼，因为印尼早就规定不欢迎去过共产国家的人回流，他在离开之时已经按手印宣誓接受这个规定。于是他只好滞留香港，“从高度政治化的北京来到高度商业化的香港，落差太大了，人情淡薄马上感到。”当时香港深陷全球的能源危机，九点之后霓虹全灭，市面萧条。大学毕业的陶然去观塘应聘做杂工，竟也因为不懂广东话被歧视——“步出工厂后，听到后面那个工头说：车！广东话都唔识仲想做工！”他觉得很辛酸，“我好歹也是个大学毕业生，要求并不高，不过是想当一个最低的杂工而已。”日后他的小说，充满了那些因为身份歧视而被侮辱被伤害的人，不能说和这些实际的经历无关。

当时陶然失业的生活，就如他的老朋友古剑的描述，颇有些离奇："陶然还多少有海外的接济，'坚持'失业了两年，去夜校补习英文。那时教育也腐败，竟有语文教师懒到登报请人批改作文，眉批、批语，每班作文总评，一样不少，每本一元钱。"——陶然说没有这么多，一本也就两毫子到五毫子。

这样的生活方便了写作，1974年《周末报》刊登了他的小说处女作《冬夜》，"叙述上受到海明威《杀人者》的影响，内容灵感则来自在一家餐厅意外遇见六中同学罗烈——他已经是当时香港著名的武打明星，所谓天下第一拳，我不敢与他相认，小说就写了这种心情。"和很多南来作家不同，陶然来港的第一篇小说就直接写作香港题材，而不是大陆的回忆。

"因为文学的关系，认识了后来的好友古剑，我还记得有一个晚上我和他在铜锣湾穷极无聊，荡秋千后闲逛，经过豪华戏院看见一个乞丐，我不禁对古剑说：将来我们不知道会不会变成这样呢——"陶然回忆起这段日子还是唏嘘，这就是七十年代大陆来港的青年知识分子的普遍困境。幸好1975年古剑进入《体育周报》，"有一天在墙角边看到不少应征信，我好奇拿来翻看。里面竟有陶然的，那时他署名梅傲霜(?)。此时正好有人辞职，就向老板推荐，他就这样成了同事，与叶辉三人撑起《体育周报》。"古剑回忆里这么说，陶然补充了细节，也是活灵活现，"叶辉和古剑，加上一个叫阿球的清洁工人天天下棋，下得昏天黑地。我在旁边写稿写到七八点钟就走，他们还在下棋。"

蔡其矫依然是陶然的良师，继续和他通信，并且鼓励他坚持写作、尽力融入香港社会。七十年代香港文化也颇激荡，但陶然的性格和身份决定他没有认识更多的同道人，诸多文学杂志、文社好像也和他无关。比如说：蔡其矫介绍他去结识舒巷城，他就写信托《七十年代》转交，与舒巷城通信许久、获得前辈许多指点，但是始终没有勇气见面，直到新加坡作家林臻来港，在林臻的“强迫”下两人才得以会面。后来陶然做时代出版公司编辑、中新社编辑，一直到《香港文学》编辑、主编，他才广交文友，并且成为很多年轻作家的提携者。

作为这样一个南来北往作家，陶然和其他南来作家最大的不同，是我最关注的问题。陶然坦然道出：“许多所谓南来作家，他们对文学谈不上献身，只是利用文学进行交游，他们的名片上一大堆头衔，作品却贫乏欠缺，这形成了大众对南来作家的负面印象，这令我觉得很凄凉——南来作家本来并非如此的，却被他们败坏至此。”至于不同，“我出生于印尼，去北京又来香港，漂离是我的主题，家乡对我没意义，人生被切割成三点。”这是命运的簸弄，也是命运的礼物吧。

经过了几十年，陶然对香港的感情也慢慢转变，开始对香港有了一些认同，“刚来香港对那种商业社会的人情冷漠不能理解，现在仍然不能理解。正如北岛所说：金钱在很多西方国家都是一个衡量标准，但不是唯一标准，但香港很奇怪，钱成了唯一标准。我依然觉得资本主义社会是灭绝人性的，但慢慢融入香港的市民社会，觉得香港普通人的危机感可以理解，赚钱只为害怕老年时没有保障，这并非自私，只是没有安全感。”

“我有时会想，倘若太寂寞，倘若喧嚣的市声卷走了真诚的歌声，也许你和我也可以在这古老的地方找到一点安慰。”这是陶然写回音壁的一段散文，也像是说的文学本身，文学曾经这样安慰过一个无奈漂离的青年，他亦想尽量安慰其他社会漩涡中的男女。这些朴素的情感，也是陶然作品中可贵的，也许他藉此超越了早年命运的戏剧性。

（刊于《明报周刊》，2011年5月28日）

一

推开那玻璃门，坐在柜台后面的小姐远远望到我，便娇声问道："请问有什么事可以帮到你？"

找陈瑞兴先生，我说，我姓王。

"哦，约了时间吗？"她瞟了我一眼。

当然约了，我说。心里暗想，你以为我白撞？

"请你坐一会儿。"她客气地把右手一摆，指向左前侧的沙发，不等我坐下，她已经拨了内线电话。

距离不太近，我听不清她说些什么，但她很快就放下电话筒，望着我说："请你等等，好吗？陈先生马上就有空了。"

她第一次现出笑容，倒也很可爱。

坐就坐吧，反正等人的滋味，也不是没有尝过。我呼了一口气，但觉有些百无聊赖，眼睛便随意徜徉。那小姐身后，墙上凸出几个金色的大字："龙雄（集团）有限公司"，而在她的右前侧，则立着真人一般大的棕黑色木雕"福、禄、寿"三星。价钱不会便宜吧？不过，这是意头，做生意嘛，哪能不由它们"把门"？钱？在他眼里，不在话下。

那个冬天周末晚上他心血来潮，忽地派车子接我上他那中环半山区的巨宅，便让我有些吃惊，六千多平方尺的面积，只有他们夫妇和一个女儿住，我坐在那空荡荡的大客厅，顿时有凄清孤寂的感觉。

“曼莉呢？”我问。

“她？”美若笑了笑，“她跟同学出去看电影。”

不知为什么，我觉得她的笑容在灿烂中隐藏着一点苦涩的味道。却又听得瑞兴补了一句：“平时也很少见到她，除了大家一起吃晚饭。”

也真不明白他们，三个人罢了，要住那么大干吗？就算是他们在美国留学的儿子云生回港度假，也不用这么夸张。我踏进门来的时候，一时便有分不清东南西北的感觉，假如不是他们带路，我也不知道应该怎么走。

他们夫妇住在客厅的东面，曼莉住在客厅的西面，都各自形成一个格局。出门都有各自的出处，哪须碰头碰面？连那几个菲佣，除了我刚坐下时端了三杯咖啡进来之外，便不见踪影了。住在这大屋里，舒服当然是很舒服，但却好像是酒店一样，没有一点家庭的气氛。在我的眼中，家不必要那么大，却要有挤来挤去的热闹。他那主人房的洗手间，便大到好像我整间屋子那么大，连水龙头也是包金的。我有点不明白，他却笑着说：“大？马马虎虎啦，我每天早上就在厕所里看报纸，不宽敞还行？”

在厕所看报纸，果然气派。

也许这就是所谓的“级数”吧！他说过，住在什么地方，便代表本身的身份，既然是身份象征，岂可马虎？这么看来，他买下这周围风凉水冷、空气清新的住家，还有世俗眼光的考虑，可以理解。

那时他还住在太古城，他请从北京来港做短期访问的母校副校长吃晚饭，叫我作陪。吃完后，他要我与他乘他那“平治”车同行。美若兴致很高，叫司机兜到北角半山区看看。车子从铜锣湾东行，拐到几处有名的高尚住宅区，但他都摇了摇头，说：“不行。”

司机附和着：“是啊，老板你现在的身份，这些地方都不够级数。”

美若抢着说："对了，搬到这里，还不如太古城，又大又方便。"

我转头问瑞兴："你又要搬家？"

"是啊，在商场来往，很在乎身份。"他微微一笑，"到了我现在这个位子，不能让别人小看了。"

这就是富豪生活吧？在我看来，他在太古城的家，已经很不错，但他却认为还是CHEAP，可见在这世界上，人与人是多么的不同。

当车子驶向筲箕湾我家时，美若忽地说："十多年了，当年你家里帮你买屋子时，我们还踎在新界，没想到现在你还是住在这里，我们却搬了好多次。"

应该说是越搬越好，越住越大。我是看着你们发起来的。我的脸蓦地发热，只好讪讪地答道："兄弟不长进，惭愧惭愧。"

"可惜你的性格不外向，不然的话，我可以拉你做生意，保证一本万利！"瑞兴很快接口。

"是啊是啊，你太老实，不可以做生意。"美若笑。

可不，当初手握十五万港币，瑞兴就劝我："你不如只还首期，买它四五间，稍后再抛出，不就赚了？"

但我不敢。那是父母的血汗钱，万一楼价下跌，连自己住的屋子也没有了，那该怎么交代？

谁能料到地产步步升高？便是我住的这房子，比我十五年前买进的时候，已经涨了十倍。人家谈起，便以无限羡慕的口气说："哗！你大赚了一笔……"其实，自己住的，有什么赚不赚？十万元和一千万元也都一样，我又不能把房子卖了，没了房子，我住哪儿？所谓赚钱，只不过是阿Q式的自我安慰罢了。

"要是当年你听我的，你现在就有几间屋子抓在手里。"瑞兴说。

"没办法，不是我的钱，不进我的口袋。"我苦笑。

"可惜那个时候我没钱，不然的话我一定那样做。"瑞兴把头靠在后座上，"这个世界就是要搏一搏嘛，你不搏，怎么会有机会？"

"不是我自己赚来的钱始终不够胆。"我心里有点不忿，"万一……"

“我明白。”他望了我一眼，“不过这才叫做生意，假如安安稳稳，保证赚钱，那就显不出本事了。”

我的确没有做生意的本事，要不，我也会想去找点门路赚钱。勉强自己没有用，做生意也要有点天才，就像瑞兴一样，他天生就是一个老板。

“所以我说你不能做生意。”美若大概见我沉默不语，便说了一句。

“其实做不做生意都不要紧，行行出状元嘛！”瑞兴拍了拍我的肩膊，“最要紧的是自己的兴趣，可千万不要太勉强自己。”

“香港毕竟是商业社会，有钱赚谁不想？我也不想假清高，没有钱，谁能活得了？”我强笑道，“不过我没有这方面的本事，只好安于现状。”

“知足者常乐？”美若说。

“苦中取乐。”我答。

“乐在其中。”瑞兴接口。

大概换房子换“级数”也是一种快乐吧。冬夜里偌大的一间屋只剩一对主人家，却未免冷清了一些，忽然会想到我，也真令我有点受宠若惊。

“刚送走一个生意上的朋友，吃过晚饭，他便想起叫你来。”美若告诉我，“你还是第一次来，啊？”

是的，他们到这里有半年了吧，我却从来也没来过。我偶然打电话去，瑞兴几乎都相邀：“有空来坐坐嘛，聊聊天。”

我也并不是不想去，毕竟是二十五年的老朋友了。当年纯真的友情，至今难忘。我多么希望时光能够倒流，重温过去。上大学能够成为同学，成为同学又能成了好朋友，总要有点缘分。不能忘记在初秋的傍晚，我们两个骑着自行车沿长安街往王府井兜风的日子。那时，湘蜀餐厅那五角六分钱的“鱼香肉丝”，是我们的“例牌菜”。后来我走遍万水千山又尝过许多地方的鱼香肉丝，但在印象中似乎总也没有王府井湘蜀餐厅的好吃。

我也还记得，二十年前，当他悄悄告诉我，他准备申请到香港时，我着实吃了一惊。那时正是“文革”时期，虽然我也听说上面有“来去自由”的政策，但我却还不知道有哪一个认识的人真的获准出境。

那个初夏的早上，他把我叫去在大操场上遛了三圈，开头只是抽着烟一言不发，我猜出他有心事，便默默地陪着，也不说话。

猛烈的阳光晒得我额头冒汗，背心都贴在背脊上，黏糊糊地有些难受；我正想提议找个阴凉处歇一会儿，他突然开口了：“要是我递申请后被隔离，你得赶快打电报给我大姐，叫她赶紧飞来救我，啊?!”

我有些紧张地望了望周围，这才点点头：“放心！”

其实我心里也不知道，万一真的有事，我该怎样联络他那在泰国的姐姐？好在一切顺利，我也不用再操心了。他离开那天，我到首都机场送行，他临入闸前用力握着我的手，我见到他眼睛有些潮湿，沉声说道：“你也来吧，我先走一步，你来了，我会关照你。”

他削瘦，我也削瘦，但什么时候他都显得比我强。我从送机室的大玻璃窗往停机坪望去，但见他背着一个挎包，右手提着一个行李袋，头也不回地登上舷梯，消失在机舱里；耳畔却回响着他的临别赠言，令我的心河泛起一股暖流。

不论此后大家的境遇如何不同，但那份纯真的友情，我总认为不会变质，虽然有时我也会感到他的口气不知不觉间有些不同了，但那也并不奇怪，身份地位不同了嘛。他说：“他们说我变了，当然会变啦，以前我是什么，现在又是什么？不同嘛。以前我一个月有一万块便会感到十分宽裕，但现在十万恐怕也不够用，怎能不变？”

他说得也对。说心里话，他并不势利，以他现在的境况，大可不必与穷亲戚穷朋友来往，免得掉了身价；但他照样招呼。每个节假日，他家例必挤满来客。我之所以迟迟不来他家，也是不愿意凑热闹。他还在太古城时，我去过几次，每次都高朋满座，我只有赔笑的份儿，连和他说一会儿话的机会都几乎没有；渐渐地，我也就少去甚至不去了。我不想成为“傍友”，毕竟他已今非昔比，假如有事没事便在他眼前走动，也伤我的自尊。

“我做人是不是很失败？”他望着我，眉头打结。

“怎么会？”我瞟了一下美若，才答：“假如失败，你也不会有今天的事业成功。”

“事业成功？”他仰天大笑，“是生意成功吧？我根本已经不读书，看报也只关心经济版，满身铜臭，哪来的事业？你别拿我来开心了。”

“是啊，你看他连书房都没有，因为他手上也没有什么书。”美若说，我见到她嘴角泛着笑纹，一派得意的样子，“他唯一的本领就是吹牛。”

“吹牛也是本事呀，”我不假思索，“要吹得好，不是谁都能够做到的。”

“哎，说真的，在商场上不吹吹牛怎么行？我一直都说，在商场上是没有知心朋友的，有的只是利害关系。承澜，要说死党，我只有你一个。”

我明白他的意思，学生时代的好朋友，最是难忘，我相信不论是谁，即使走遍天涯海角，即使心在艰难的生活道路中因备受颠簸而变得粗硬起来，但一旦回忆起单纯岁月里所结下的纯洁友谊，都会顿生柔情。我一时无言，只感到心中温暖。

“是啊！他老说你是他命中的福星。”美若接着说。

哦，已经是好多年前的事了吧！那时他在美孚新村租房子住。几乎每逢周末，我都会去找他。他一看到我来，就会马上去投注赛马，而且每次居然都赢钱。当时他这样告诉我，我嘴上不以为然：“要是我真的这么灵的话，那干脆就辞职专做你的福星好了！”但心里却很高兴。

大概见我只是微笑着没有什么特别的反应，瑞兴忽地指着面前的茶几问我：“你猜猜看，多少钱？”

我认真看了一下，茶几的右角立着一尾石雕鲤鱼，摇头摆尾具活泼的动感；我脑海里忽地一闪，莫非象征着“跳龙门”？大吉大利，当然不便宜，我便往贵里说：“两万。”他摇摇头：“再猜。”

我根本不熟悉高档货品的行情，无从猜起，不过见他兴致这么高，自然也不好扫兴，想了一想，再说了一个连自己也不相信的数字：“八万！”

美若笑出声来：“十二万呀！”

我吓了一跳，十二万一个茶几？我的天！

我把视线望向瑞兴，他微微一笑：“是十二万，你知道香港有几个吗？全香港只有三个！”

哦，物以稀为贵。

不知道眼前这个“福、禄、寿”三星是不是全港也只有三套？

我正胡思乱想，恍惚中好像有人叫我，抬头一看，那柜台小姐大概不知重复了几次：“王先生，总经理有请，请您跟我来。”

二

承澜来香港也有二十年了吧？一直在报馆当个小编辑，混来混去也混不出个人样。

这么多年来，他还是头一次上我的办公室。也许他自命清高，其实，清高也要吃饭呀，他也太迂腐了。

坐在我对面，他看起来有些不太自然："喂，有什么门路赚点钱呀？"

啊呀，这便是从来不提金钱的王承澜吗？看来，家庭的生活重担，已经把他压得喘不过气来。

"这样吧，你买我们公司的股票，走势很好，一个月内准可以赚一笔。"我说。我不是不可以送他一笔钱，但我不愿伤他的自尊心。让他炒股票赚到钱是他的本事，不必有心理负担。

"炒股票？"他好像有点意外，"保不保险哪？"

"说完全保险当然是骗你的，"我笑，"不过以我的眼光和经验，把握很大。最多这样啦，假如亏了，我帮你把本钱补回。"

"你这么说，我就听你的，我可是对股市一窍不通。"

"嗨！你还是在报馆工作的呢！"我摇摇头。

"我不搞经济版。"他说。

“我知道，但香港是商业都市，你不能脱离社会生活呀！”我对他的无知有些动气，但马上觉察到这时并不是对下属训话，而是面对着老朋友；我连忙把话题转开：“对了，你打算拿出多少钱买股？”

“两万。”他说。

“两万？”我叫了出来，“两万顶什么用？要赚得多，投资当然也要多。你来香港这么多年，手上总有二三十万现金吧？你不全部拿出来，至少也要拿一二十万才可以真的赚到钱呀！”

“我哪里有那么多钱？”他苦笑，“我就只有两万，要是我有二三十万，也不会想着怎样赚钱了。”

我望了他一眼，心里不由得叹了一口气，唉！承澜呀承澜，你这是怎么搞的？你看阿荣他们，刚来香港时还住在木屋，这十多年来还不是都存了几十万？

但我不好直说。

我想了想，便向他建议：“这样好不好，你把你的房子抵押给银行，套一笔现金，至少也可以拿到六七十万吧，这样才有得玩。银行方面，我可以给你做担保，你放心。”

我看他愣了一下，想了一会儿，才说：“我看不要了，小有小赚，我不贪心。抵押房子，万一输掉呢？”

“唉！你就只会想到一个‘输’字！”我有点没好气，“在商场上，重要的是进取，字典里只有‘赢’字，没有‘输’字！像你这样，还没有上阵就已经打定输数，不输也会输啦！”

看他这个样子，也实在不是做生意的材料。特别是在股市上，不冒点险怎么行？想当年我还只是个股票经纪的时候，什么风浪没见过？输赢上下近百万，也不过如此，最后还不是给我安然度过来了？！

说是那么说，但在那个时候，我哪能不心惊胆战？有个大客拿出一百万，指定买那个地产股，我却认为我看中的那个金融股必赚，我手中没有多少钱，便拿大客的钱来周转，以为赚了一笔再回头帮他买也不迟。不料风云突变，我买的那个金融股直线下泻，几天下来只剩五十万，而那地产股却一直蹿升，净赚五十万。这时那客户打电话来，表示要出手，我急忙劝止："林老板哪，看来还有得升哪，我看再等几天吧?"好在那林老板也不太在乎，哈哈一笑："好！就考考你的眼光!"

于我其实是背水一战，不容再失。晚上在客厅绕室彷徨，我抽了一支烟，呛得美若咳嗽不止。她望着我，绝望地说："怎么办?"

我烦躁得要命，怎么办？我也不知道。一百万哪，把这房子卖掉也还不了呀！也不能就这样等死吧？事到如今唯有置诸死地而后生，搏一搏，死就死吧，从二十楼跳下去，也只不过是刹那间的痛苦罢了。

果然是天无绝人之路，我立刻将那金融股抛售，转买投资股，一个星期之后便辗转收复"失地"，虽然没有赢钱，但却也不必赔给那个大客户。

这是一场病急乱投医的赌博，大概也是我够运气，虽然吓出一身冷汗，终究只是一场虚惊。

平心静气地想一想，不敢冒险，也不能全怪承澜无胆，虽然他与我同岁，但性格并不一样；我富冒险性，他却属于稳扎稳打型，性格是不能勉强的。冒险也不是一味横冲直撞就可以了，人还要讲点际遇，傻大胆也一样会碰得头破血流。就像我那二姐夫阿超一样，我叫他买我们"龙雄"的股票，赚了四十万，我叫他赶紧放手，他满口答应。过了一个月，他慌慌张张地跑来，一见到我，便抓住我的手，带着哭音说："瑞兴，你可要救救我呀！你不救我，我们一家就完了!"

我吓了一跳，莫非他跟姐姐……

不是那么一回事。

原来他把我的话当耳边风，股票该放的时候不放，反而向别人借了一笔大钱，加大投注额，"我都指望这一搏，大大捞一把，连下一辈子都无忧!"他说。

不要说下一辈子了，眼前他便有难。亏了六十万，怎么还？而那债主又喊打喊杀，逼得他走投无路。

杀人偿命，欠债还钱，天经地义。我还有什么选择？只好帮他把六十万给填平了。我不是可怜他，而是看在我二姐份儿上；我不救他，也就等于不救我二姐，我怎能眼巴巴地看着她往下掉？

这样看来，人还是贵有自知之明，阿超便是太自以为是，他大概以为我可以赚到钱，为什么他不能？相比起来，承澜就显得本分了。他说："我还是量力而行比较好。"

难道是知足者常乐？还是他相信命运？是有这么一首歌吧："……命里有时终须有，命里无时莫强求……"是宿命也好，是自嘲也好，还是自我安慰也好，理想一碰到现实的硬壁，粉碎之后，总要有个台阶下，这歌词不是洒脱得很漂亮吗？

不过光是认命，怎么行呢？当初如果不是我不安分，说不定至今仍然躲在餐厅里打一份粗工。

真是粗工啊，日做夜做的，凌晨三点钟打烊之前，休想有喘息的机会。

在厨房里只是三厨而已，每天早上便要出去买菜，买回来要洗要切，一切准备工作就绪，那大师傅这才施施然登场，高高挽起袖子，好一副大将军上战场的豪气，一面炒菜一面呼呼喝喝，叫我倒这个拿那个，稍微慢一点，那肥佬便瞪大眼睛骂道："喂！快一点！你以为你在做什么呀！做这点事情都做不好！"

我也只好忍气吞声，心中却火得要命。死肥佬！你不要给我发达，不然的话……

不然的话又怎么样？难道还真的能够"取他狗命"不成？

不取他狗命，和他开点玩笑也好。

他最不喜欢外人进厨房，我就偏偏与他作对。当面对着干不行，悄悄破坏他的"法则"总可以吧。那天早上我买好菜，就在尖沙咀我那工作餐厅的附近偶然碰见承澜，那时他刚来香港几天，随街乱逛想去看早场电影。我一把将他拉进餐厅厨房里，拿出早餐给他吃，他吃惊地问："喂，可不可以呀？"

整个餐厅只有我一个人早到，我就是这里的国王，我说什么也不会有人反对。

他疑惑地看着我，却笑了。

我不知道他明不明白我这时的心态，见他低头吃得很开胃，我心里有一种对肥佬复仇的快意，倒好像这餐厅是肥佬开的一样。

其实我内心里却并不安稳，不时偷眼看手腕上的表。我不知道承澜他是否发觉我的神思恍惚，他很快吃完了，用右手背抹了抹嘴唇，站了起来："吃饱了，我走了！"我刚说一声："别忙。"他却一面往外走，一面说："我还要去赶十点的早场呀！改天再来看你！"

我送他到门口，见到他的背影在街角一拐，便不见踪影；同时我见到肥佬正往这边走来，我心里松了一口气：好险呀！要是给碰个正着，这死肥佬该又借题发挥，势必要搞得我坐卧不宁才肯罢休。

好在天助我也。

我暗暗得意，迳自回厨房切菜切肉去了。

但肥佬好像是一头猎犬似的，回来了就东闻闻西闻闻，仿佛一进来就嗅出有什么不对味。

我冷笑着，头也不抬，我要冷峻得如同一尊大理石像，决不让他窥探到任何一点端倪。但我感觉得到他那灼灼的目光正像探射灯般在我身上逡巡，从头到脚，再从脚到头。

我有一种被监视的极端不安全感，浑身不自在，心也惶惶然地跳起来了。

我知道我不能再这样被动挨打，但到底要如何化为主动，我却也茫然，还不待我想好，头却已经勇闯沉默，狂傲地站起来，直视肥佬。我见到一双恶意的眼睛，心头一慑，但立刻便调动起全副的精神力量，支持着我决不把视线移开。

两对眼光在空中僵住似的，一动不动。我从射过来的眼神中，读到疑惧和厌恶，而我相信从我的眼神里可以看到反叛和亡命的意识。

我告诉自己说，不要避开，就这样瞪着，不要去读对方的眼神，现在只要把它看成死物便可以了。是的，现在这个世界上，究竟谁怕谁？我怕谁？谁怕我？谁是谁？我是谁……

忽听得肥佬咳了一声，双手插在裤袋里，转过头去，吹着口哨，若无其事地踱走了。

我从半梦游半昏迷状态中回到现实世界，哦，肥佬真的走开了，是他先避开的，我这场仗可是打赢了。

我几乎要笑出声来，因为我觉得在精神上已经压倒他，今后也就不必再受他的无理取闹了。

得意便猖狂，我意气风发，骨头也轻了，许久以来郁积在心底的不忿之气，顿时像火山一样爆发。好！死肥佬！你现在也不能不怕着我一点，这时不上，更待何时？我一面汗流满面地炒着给大师傅们吃的菜，一面兴奋地想。炉火熊熊。油光晶亮。肉片倒进锅里，“哗”地腾起一股白烟。倒菜倒菜，嗯，这吱吱声，会不会像肥佬在我拳下的呻吟？痛快痛快。我用锅铲把肉与菜翻炒了几下，忽地好想引吭高歌。嗬，炒菜也竟会这般过瘾，我先前怎么不晓得？锅铲“砰砰”地击在锅沿上，我学起那些大师傅的样子，把锅一提，然后手腕一抖，让菜在半空翻了个筋斗，又安然落回锅里。把锅放回原位。加盐。太多了吧？加糖。不知味道如何？行了，应该刚刚好。

我心满意足地将菜端到桌上，味道如何，我连尝都没有尝。我只觉得状态很好，没理由失手。

吃饭吃饭。吃了这午饭，也应该开始营业了。

肥佬连正眼也不往我这里瞧，夹了菜便往嘴里送，我正暗自猜想他另眼相看的模样，却听得“噗”的一声，他竟把那口菜吐到地上，连声叫道：“这是什么鸟菜？你想咸死我们呀！大陆仔！”

我吃了一惊，其他几个大师傅全都停筷不夹菜，冷冷地望着我，更教我老羞成怒。狂怒在体内爆发，直冲脑门，我跳到炉边，顺手抄起锅铲，吼道：“肥佬，我忍你忍得很久了！煮给你吃你就算好命了，叫什么叫?”

空气似乎一下就凝住了，人人面面相觑。

我也有一点发怵，刚想见好就收，肥佬大概在众目睽睽下下不了台，忽地跨前两步，喝道：“哦，你菜炒得太咸，还不许我们出声呀，你也太霸道了，大陆仔！”又是“大陆仔”！我是大陆仔，我不否认，但他那语气，谁不知道是一派蔑视？今天就要跟你见个高下！

“肥佬！你不要在这里啰啰嗦嗦，够胆我们今天就来个了断！”

“来就来，阿叔我还怕你不成?”

他边说边跨前两步，不等他站稳，我便将手中的锅铲挥去，击中他的臂膀，痛得他怪叫一声，待要反扑，其他人早把我与他分隔开来。他在那一头又跳又叫：“死臭飞呀！你敢打我？你过来，你不过来是孙子！”

我站在这一边也不忘回骂：“你过来呀，你过来呀，你不过来是孙子！”

七嘴八舌的声音在劝架，我听到有人问他：“喂！你怎么样啊？要不要验伤?”“要不要打‘九九九’?”

报警？我的心一跳，要真的报警，麻烦就多了。

到底也没叫警察，但老板却来了。

到了这步田地，我也唯有让老板把我给炒掉。

无话可说。是出了一口气，但代价惨重。早就应该记住那句话：忍一时风平浪静，退一步海阔天空。

如今只好承担逞一时之勇的后果了。

我看了一场两点半的电影，出来后又在尖沙咀一带胡逛，晚饭在快餐店啃了一只鸡腿，喝上一杯可乐便算数，这才慢慢回美孚新村去。美若开了门，惊奇地问道：“怎么这么早就回来了?”

“大家轮班，我今天开始上正常班。”我因为有备而战，说得自然而流利。

“那就太好了！”美若抓住我的肩膀摇了两摇，“我们也可以过回正常人的生活了!”

也是难为她了，每夜我回来，她都早已入睡；等到我醒来，她早又上班去了。除了我的休息日，我们平时都难得碰面，别说聊天或一齐看电影了。

我漫应了一声：“是啊。”便洗澡去了。

以后的半个多月时间里，我都好像是踏着钟点上班，其实一出了家门，我便游魂似的飘到九龙公园呆坐，看看当天的报纸，在蝉鸣声中打打瞌睡。吃饭也是有一餐没一餐的，省吃俭用，只怕坐吃山空，连那一点积蓄也花光。

也不是不想把真相告诉美若，只不过说了又怎么样?无济于事，反而增加她的思想负担，我于心不忍。儿子还小，美若又在怀第二胎，我怎么讲得出口?

匹夫之勇意气用事死要面子表面胜利其实还不是一败涂地?

报纸报纸报纸报纸，广告广告广告广告。商业广告。租售房屋广告。刊物要目广告。电影广告。寻人广告。招聘广告——咦，旺角一家南洋餐厅请楼面侍应生哩!

“有经验优先考虑”?

试试吧。

做过这一行，也只有往这一行想办法啦。

果然一试就被收了下来。

我本来以为此生也就这样，同事全是男的，每天粗话不断，稍微空闲便聚在一起，有赛马便买马，有赛狗便买狗，没有可以下注的对象时，便自行打牌相互厮杀一番，务求把别人杀得人仰马翻。

那晚，在水吧调酒的阿敏赢了钱，张口便说：“不好意思，多谢各位大佬手下留情，收工后大家一起去滚，好不好，最多我请!”

人人叫好。

也许都是抱着这样的心理：输了钱，多少也要从他那里抠回一点来，心理上好舒服一些。

阿敏望了过来，指着我问道："兴哥，你怎么样？不是家有母老虎，不敢轻举妄动吧？"

众人狂笑，我一时也不知道应该怎么回答，嘴上却辩白着："我？笑话！我是小男人吗？"

"你当然不是，你是大丈夫！"阿敏笑道。

去滚？有什么意思？倒不一定是怕美若，只不过毫无感情便上，一场金钱与肉体的交易，想起来就令人反胃。我正想着应该如何滑过去，忽听得阿敏压低声音说："嘿！真正的大丈夫来了！"

已经是凌晨两点钟了，顾客寥落，来者何人？我回头去一看，原来是探长权带着一个年轻女人，她漂亮得令我已困顿的精神顿时为之一振。我低声问他："那是谁？"

"漂亮吧？"阿敏眨了一下右眼，"叶媛媛呀！"

好像听过这名字，是小歌星吧？他们又是……

"所以呢，有钱便有一切。"阿敏阴恻恻地笑。

只见探长权坐在卡座上搂着叶媛媛，旁若无人地拥吻起来。大家都假装看不到，其实我知道一个个都在昏暗的灯光里把眼光迅速地往那边扫来扫去。哗！那姿势，简直就有点电影《乱世佳人》海报中的画面，看得我都有些热血沸腾。

有钱真好。

餐厅打烊，阿敏叫了一声："走哇！"然后拉长嗓音唱姚苏蓉的歌："今天——不回——家……"

其他人也跟着起哄："彷徨的人儿……"

歌声不成曲调地洒向夏天的夜空，我止住脚步，他们似乎也早已忘了我的存在，只顾簇拥着远去。很快地，这横街又恢复了原先的寂静，只有偶然走过的一两个夜归人，匆匆忙忙地低着头赶路。

我在心里叹了一口气。

我不去，并不是因为我有多正经，只不过我不喜欢这种方式而已。

彷徨的人儿？大概我是，但我也不知道我在彷徨些什么，也不知道我心里到底要的是什么。

我不满足于在这餐厅打工。假如为了餬口，这样马马虎虎过一生也就算了，但我不甘愿。我不知道我能不能够冲出餐厅，另谋发展。谁不想发达，问题在于有没有机缘。

我血液里不安分的因子躁动着，我知道，假如在这里再多待两年，那么我整个人就会变成另一个阿敏，最多便是“敏哥”了。

我从来不在命运面前低头。

三

从这总经理室隔窗望下去，维多利亚海港静静地躺在那里。冬阳下的海水依然蔚蓝，海面上不时滑过渡轮，让我想起许许多多道听途说的海上故事。

毕竟是四十八楼，果然居高临下，有一种大气魄。

“也不一定只是气魄吧，最重要的是风水。”瑞兴笑嘻嘻地轻摇着他的“大班椅”，整个身子都缩在那柔软高大的椅背上，“风水不好，财从何处来？”

我不懂风水，但那天美若也说过：“你看看我们家，背靠着山，面向着海，风水一流，一路发呢——这可不是我说的，是风水先生批的，你信不信？”

风水先生说的，我未必怎么信，但有你们做活广告，我焉能不信？

“我们看过铁板神算，批得非常准。”美若又说，“不容得我们不相信。”

“很贵吧？”我随口问了一句。

“一个人两万块。”瑞兴答道，“我们还托了一点关系，要不，排队也要排在半年之后。”

这么厉害？

“信不信由你。”他说。

看一次要两万，那也真是有钱的玩意儿了。我也占过卦，算过命，但也只是捐点香油钱而已，也许“级数”不同，算的也不同吧？

“真的很灵呀！连我们的子女什么时候生的，也算得很准！”美若一面剥着瓜子，一面说，“他又不认识我们。”

“许多事情都没有办法解释。”瑞兴从鼻孔中喷出白烟，“就像当年我怎么会心血来潮转行，至今也说不清楚，好像鬼使神差。也许财神爷就这样看上我，也说不定？”

其实，假如他那时不抓紧机会，凭他当时在泰国有些财势的大姐夫的关系，逃出餐厅跳到银行的话，也许也就没有今天的陈瑞兴了。

那个时候他在银行当文员，我在报馆当编辑，大家也差不多。我也还没成家，没事就往他家跑，吃饭睡觉，也都很随便。那个周末下午，我们跑到“明珠”电影院去看阿伦狄龙主演的《独行杀手》后，回到他家，恹恹地斜躺在沙发上，谁都不出声。

这电影够凄美的吧？也许杀手的下场都是如此，只不过当阿伦狄龙中暗枪倒下，影片戛然结束时，仍不免令人有些抑郁。他追逐别人的生命，殊不知别人也在追逐他的生命，这是永远没有完结的战斗，直至死亡才能解脱。我下意识地叹了一口气。

瑞兴好像也从深思中惊醒过来，欠起了身子，道：“杀手孤独寂寞，别看他表面威风，内心其实也胆战心惊。反而追逐金钱没有那么危险。”

不过，人为财死，鸟为食亡，杀手说到底不也就是为了钱？有钱就可以收买人命。

他仰头呆望着天花板，沉吟了一会儿，才答：“赚钱就要赚大钱，小钱没有用的。有了大钱……”

大钱？别臭美了，我现在连小钱也没有呢！

“正因为没有，才要拼命去找。”他微微一笑。

你要找就一定能找到了？

"不一定，但我不放弃。"他愣了一会儿，才说："假如我找了，却一直没法找到，那我认命。但如果根本没有去找，那便是我自己白痴！"

见我没再搭腔，他忽然一掌打在我的肩膀上，笑道："那么严肃干什么？发发白日梦而已。我当杀手不行，你看我都有点发福了，当杀手必须身手灵活，而且枪法要准。我只能打鸟枪。"

鸟枪？我笑。他的鸟枪也不大高明。

那时他在追求美若，情绪却低落。他提着一支鸟枪，要我陪他到学校后园去。坐在树荫下，他告诉我说，美若的哥哥持反对态度，说："要做我们高家的女婿，必须出色，他怎么行？"

看到他愤愤然的样子，我有点担心他会用鸟枪对付美若的哥哥。我唯有好言相劝："你别傻气了，天底下也不是只有一个美若，天涯何处无芳草？美若不行，你就再找英若啦，德若啦，法若啦，何必吊死在一棵树上？对不对？"

"大丈夫何患无妻？"他抬头问我。

"正是。"我把心一狠。

"但是，曾经沧海难为水。"

"那一个巴掌也拍不响呀，"我硬着心肠说，"既然美若说了，必须她哥哥同意才行，你又过不了这一关，你说怎么办？还是正视现实啦！"

他忽地站起来，举枪瞄向一棵树。他说："就以这一枪为准，倘若我追得到，那麻雀会给我射中；假如追不到……嗯，追不到就不说了！"

枪声微响，麻雀高飞。他气得把鸟枪撂在地上，喃喃地说："没理由呀，我平时枪法不赖呀！"

不相信也不行，射不中就是射不中。只不过美若终于还是嫁给他了。

但是他的鸟枪枪法……

不过，在人的一生中，鸟枪枪法大概也算不得什么，倒是阿伦狄龙忧郁的蓝眼睛教人有些分心。

冷面，紧皱的眉头，男性魅力无穷。

“但他不能笑，他一笑就不好看了。”瑞兴说。

我怎么没有留意到这一点？是冷面漂亮过笑脸。人都会有一个最佳角度，可能这也是阿伦狄龙的“最佳角度”，别人是模仿不来的。

“唉！独行杀手也好，城市牛郎也好，都不关我们的事情，我们要做的是商场强人，这才实际些。”他说。

当时我也没怎么放在心上，人往高处走嘛，即使我，明知不可能捞得风生水起，但有时随心所欲地幻想一下，也很过瘾。假如一个人连一点幻想都没有了，那岂不是太悲哀了吗？生活本来就够沉重的了，人总得要会排解一下自己，没有宣泄的渠道，还怎么度日？

但他不只是说说而已，也不知道他是否心里藏着一个目标，只见他一步步地攀向高峰，好像攀得越来越好。

我至今也不清楚他到底有多少身家，也从来没有打听过。他没有主动提过，我也不问。人人心底大约都有或大或小的秘密，关系再怎么密切，也要允许对方保留自己的一方领地，交往才会舒适随意些。以前，每到年底，他都会笑着对我说：“明年圣诞吧，明年圣诞应该鸟枪换炮了！”我并不太在意，只不过附和几句：“好哇！明年该如何庆祝？”“随你！”他说：“我老弟发达了，你老哥也有好处嘛，这还用说？”但是一年又一年，他老是说：“明年圣诞吧……”每次也都引起我的憧憬，虽然并不是把自己的前景交托在他的运程上，但我既明知自己不会发达，私心也就不免暗暗期望这个哥儿们到时扶我一把。也不知道我这想法是不是没出息？不过，人一旦给经济的担子压垮了，志气还有什么用？生活本身是严酷的，住的吃的穿的用的，少一分钱都不行。志气太抽象，钱最实际。可是我自己又苦于没有本事做生意，连讨价还价都拉不下面子，叫我去追账岂非要了我的命？不同的人有不同的才能，重要的是自己要找出适合于自己发挥能力的位置，明知自己不行，却勉为其难，哪里会快活？

不管怎样，他的环境越来越好，倒是显然的。我刚来港时，他和美若还是租住美孚新村一个六十平方尺三房一厅的房子，其中两间房分租给别人，后来他准备退却到新界，我还极力反对，说：“你一到新界，就很难返回市区了！”其实心里却自私地盘算着，他搬得那么远，我岂不是没有什么可以过从的老朋友了？他对我笑了一笑：“管不了那么多了，那边房租便宜，在乡村嘛！我准备筹点钱，开个山寨厂织毛衣，旧的手摇机器也不太贵。在那里进可攻退可守，等到条件成熟，我再杀回来！”我心里不舍，叹了一口气：“谈何容易！”不料他真的回来了，重住美孚新村时，已经是一百六十平方尺的自置房子，再转两转，便转到中环半山区了，简直就像是在变魔术一样。

只是他重回市区后，来往倒不如他还在新界时那样多了。我只觉得他似乎很忙，打电话也常找不到，我甚至不太知道他的生意伙伴是谁。在新界时，他那小小的山寨厂雇用了二十来个少女，我几乎都认识。那里地方大，也没有汽车，家家的孩子都随处乱走。美若学医，因为是大陆大学文凭，在香港无法挂牌行医，只好做其无牌医生，收费低，医术又好，村民们渐渐便成了熟客。有她做后盾，瑞兴也就没有后顾之忧，可以在生意上动脑筋。

那回我去他家睡了一晚，次日是星期天，他说：“走吧！村长给他家老人做寿，我们去吃酒！”我想推辞，美若却说：“村子里很随便，而且主人家喜欢热闹，人越多越好。你看看乡村摆酒也好。”

去就去吧。

饭桌摆在屋外，只见露天下尽是一圈又一圈的宾客，密密麻麻。碗筷声。碰杯声。谈笑声。春天暖暖的阳光洒了下来，“生力”啤酒在琉璃杯里冒泡。几个妇女穿梭传菜，来客吃饱了便走，新来的代替那空位。莫非这叫“流水宴”？一切都显得那么随意，我虽然不认识什么人，也不感到拘束。旁边的村民与瑞兴热烈地招呼后，转头问我：“市区来的吧？莫嫌我们乡下……”

那时我内心里也有一种优越感，想的是，这般吃法，倘若夏天，阳光酷热，怎生吃得下？晒都晒死了，何况还有些苍蝇，飞来飞去。还是我们市里好，酒楼干净，侍者招呼周到，有排场；这里？这里连寿星公也看不见，不知他躲到哪里去了。可是，现在回想起来，乡村自有乡村的纯朴人情味，没有都市的疏离感，人人似乎都在高度戒备，人情冷漠。难道这是因为人的相对独立，人与人之间不需要有太多的合作而造成的？或是因为社会的渐趋复杂化，令人防人之心不可无？还是因为人人都忙得无暇他顾，哪里还有闲情去聊天叙旧，无益又无建设性？比方瑞兴，现在我也难得一见，在我看来，他已经跻身上流社会，即使昔日如何死党，但到了今天，我再老去约他，不免有些不识趣，甚至可能让人误以为我别有所图。他来约我就不同了。想来想去，怎么一下子便会有这样的芥蒂？本来他发财是他的事情，朋友依然是平等的，那又何必分彼此？莫非我的自重，骨子里是因为自卑在作怪？

许多有钱人家都喜欢摆派头，也有自身的交际范围，大概这也是身份的象征，何时见过亿万富翁与一个低级的吃薪阶级人士称兄道弟？但瑞兴不同，他并不大在乎这种观念。那回，说起他姐夫阿超对他的蜚短流长，他显得有些激愤："我不知道他是怎么想的。承澜，你说说看，我怎样对待我那些亲戚？他们要来，我随时都欢迎。不是我说什么，你看我周围的人家，来客都是什么身份？只有我这一家，什么样的客人都有。连楼下的看更都知道。"

阿超我也相熟，昨天在中环闹市碰到他，就在街边聊了几句。他笑着问我："怎么少见你到瑞兴家了？你要常常走动才行呀！他周围那么多人，他又很忙，你不常出现，他怎么会想到你？说真的，只要从他手上漏一滴给我们，那就够我们受用的了。你是他穷时的好朋友，他不会不关照你的。"

我笑。关照我？当然求之不得啦。

但我不知道会不会。

我不去求他。又不是穷到开不成饭了，求人干什么？人比人气死

、，不能比不能比。知足者常乐。

要是他忽然给我一笔巨款，那就好了。不要？我怎会不要？当然要啦！钱哪，满城男男女女，追逐的不就是这个钱吗？炒股票哇，炒外币呀，炒黄金啊，甚至打工，不也是为了钱？

还是他刚开始发达的时候，我来到他办公室，他便笑嘻嘻地说："我要送一份大礼给你。"

美若接口："你想要什么？你说吧！"

我只是笑，也没出声。心里却想，钱啦，钱最好了。买东西给我，再名贵，也未必合我的心意，钱就不同了，我可以买我自己喜欢的东西，不买的话，钱还可以存在银行。有钱防身，比什么都好。

但大礼始终也没有送来，我的憧憬也就像春梦了无痕。

他忘记了，还是反悔了？我不知道。

但我总认为，反悔是不至于的，他对金钱也并非太紧张。那时他还没有发达，我因为生病住院，他巴巴赶到医院来，塞了五千块给我："你拿去买点补的吃吧。"

十年前的五千块呀！

大概是他忘记了吧。他要应付的人太多，哪能一个个记得那么清楚？

而且他一向以来也是什么都不大放在心上。我向他提起过，我来香港的第二晚，他便陪我去"海运"电影院看《罗密欧与朱丽叶》，他听了之后，茫然地说："是吗？我都不记得了。"

也许这也是角度的不同。于我来说，《罗密欧与朱丽叶》是我来香港后所看的第一部电影，当然印象深刻；而他却不是，怎会记得清楚？

这情形，可能与这"大礼"有相似之处。

他的女秘书送来两杯热咖啡，蒙蒙的白气在室内的早春天气中腾起，飘进我鼻端的却是那诱人的香气。

这时我才注意到，角落有一株高可及人的盆橘，橙黄的橘子开满一树。

春节刚过，也是意头吧。

“做生意嘛，”他说，“信也好，不信也好，盆橘少不了。大吉大利嘛！一年之计在于春。”

除夕夜我也去维多利亚公园的年宵市场逛花市，无非是与芝兰凑热闹，买点剑兰、郁金香、满天星，捎回来插在家中花瓶里过年。盆橘到处都有，但我们并没有买，那么贵，而且也没地方摆。何况听说买了一年，从此年年都要买，那我可宁愿不沾身。

盆橘人人可以买，只要有钱。但是买的人也要看看自己的身价，像瑞兴，不论把盆橘甚至桃花摆在办公室还是家里，都很得体；假如是我的话，怕看起来有些异象，因为不符合身份。

大有大的难处，他说。

我信。

只是，小也有小的难处呀。

但我没有说。

我端起那杯咖啡，啜了一口，真好喝。

“是爪哇咖啡。”他说。

四

我偏爱爪哇咖啡，其实也说不出个什么道理。好几年前的一个冬夜，我和承澜在铜锣湾看完电影后，便来到“大水煲”，随口要了爪哇咖啡，从此便钟情于它了。

“大水煲”只有咖啡喝，而且地方也不宽敞。邻桌有几个年轻女人在叽叽呱呱地说什么，我虽然听不懂，但根据语调也可以听得出说的是日本话，因为日本电影里便是那么说话的。可能是因为天冷，桌与桌之间很挤，不单没有在我心中引起局促之感，反而萌生一种温暖的情意。或许爪哇咖啡也便是在那一时刻定影在我心版上。

在我的心中，好几次了，我都想要约承澜，再去“大水煲”喝咖啡，但到底后来也没去得成。平时应酬已经太多，到了晚上，除非是非去不可，一般我都是躲在家里，只想好好休息一下。重温旧梦，也仅止于想想而已。人有时是很难回到过去的，因为心有余而力不足。承澜有时会有意无意地暗示：“还是以前无忧无虑的生活好，我们也可以多聚聚。”过去当然开心，但人不能永远像过去那样。那时谁都还没有成家，那个时候有那个时候的单纯、自由、快活，肩膀上还没有生活的重负，谁不会潇洒？如今便不同了，家庭负担，谁能完全摆脱？

人的生活是一个阶段一个阶段的，容不得混淆。只有很理智地处理每个阶段的情绪，人才能一步步地走过来。比方我现在做生意，一旦讨价还价，就必须铁石心肠，连后退一步都不行，哪能回到学生时代那样凡事忍让？商场上你弱他就强，大鱼吃小鱼，你不吃他，他可能一有机会便一口吃掉你，哪能手软？那个珠宝大王与我签了地产合约后，第二天又反悔："喂，STEPHEN，那个合约，怎么都是你占便宜？不算——啊？我们再签过！"那怎么行？平日吃饭喝酒大家嘻嘻哈哈扮老友没什么关系，但商场如战场，签了字，哪有收回之理？我答他："仇先生，生意场上哪有这么儿戏的？你是老前辈，在商场比我有背景有势力有经验，说是上了我的当，传出去有什么人相信？人家恐怕会笑你老糊涂，影响你在商场上的声誉哩！你想想是不是这个道理？"

仇老板只好有如哑巴吃黄连，"咕"一声吞了它。

我知道他必怀恨在心，但有什么办法？假如我一心软，此种事情还要发生，每次都让步，表面上十分义气，背后恐怕会给人笑话为"蠢材"，我并不介意这个称呼，但做生意岂能如此不济？

该硬起心肠的时候，不能有妇人之仁。

何况商场上唯利是图，没有永久的朋友，也没有永久的敌人。

当然要信守商业道德，做生意要讲究手腕，便却不能不顾游戏规则。钱是要赚的，但要取之有道。在公平竞争的原则下，如果我陈瑞兴棋差一着，技不如人，那也无话可说，只好怨自己不够走运。不是有这么一句话吗：生死有命，富贵在天。其实一踏入商场，便像古时决斗立下"生死状"，即使赔上性命也各不相干。西方中古骑士向对手丢下手套要求决一生死，未免有些夸张，但有男子汉的勇气。现代商场的斗争你死我活，却静悄悄地进行，只有风云变幻时仍然可以镇定的人，才是斗士；怎能像"珠宝仇"那样，稍见不利，便向对手求饶？也不知道他是怎么爬上这"珠宝大王"的位置的？恐怕这也只是一批帮闲起哄的"封号"，真正的珠宝大王，香港怎么排也还都轮不到他哩！

半桶水最响，真正大富的人，大多都保持低调。想要出风头，我又何尝没有过？刚刚开始踏入商场，赚了一点钱，我也喜欢在传媒面前抛头露面，每当报章图文并茂地刊出时，我都十分得意。

也并不是完全出于虚荣心，还因为那时算命，给批了几个字，意思是说，我必须先有名，然后利才会滚滚而来。宁可信其有，不可信其无，这个时候，承澜受报馆委托，开了个“成功人物追踪”栏，他也找上我，说：“我们公私兼顾，吹一吹也不要紧。”

我知道他的好意，起初也有些犹豫，因为我在商场中还是新手，还不能算是成功了，但却经不起他的劝说：“反正这个栏目是摆明吹捧人的了，吹别人我不如先吹你，你何必太拘谨！”

吹就吹吧，别人都在吹牛，我又何必不给人吹一下？何况我“先要有名，然后才有利”！这种东西，不了解实情的读者，自会信以为真。比如我年前看到一篇写及某个名人的文章，说他“忠厚老实，心地善良”，便也信了。后来有机缘相识，来往三两个回合之后，才发现完全不是这么一回事。我看写人最危险了，特别是凭表面印象写就的东西，根本就难于触及内心世界。每个人在面对记者时，不都会摆出自己最佳的一面，而隐藏丑恶的另一面吗？承澜应该算是比较了解我的，但我也还没有完全无保留地把自己的灵魂袒露在他面前；而且他写我，也必然只扬善隐恶，就算是我有不能免的人性弱点，他也不会诉诸笔端，我知道。既然如此，我就让他自由发挥好了。“你办事，我放心。”我说。

他微微一笑，也不再多说什么。

过几天，他把已经刊出来的剪报寄来，捧在手中，我的心竟剧跳起来。

“写成什么样？”美若急着问。

我用手指最后一段：“……可以断定，陈瑞兴将会成为香港新一代的金融巨子！”

"哗！"美若兴高采烈，"承澜这么看得起你，你真应该谢谢他！"

"要是他说得准的话，一切都好说！"我说。对于承澜的"预言"，我自然暗暗心喜，但我自己却没有什么把握。做新一代的金融巨子？我当然做梦都想啦！但是谈何容易。香港虽然是充满机会的国际大都市，但由于一切商业动作都已纳入正轨，想要白手起家赤手空拳打天下，简直难如登天；除非捞偏门啦！

但承澜说的是好话，好话让人打从心里舒服，就算是他说偏了，我也心领他的一番好意。

承他贵言。

在商场上转悠，我自己也觉得是胡打胡撞，凭着一份初生之犊不怕虎的傻气，一份对于富贵荣华向往的勇气，还有一份莫名其妙的运气，居然爬到这高位。

我没有认真做过比较，也不知道是真是假。何况那些发达了的人，也未必把自己的全部财产如实报了出来，发了财，就不必去出那无谓的风头，钱放在自己的保险柜里最稳当，也最实惠；名，值多少钱一斤？

好像我吧，还是籍籍无名之时，就拼命想要出名，虚荣心哪，谁没有？报刊上大字标题图文并茂刊出，想到全港的人都望了过来，认识或不认识的人全都羡慕死了，那份过瘾的感觉，就别提有多舒服了。我陈瑞兴并非像城中名公子那样，个个口含着金钥匙来到这个世界上，我是赤手空拳打天下的呀！旧时的朋友看到我挤进上流社会，大概也会大叹"想不到"吧？唉，世事如棋，连我自己也想不到啦。不过，"各有前因莫羡人"，发不起来，只好怨命。

但是发了财出了名，我才省悟到，要出名干什么？

枪打出头鸟哇。

出了名，这个团体那个基金会还有慈善机构，动不动便具函请求赞助，封你做这个董事那个理事的，任务都是一样：出钱。

已经处在这种地位，只好来者不拒。这个十万，那个几十万，积少成多，疲于应付。

倒好像我赚钱不费吹灰之力似的。我焦头烂额的时候，他们何曾问过我有什么困难？

那次拖了一拖，那个什么会的公关经理就闯上门来，见她那么漂亮，教我不忍拒之于千里之外。笑语声声中，她瞟着我说：“我们要推动香港的文化，相信陈老板会大力支持。”

“支持，一定支持！”我让她粼粼的眼波撩得有些神不守舍，忙道。

那淡淡的香气，想必是散发自她身上吧？

我一阵迷糊，她已飘然而去。

也不是没有见过世面，怎么三言两语，我的那张巨额支票，便当即签了给她呢？

“推动香港文化”这顶帽子虽然又大又重，却也还不至令我脚软，只是这小妞的眼波，真能淹死人。

钱嘛，始终是身外物，没有当然凄凉，我有过没钱的日子，我怕穷。但钱够用也就行了，要那么多干什么？捐一点给人家也没什么了不得，只要我心情靓。

但我可不要被人们逼成非捐不可，好像我不捐就不行。再这样下去，人家不把我视作傻瓜才怪哩！

都是出名的错。

啊呀，人就是这般矛盾，无名时千方百计想要出名，等到有名，却有不胜负荷之感。

决定低调处世。

记者要求采访，一一拒绝，我不要再在报刊上曝光。

实在躲不过，就把生意上的伙伴推到台前接受访问，我自己躲在幕后。

承澜也很纳闷，问我：“何必这样？”

唉，人真是有阶段性，我已渐入化境，躲避采访，因为已经无求。

出镜？免了。

有钱还是没有钱，根本是很个人的事情，有什么理由有什么必要到处扬给别人看？

钱太多了，名声又在外，没什么好处。财不可露眼嘛！你看看富商王德辉，被人一绑，到现在也还不知道下落，是生是死，也都是一个谜；那么多钱也无法享用，可能连命都赔上了，何苦？

有钱，还得有福哩。

大亨新就深懂这个道理，谁也摸不清他到底有了多少家财，而且不论做什么生意，他也一贯地收发自如，绝不恋战。

不久前与他摸酒杯底，刚喝一杯“拿破仑”白兰地，他便斜着眼睛朝我笑道：“喏，STEPHAN，不要说我不关照你，有一宗买卖，准赚大钱，我一亿七千万让你咧，怎样，够意思吧？”

买卖？

哦，原来是那一块盖了灵灰阁的宝地。我大叹一声：“香港真是小！”

“怎么？你嫌那块地小哇？”大亨新问。

绕了一个圈子，怎么又绕回我头上来了？我嘿嘿笑道。想当初，这灵灰阁还是我搞起来的呢，出手的时候也才一亿，绕了一个圈，就涨了七千万，这生意倒也好做！

我不想告诉大亨新，我就是靠这灵灰阁起家的。

也许是命中注定吧，其实我会经营这灵灰阁，是一个偶然的机会。香港每天都有很多机会，问题在于你抓不抓得住。这机会碰上了我，我便死命揪住不放。

如今看来是英明决策，但在当时我却也一时拿不定主意。阿超不知从哪里搭上了个关系，说那块宝地位于风凉水冷的新界，背山面海，在那里建造安放骨灰的灵灰阁，准是一个绝好的生意经。那时我炒股票也有些斩获，登时蠢蠢欲动。通过一些关系，了解到这块宝地，港府确已批下来了，我便开始想办法行动。

这时是一九八二年九月。香港前途问题提了出来，一时之间人心惶惶，地产业下滑，地价自然也不值钱。人人裹足不前，生怕买了一块赔大钱的土地。

大家都怕，正合我意。我立刻向一帮朋友集资，你出十万，他出五万，并且以房子抵押银行贷款，终于凑够一千万。于我来说，此役不容有失，要么从此踏上青云路，要么从此一蹶不振。

要做出这样重大的决定，我也不知几次动摇，生怕一个差错，我便会立刻被打回原形。但想要发达，不冒点险，怎么可能？唯有勇往直前了。

当然也不是只知一味蛮干，事前我也做了一些调查，发现全港每年去世的人大约是两万六千，而土葬的只有两千人左右。当局兴建的灵灰阁，所剩已经不多，而且大都是挡不住风雨，所以，我断定，只要我们建得好一些，不愁生意不来。

问题在于要下点工夫，不能草率。

我们的资金已经没有了，只好找承建商合作，我们出土地，他们负责承建。

他们说，行！不过要各占百分之五十的股份。

“那不行，你们这样吃水太深。”我说，“你们想想，眼前地产市场差，再建大厦，有谁来买？香港人个个都在看风向，说不定什么时候拍拍屁股便一走了之，谁来买楼？”

我知道他们生意不景气，此时不敲他们，更待何时？反正我们有地在手，可以讨价还价。

他们沉默三天。

我决定主动出击，又再找他们谈。

“怎样？一口价，我们七成，你们三成。如果你们放弃，我们只好另找合伙人了。”

做生意嘛，当然要灵活，我觉得，在地产市场差的情况下，少赚总比不赚好，他们岂能不懂这个道理？

再过三天，他们点头答应，立即签约坐实。

不料，一九八三年七月，中英开始谈判香港前途的问题，一切土地冻结出售，急得我团团乱转。大好的一块宝地，就这样给“封”死了，谁知道解冻后是什么样的环境?!

承建商更是叫苦连天，找到我头上，要求退出。

退出？谈何容易！有合约在手哇！

“我们已经给绑在一架战车上，谁也脱不了干系，单方面退出可不行!”我望着他，淡淡地说。

“可是这环境?!”

我知道，我知道环境恶劣，做生意，本钱一天给冻结，一天赚不到钱，便是亏本。谁知道我们能不能守得个柳暗花明？我这是孤注一掷啊，万一失败，自己破产不说，还要连累那些朋友，如何是好？

虽然在参股时，他们个个都慨然表示，赢输自负；但是真的输掉了，恐怕翻脸也不奇怪，那是他们的身家哩！他们把希望都寄托在我身上，没理由会想要跟着我输了的呀！这风险我必须承担，谁教我出面去说服他们拿钱出来？

我的思想负担更重，但到了这般田地，岂能再退缩，我唯有哈哈一笑：“嗨！做生意嘛，哪里没有风风雨雨的？大起大落才好呢，有利可图嘛!”

“可是，这情况可是从来没有过的呀!”

“所以，是祸是福，你不知我也不知，”我跷起二郎腿，装成一脸的不在乎，“也许这也是一个机会。”

说了半天，承建商大概也不得要领，只好悻悻地走了。

好不容易挨到一九八四年底，中英两国有关香港前途问题的谈判结束，并且发表了联合公报，土地买卖虽然解冻了，但由于人们仍在观望，地产依然上不去。香港每年去世的人，总是有那么一个数目，我们的这个“福寿山”灵灰阁当然还是卖得出去，只不过卖价不太高，我们赚得没有那么多而已。

承建商却没有耐心也没兴趣再等下去了，他风风火火地找到我，说：“我不想再玩下去了，我就把我名下的百分之三十股份让给你，按现在的市价！”

没理由这样接受他的条件，此时不杀价，更待何时？

原以为他会不干，没料到他只要求拿回成本，“反正我马上就要移民加拿大。”

哦，原来是套现，怪不得白白投资也干。

我又一次去套资，心里其实也没有底，逢人只是说：“发财机会，不要错过！”我不要告诉他们有什么风险。这个时候，把钱拿到手，是唯一的目的，我怎么可以阻吓他们，与自己开玩笑？

后来地价又起，我的这一击成功，大大赚了一笔。个个投资的朋友都眉开眼笑，崇拜我崇拜得五体投地，因为他们都发了小财。利润高达百分之三百哪，又不用他们操心，岂非最上算的买卖？

我笑着对他们说：“有钱大家赚，最要紧的是大家HAPPY。”

人人雀跃，纷纷道：“以后有什么财路，可不要忘记我的一份呀！”

哦，我铺路，你坐直通车？

要是我自己财力够，又何必去凑资把利益分给别人？

何况做生意，谁能够保证赚钱？要是有那么便当的事情，恐怕香港人人都去从商了！

他们只是不清楚个中凶险罢了，以为只要把钱投下去，便准可以一本万利；要是我知道“福寿山”可以越炒越高，高到今天的一亿七千万，我怎会不等？

可是，要一直拖到今天，也必须有些本事才可以。“福寿山”灵灰阁刚建成时，这一带的村民群情汹涌，聚众前来讨伐，那为首的一条大汉大叫大嚷：“我们这里的风水好，如今都给你们破坏了，不行，我们要求赔偿损失！”

无非是要钱。好汉不吃眼前亏，罢了罢了！

不过，给了一次，难保不会有第二次，假如不火速将它推出，岂非要被动挨打？

大亨新拍了拍我的肩膀："小老弟，我看好你！机会多得是，这次我们做不成生意。下回也还能合作哩，再看看吧！"

是啊，不必操之过急。水到才能渠成。只要有大亨新支持，有什么玩不转的？凭他在商界的"江湖地位"，根本就可以说是所向披靡了。

也只有像他那样黑白两道都吃得开的人物，才有可能经营这一类项目。没有人镇住，搞灵灰阁，恐怕是自讨苦吃。上个周末，方玫不知从哪里探悉我的消息，摸上我的办公室叙旧。其实我与她并不同系，那时，她是"文革"中学校里一方人马的头头，我认识她，她并不认识我，没想到这个我当年崇拜的风云人物，会在另一种情势下，与我在香港见面；大家校友一场，吹吹牛自也无妨，杯光酒影中，料不到她开口便说，她想在海南岛搞个灵灰阁，批文已经到手，只不过资金不足，"……你可不可以投资，怎样分账，咱们好说……"

呀，谈到钱了。我立刻警惕起来。

美若笑着问道："在海南岛？保不保险呀？那边的消费力怎么样？会不会有销路？"

方玫满脸堆笑，"没问题没问题，我一切都搞好了，就差在资金不足，要不我也想自己干。"

我望着她，岁月无情，这个当年一呼百应的美人，已经有些迟暮，虽不致有太多的老态，但想做商界女强人，恐怕不容易。假如她才二十几岁，那又不同；如今四十岁的人，才踏出第一步，太难了！我暗暗摇头，但内心却也不能不佩服她的干劲与自信。

但是，一讲到钱的问题，那就不是请吃一餐饭这么简单了。我嘴上敷衍着："你搞的，我也曾经搞过。不过搞这个，麻烦多多，而且我也怀疑，真有那么多人买吗？他们有钱？"

"嗨，这你就有所不知了。"我又见到方玫当年当众演讲时那种充满自信的笑容了，她说："那边是侨乡，有的是侨汇。而且，当地人现在有的是钱，你没去过，不知道。我可以肯定，购买力不成问题！"

我立意想要挫一挫她的锐气，便答："购买力不成问题，但你要他们把口袋里的钱掏出来，你那项目的吸引力，到底又怎么样？"

"没问题，你放心好了！"她又笑，"就等你一句话了！"

假如是二十年前，她这么一笑，恐怕是魅力没法挡，但现在嘛……

我举起那杯绍兴加饭酒，"喝酒喝酒！"

"干了这一杯，我们就合作吧，啊？"方玫的眼波流转，"我就靠你发达了！"

你也太天真了，一笔巨款，哪有这么三言两语就在叙旧中敲定的？毕竟是刚从大陆过来不久，也不太懂得香港做生意的规矩！但我嘴上却不好说，唯有笑道："这个——我们从长计议吧！因为要考虑的因素很多。"

"包赚的呀！"她盯着我说。

这话谁也不敢说。真金白银拿出来，万一损兵折将，到头来吃亏的还不是我？而且海南岛又不在我眼皮下，与她合作，到时还不是她一个人说了算？我才不去当这种被利用的角色哩！

散席的时候，走出电梯，她迳追到停车场，对我翻来覆去地说："肯定有钱赚，现在就等你一句话！"

我几乎便要脱口说出："既然肯定赚钱，你不妨另请高明，想要与你合作的肯定大有人在！"但一看她那种有些弱不禁风的站立姿态，我又硬不起心肠，只好含含糊糊地回答："我们再研究研究……"

"平治"车绝尘而去。

街道两边的霓虹灯闪烁。灯红酒绿。我打个哈欠，眼眶里即刻溢满泪水。

真困。

我想起"大水煲"。

“去喝咖啡吧?”我随口问美若。

美若看了看表，“算了，还是回家去，自己泡吧。”

家里就家里吧，没问题。

爪哇咖啡喷香，真好喝。

在家里自煮咖啡，也可以随意。

终究也不能提神，瞌睡虫爬满我的神经中枢，我只觉得眼皮沉重，存心抗拒却又无能为力，迷迷糊糊。

是美若的声音吧：“……喂，你还不回房睡……”但音调却捉摸不定。咦，那不是方玫的声音吗：“……你有经验有实力，扶我一把……”

哈哈，真是风水轮流转。当年她令我崇拜，如今她却来巴结我。

永恒的是爪哇咖啡。

我猛然睁开眼睛，那杯咖啡依然散发着袅袅白气。我端起来啜了一口。

嗯，爪哇咖啡真好喝。

五

随便在那里胡扯，忽然有人敲门，进来一个西装革履的男人，四十二三岁的样子，他的左手插在裤袋里，右手配合着他讲话，指指点点：“STEPHAN，今晚的饭，安排好了吗？”

我见到瑞兴点点头，淡淡答道：“搞好了，晚上七点，在世贸中心。”

那人转身出去，他苦笑着告诉我：“我现在的合伙人。”

哦，是那个东南亚帮吧？好像叫郑乾坤，听说他的父亲是树胶大王，他是太子爷了，不过不是那种坐吃山空的“二世祖”，而是很着意去拓展他父亲的王国；挟资来香港，便有跨业多元发展的野心。

“好像很霸气，对吧？”我问。

瑞兴耸耸肩膀，“没办法啦，人家一生下来便富贵荣华，那是命呀。”

“难不难合作？”

“这种事很难说。看开一点，便不难。”他吸了一口气，顿了一顿，“看不开的话，便难。”

“这么有哲理？”

“不是吗？他来指指点点，一副高高在上的样子，假如我看不开，岂不是要跟他一拍两散？”他用打火机点上烟，吸了一口。

“看钱分上？”

“是啊，我们出来做生意，不是求气，是求财，有钱赚就可以了。”他笑，“何况到了这个年纪，许多东西都看透了，最要紧的是不要与自己的钱包过不去。”

明白了。

合伙做生意，最要紧的是找一个可以赚钱的伙伴，其他倒不必太计较。比方他以前的合伙人柴世方，我只见过他一面，也根本没有正面交谈过，但听他与别人高谈阔论，我就有一种此人太浮夸的印象；事后与瑞兴通电话，我谈起我的观感，他在那一头大笑：“油嘴滑舌？那没问题，做生意嘛，哪能那么古板木讷？能够胡说八道也是本事，钱也是在胡说八道中赚回来的，要不，去交际干什么？有钱赚就有友情，没钱赚就是无情啦！”

精彩。

我茅塞顿开。

但却不能消除我对柴世方的没有好感。

其实柴世方也并没有得罪我，但人的感觉是有点难以解释，也许是“话不投机半句多”。

那个时候，瑞兴刚开始发达。那天下了班，我去找他，只见美若已在那边，她说：“今晚去避风塘吃饭，你去过吗？”

听过没去过。

原来他们接待两个台湾客，做生意嘛，当然要多多交际，联络感情，涵养德性；我懂。要我做陪客？有点尴尬，我不是商场中人，大概连插嘴的机会也没有。这是生意人的小聚会，我大概也听不懂他们的生意经，同去干吗？除了吃一顿？

“没关系，我们吃我们的。”瑞兴拍拍我的肩膀，“也不必说什么。”

我的心目中是看看避风塘。去便去吧。不然的话又会给人笑话了：“什么？铜锣湾避风塘你都没去过？还说来香港二十年哩！”

那船娘用竹篙往岸上一撑，木船便荡进海湾水波粼粼处，夜风吹来，鱼腥和海泥混合着的味道，飘上我的鼻端。东边的夜空，半个月亮正慢慢升了上来，在这都市里匆匆忙忙地生活，总是在与时间赛跑，我从来也没有留意过这样的景象，蓦地，一首久违了的民歌涌上我的脑海："……天边半个月亮，爬上来，咿啦啦啦，爬上来……"那意境，多么悠闲自在，我好像又回到儿时那样，无忧无虑。

但柴世方的大嗓门却打破我的怀旧梦，只听他笑着说："我们先吃一顿，喝一顿，然后再唱一顿，今晚不回家，好吗？"

那个台湾商人嘿嘿笑着，一面用台湾腔国语回答："好的啦！好的啦！大家开开心！"

"喂，是不是真的不回家呀？"我用胳膊碰了碰瑞兴，低声问道："我可不行。"

"怎么？"他微妙地一笑，"怕芝兰生气？"

美若凑过来，横了瑞兴一眼，才对我说："你别听他胡说八道，我们当然不去。要去，也是柴世方去。"

"是啊是啊，他是勇者无惧。"瑞兴笑嘻嘻地说。

几艘灯光通明的小船围了过来后，我听到柴世方居高临下地乱喊一通，哦，是在点菜呢。

鱼虾蟹。

热气腾腾地端了上来，"吃海鲜吃海鲜！"柴世方叫道。

台湾客呼噜呼噜吃得满头大汗。

喝酒喝酒。今夜不能无酒。

我看到个个人面泛红光，我也觉得有些微的酒意。

柴世方又开了一瓶"拿破仑"白兰地，"再喝再喝！"他吼道，那声音就在海湾上漾开。

任他们如何开怀，我固守防线。

"喂，瑞兴，你这位朋友，"柴世方斜眼看我，打了一个酒嗝，"不够哥儿们，也不跟我干！"

“他不会喝酒。”

“耍笔杆子的不会喝酒，谁信？”

“真的，骗你干吗？”美若接口，“你饶了他吧！”

不喝就不喝，难道我连不喝的权利都没有了？莫说我真的不能喝，就算是能喝，我也未必要喝给你看呀！我见他如此咄咄逼人，心中不觉有气，也不吭声，只是微微冷笑着，待要看他如何动作。

但他却不再纠缠了，“他不喝，我们喝！”

只有那个台湾客跟他杯来酒往。

“猜台湾拳啦！”台湾客叫道。

去！台湾拳也好猜的？一看就是幼稚。看看这个柴世方怎样出丑！我有些幸灾乐祸。

不料，柴世方也不着急，“猜台湾拳，大把机会啦！今晚我们先不猜，听歌，好吗？”

说着，也不等对方同意，他便往海面一抬手，摇来的小船载来两个年轻女子，坐在船尾的抱着手风琴，而站在船头的，便把一个本子递了上来。

“你也点一首吧！”美若对我说。哦，原来那上面写着的是歌名。

“《晚风》。”我说。

“不好不好，《酒干倘卖无》！”台湾客叫道。

“好，就《酒干倘卖无》，还有《绿岛小夜曲》好吧？”柴世方附和着。

“再多点一首，凑足一百块。”瑞兴说。

“再唱一首《无言的结局》吧。”美若想了一想，补充道，“很好听。”

我仔细一听，三首都是台湾歌呢。我明白了，今晚的主角是台湾客，偏我不识时务想点香港歌，难怪碰壁了。我又有点埋怨美若，早知我说了不算数，又何必叫我出这个洋相呢？

这种场合，我本该沉默是金。

这只不过是商场上不值一提的雕虫小技而已，我竟也不会使用，柴世方后来有意无意地说："书生，百无一用是书生！"

这时，木船在海湾转圈，台湾客忽地说："这里吃得好，但说起景色，还是杭州西湖更好！"

"当然当然！"柴世方立即接口，"西湖风景，天下第一！"

"你什么都是第一！"瑞兴插嘴，淡淡笑着，我也猜不透他是褒是贬。但柴世方却很高兴的样子，大笑道："当然要第一啦，做三奶就没什么劲了，对吧，美若？"

"又关我的事？"美若瞪了他一眼。

柴世方也不搭话，回过头又对台湾客说："你去过西湖，当然看过断桥啦！传说白娘娘与许仙就在那里相遇。你看你看，那个许仙多没用，要我是白娘娘的话，一剑便宰了他，一干二净！"说着，他还拿眼角瞟了我一下。

我明白。他的弦外之音，我岂能不懂？无非还是那句："百无一用是书生。"我又不是什么书生，你拿许仙来影射我干什么？要是我是许仙也还不错呢，至少还有一个貌若天仙的白娘娘倾心相爱哩，而我其实只是一个小编辑，哪有什么美女青睐？在这商业都市当个报纸的小编辑，确实也是"百无一用"。说得好听是编辑，说得不好听便是"报纸佬"。商业社会谁能够赚钱谁便是英雄好汉，文化拿来干什么？开玩笑！读了大学又怎样？像柴世方，中学都没有毕业，七混八混，现在不也混得风生水起？

"大学生，现在的大学生，也就是古代说的书生吧，论做生意，还得向我拜师傅呢！"柴世方说，"对不对呀，STEPHAN？呀，你也是大学生，我可不是说你！"

我正待回击，美若却扯了扯我的衣袖，低声道："喝醉了，别理他！"

我一凛，是没有理由发作。这场合我是客，哪有客人与主人争执的？万一拌起嘴来，我大可不必卖什么面子，但瑞兴、美若脸上不好看。

“对呀，做生意，完全靠天分。”台湾客接口，“念什么经济什么工商管理，最多毕业后做高级管理人员，有几个真的可以自己做大老板？”

这倒也许是真的。只不过这个社会，用钱来赚钱，越滚越大。没有本钱，再有本事，不也一样无法飞腾做“威龙”？

“要能赚钱也要能花钱，要不赚那么多钱干什么？”柴世方又喝了一杯，“喂，萧老板，台湾女人温柔漂亮，你当然艳福不浅啦……”

原来他姓萧，萧老板哈哈一笑，“怎么说呢？可能是各有各的好吧？老弟你也经验丰富，不必我答了吧！”

开始谈“女人经”了，大概他们的“余兴节目”快开始。我瞟了美若一眼，只见她笑吟吟地端坐在那里吃香蕉，看来对于这种话题已经习以为常。

做生意嘛，便要不择手段，只要达到目的。

美人计大概也是商场撒手锏，英雄难过美人关，即使明知美人身后有伏兵，男子汉却偏无法回避，即使是刀山火海，也是闭眼硬闯过去再说，至于是祸是福，早已不在话下，只是为了片刻贪欢。

此刻的萧老板醉眼蒙眬，言语之间已不断加强暗示。柴世方招呼船娘“回航”，跳上码头，他笑着向瑞兴扔下一句：“我们继续演下半场，你们请回吧！”便领着萧老板往停车场走去。

“这个人锋芒毕露，也太俗。”我回过头对瑞兴说，“你可能要防着他一点。”

“他？是俗。”他回答，“不过现在还有几个雅士？俗也没关系，只要能赚钱。你看，他今晚就把萧老板哄得多开心！那宗大生意，明天签定了！”

“是呀，你叫雅士来，恐怕就拉不到这个台湾客。”美若接着说，“不管他俗不俗，也不管他用什么办法，总之，做成生意便高明，他要认第一，就让他去认吧！我们要的是实惠，虚名都给他也不要紧……”

大概这也是处世之道。我想。

“这就是技巧，”瑞兴拍拍我的肩膀，“明白吗？”

“你们和他相处，不会觉得很难受吗？”我问。

“有什么闷的？嘻嘻哈哈言不及义，最好打发日子了。”他笑，“他喜欢什么话题，就跟他说什么。什么都懂一点，什么都可以应付两句。说完了也就完了，根本不往心里去，不是很好吗？”

“难得糊涂？”

“小事糊涂，大事可不能糊涂。”他答。

“在赚钱的问题上，一点也不能手软。要是糊涂的话，人家一口把你吃了。”美若解释，“就是这样。”

“难道没有商业道德可言？”

“倒也不是，能够合作，当然有些基础。”瑞兴说着，耸了耸肩膀，“不过，防人之心不可无。老祖宗说的话，十分有道理。钱哪，不是别的，哪能糊涂？”

明白了。

亲兄弟，明分账；何况合伙人？

不涉及到钱的时候，大家信口开河求开心，绝对没问题；倘若有钱银纠葛，那就要算个一清二楚了。“洋人最好了，洋人吃饭，大家AA制，各出自己的那一份，公平合理。”美若笑着补充了一句。

“但我们是中国人。”我缓缓地说，也笑着。

“是啊，中国人吃饭是抢着付账。”瑞兴的语调，我也猜不出是赞赏还是不以为然。

“其实又何必呢，”美若撇了撇嘴唇，“又不是个个都那么有钱！”

“那倒是。不过中国人大概好客。”我说，“不关钱的事。”

“打肿脸皮充胖子？”美若问。

我想也未必。即使没有多少钱，也不是为了充胖子。愿意请也就请了，倒也不必怀疑人家如此虚荣。但我却不想说下去，万一他们以为我在夫子自道，岂不糟糕？

美若这样说，也不知道是霸气还是俗气？

柴世方俗气，郑乾坤给我的印象是霸气。

俗气不过是容忍的问题罢了，而霸气呢，那恐怕是阻不阻挡得住那气焰了。

我想开口对瑞兴讲，但又觉得他的感受未必和我一样，我又何必"自作多情"？

迟疑间，我见到瑞兴看了看表，说了一声："我们吃饭去吧！"也不等我有什么表示，便按了通话器："SANDY，麻烦你给我BOOK两个人的台，吃潮州菜，对！"

假如我在这个时候抽身而去，难免显得有些突兀，但是假如若无其事地跟去，我的心理又不能平衡。

真是进退维谷。

不如我请他啦！凭什么？请他？每次吃饭，他把金卡一丢，签上大名付账，都让我惭愧。那数目，于他自然是小意思，于我可是"大意思"，虽然来而不往非礼也，但我却付不起。那回我硬着头皮抢着要付，他笑着说："哪有这样的道理？你还是留着给孩子买点东西吧！"

我一时之间也猜不透他的笑眼里传达什么讯息，但现实便是这样，钱不是一切，但许多时候，人却又离不开钱。瑞兴便常常说："有钱不是万能，但没钱却万万不能。"

嗯，吃就吃吧，又不是头一次。

管他呢！

吃得是福。

六

吃一餐饭，有什么所谓，也没有多少钱。

民以食为天嘛！

其实香港人吃吃喝喝成风，胃口早就变刁了。稍微差一点的菜式便皱眉头，人家请吃饭，愿意来是赏面，是主人求客人，不是客人求主人。想想也是，人家又不是没饭吃了，还要赔出时间来，并不划算。吃饭，也只不过是为了聊聊天罢了。当然有时出于某种需要而吃饭，那是“外交饭”，醉翁之意不在酒，另当别论。

但承澜好像连和我吃普通一餐饭也变得有些拘束了，令我感到难过，我也不知道究竟为什么。可能他觉得我老是心不在焉吧？这实在没办法，生意上的事情，常常教我在不知不觉之间便走了神，他不会明白的。所以，我常常对他说：“还是打工好，干手净脚，一下班拍拍屁股就走，天塌下来也不关你的事。但做老板呢，那真是没日没夜的，哪有什么完全休息的时候？”但他似乎不信，半开玩笑回我一句：“那不同，做老板有钱，打工便不出头。要不，咱俩换换，怎样？”

我知道他并不认真，便也哈哈一笑了之。也并不是说换就换，他不是不知道他不能做生意，我也不是不知道我不能打工。换，说说而已。我最知道他没有这种“野心”，或者拿方玫的话来说，就是“没志气”。那天下午方玫闯到我办公室，秘书用内线电话请示，我心里打了个突：莫非她又旧事重提，要我出资去搞海南岛那个项目？

不过她已经杀上门来，如果拒之门外，老同学脸上不好看。还是看她怎么说，再随机应变吧！

方玫露出谄媚的笑容：“关于那个项目，不知道你考虑得怎样了？啊？”

“这个……”我思索着应该怎样措词，“海南岛太远了，我现在也抽不出身来，有点麻烦。”

“你不用跑，我跑腿，你可以坐享其成。”

“那不成。”我笑了笑，“做生意，也不能全靠一个‘信’字，投资那么大，我没亲眼去看过，又没有做过市场调查，我不可以贸贸然下决定——何况，我的合伙人也不同意，我虽然可以不理，但是大家拍档，当然有商有量好一些。钱可以少赚，但不能伤和气。钱嘛，慢慢再找也不迟，反正香港钞票满天飞……”

我一面说，一面细心观察她的反应。我发现她的笑容僵硬了，却又勉力化解成一副满不在乎的样子，虽然不大自然，却也让我佩服，方玫究竟是方玫，始终都跟得上风云变幻。我心里又不禁暗暗好笑：我可以拍板？镇镇她而已，郑乾坤股份和我一样占百分之三十，此外董事局主席大亨新还占百分之四十，他们两个如果不同意，我便无可奈何。

不过，此时不吹牛，更待何时？何况面子攸关，她既看得我像天那么高，我当然就要扮成与天一样高。倒不是我诳骗她，而是她一来就让我不能退缩。反正这也是无伤大雅的并非恶意的谎言，有什么关系！

我看着她强装的笑容，但那眼神却显然暗淡下来了，然而也只不过是一下子而已，她立刻又显得精神勃勃了，盯着我的眼睛俨然一副全神贯注倾听我说话的样子，我虽心肠坚硬也不禁被她的那副表情所软化。好在我纵横商场见的世面多了，稍一镇定也就一笑了之，不再多说一句给她以任何希望的话。

“就那样的话，没希望了？”她终于泄气。

“这个项目可能很好——照我看，也是有的做的。”我小心翼翼，“只不过我们公司目前的方针，是舍远求近，集中在香港搞，暂时战线不想拉得太长。”

“计划再好，你不投资，我也只是纸上谈兵。”方玫叹了一口气，“没钱，什么都是假的！”

“或者你可以找其他公司合作，我想他们会有兴趣的。”我有点于心不忍，连忙安慰她。

“你看找哪家？你可不可以介绍介绍？以你的地位和关系，一定可以找到好的合作对象！”

她的话好像连珠炮似的，我都有些招架不住。妈的，早知如此，我干脆就决断地说“不行”，不用这么拖泥带水。她简直就有点死缠烂打的味道，好像非得把我逼上死角不可。我望着她，缓缓地说：“其实，这种项目，煞气很大，你不可能永远搞这个。就算是搞一下，也只能过渡，很快便要放手，从此洗手不干。你懂吗？实话实说吧，我也不想瞒你，我现在不能再去碰这个项目，算命先生说了，假如不注意这个禁忌，我就会被打回原形！”

我随口胡说，也不管她信不信，只要能够把她打发了，也就算了。最多也就是多得罪一个人，反正在商场上友人敌人像走马灯一样教人眼花缭乱，哪能个个顾及？

但出乎我的意料之外，她并没有拂袖而去，依然坐在对面笑吟吟的。不管她是真笑还是假笑，但她果然有她的一套。大丈夫能屈能伸，她方玫虽是女流之辈，却有大将风度。假以时日，碰上个机缘，难保不成为一个人物！

稍微沉吟了一下，她又再次开口：“海南岛太远，那还不如在香港吧，我们在香港合作，行吗？拉我一把？”

接着又来？我一怔，随口问道：“你有什么项目？说来听听。”

“你拿出一点钱来，办个出版社吧！”她很认真地说，“我在内地时就做出版社，驾轻就熟，没问题。”

搞文化？我苦笑。

“你不信？”

“我信你内行，但在香港办出版社，谈何容易？香港是商业社会，没什么人看闲书。”

“但也有办出版社赚钱呀！”

“做什么都有人赚钱，”我开始有些不耐烦，“问题是，凡是投资，老板肯定要看计划，看市场调查，没人愿意把白花花的钱乱扔在无底洞里，RIGHT？”

“我们可以出畅销书。”

我不耐烦再纠缠不清，便问：“你看要多少钱？”

“六万。”她想了想，说。

六万？六万出两三本书便完了，怎么周转？看来她对这里的出版社也是一知半解，再谈下去也没什么意思，我看了看表，说：“这样吧，关于文化出版的事情，你找王承澜研究吧，他比较熟。如果他同意，我也不反对。”

她的上半身倏地前倾，胸口几乎顶住我办公台的一边，声音急切：“他？不行不行，他不思上进，没有志气。跟他谈，不会谈出什么好结果来。”

“我是个商人，只懂得做生意，而且只对赚钱有兴趣。出版我不懂，你不问他，我就爱莫能助了。”

“这个……”

“你是不是找他谈过？”我忽然明白过来。她犹豫了一下，终于点点头。我也不想知道详情，便轻轻带过，“你还是把你的想法详尽告诉他，看看可不可行，这样大家好做。”

我见到她嘴唇嚅动了一下，终于也没有再说什么。

可以看得出来，她很失望，我心里也有点歉意。我明白，好些人来到香港，发财心切，以为香港遍地黄金。其实也未必。也许香港的机会多一点，但并不意味着人人可以成为阔佬。人比人，气死人，这山还望那山高；你有钱，那李嘉诚比你更有钱得多，怎么比？我可以理解她追求金钱的心态，当年我何尝不是如此？我不会回过头去嘲笑开始起步的人。

至少，她只是在钻营，并没有越轨，没有触犯法律。如今这个世道，光天化日之下打劫金铺，视警方如无物，已经不是什么新鲜事。前几天在大埔，便有一伙据说是从大陆带着威力强大的武器偷渡而来的“省港旗兵”，为了威慑追兵，竟当街连轰六十七枪！香港开埠以来，又何曾有过这般猖狂的匪徒？警方刚声言定要将罪犯绳之以法，次日中午，我路过皇后大道中，忽地传来“噗噗”的声音，那些川流不息的打扮斯文的男男女女，顿时一阵大乱，女的尖叫着抱头乱窜，男的也不顾一身西装革履，纷纷趴在地面上。我一时还没反应过来，却也不由自主地闪进旁边一家服装店里，只听得挤在里面的人个个神色慌张，“打劫金铺呀！”一位女秘书模样的小姐睁着惊恐的眼睛说。

枪声终于不再，劫匪自然已经远走，我跟着人群走了出来，但见那家金铺附近的一处报摊仍然在卖书报。我好奇地问了一句：“枪战你都不避一下？”那中年报贩把眼一瞪，神色自若地答我：“都见惯的啦！避什么？”

打劫金铺，打劫银行，近年更是听到麻木的了。如果以前主要是在不那么热闹的地方下手的话，现在打劫竟打到香港的心脏地带来了，而且选择在行人最多的中午时分，是不是“最危险的时间最不危险”？还是匪徒根本蔑视警方防卫与破案的能力？

这些专程偷渡香港，一两天内得手后又立即用快艇潜回大陆的劫匪，倘若没有本地匪帮的主使和接应，又怎能老马识途迅速摆脱警方的追捕？

如此危险的勾当，他们都做，说来说去，还不是为了一个“钱”字？

钱嘛，恐怕人人都想要，只不过取法大有不同。

做正行生意，也许也要坑人，也要耍手腕，不过总不像黄、赌、毒或杀人越货做无本生意那样丧尽天良。

方玫有些急功近利，但看来她仍在恪守商场的游戏规则。别看她是娇滴滴的女流，她发起狠劲来，连吃了豹子胆的男子汉也未必有她那么凶悍。那时她身边有四名贴身保镖，号称“四大金刚”，只要她一声令下，由“四大金刚”率领，她手下的红卫兵便奋不顾身地冲锋陷阵。武斗最厉害的时候，她率领她的“子弟兵”，固守一座宿舍楼，任多数派日夜包围，断水断电断粮，她依然誓不投降，终于拖到对方逼于形势不得不撤兵。

平安无事了，我跟承澜出于好奇，曾溜进那座宿舍楼去看个究竟，只见地板都挖了几个大窟窿，原来他们便这样挖井取水来喝的呢！而大门附近墙壁上的血迹，是他们抗击发动攻击的对方人马的一个小见证。

方玫虽还没有指挥过千军万马，但确也是一个手下有几千人的红卫兵头头，而且这几千人对她是服服帖帖的，假如她要控制几个悍匪，于她恐怕也并非难事。

但看来她并没有。

我猜想她可能也会利用她的色相，她讲话依然还是那么娇滴滴，媚眼流溢，定力差些的男人，很容易被她灌迷汤。徐娘半老，风韵犹存呢！

做生意和做其他很多事情一样，美女绝对占便宜。比方我请的女秘书，首先便要看她的长相，也不一定我有什么企图，但看看也舒服嘛！方玫当然已经不再青春逼人，不过她另有一种成熟之美，迷倒一些人，换取一些利益，并不是不可能。

你情我愿的东西，法律管不着，得失她自己会衡量，只要她认为值得，别人又何必置喙？她又不是未成年少女，她应该有自己的判断。

而且，以她这么急于发财的心态来判断，我看她也只赚到一点钱，想来即使真的做了自我牺牲，恐怕也仅仅是眉来眼去磨磨蹭蹭罢了，应该还不至于“大出血”。

不过，谁知道呢？天知地知她知我不知。也不关我的事。事不关己，高高挂起。

这是个笑贫不笑娼的社会，英雄莫问出处，只要腰缠千万贯，到时自然会有许多人给你唱颂歌。比方我吧，有谁会再鄙夷地说我是“大陆仔”、“阿灿”？还不是个个叫我“老板”、“陈SIR”？当方玫皱着眉头告诉我人家叫她“大陆婆”时，我这样对她说。

我其实也并不是鼓励她去做什么，但我却把问题的根本点告诉她知道。

我总觉得她可能会成功。她以往的历史告诉我，她是个与众不同的人物。

只不过，她到底能不能适应新的环境，能不能在商场上一显身手，除了头脑灵活愿意牺牲之外，在很大程度上还要看看有没有机缘。

我跟她合作？现在不可能。现在合作，简直就是我拉她发达，那怎么行？将来如果她有了财力，大家可以互利，那还差不多。

做生意，“利”字当头，绝对要铁石心肠。要不，便成了慈善机构。我不要做什么善长仁翁，捐点钱没问题，一戴上“慈善家”的大帽，我便觉得有些欺世盗名之嫌，我可受不了。

我不知道我闪闪烁烁的言词，她究竟是否听明白了？依她之聪明，照理不会不懂，不过她只是一味傻笑。也好，大家捉迷藏，也不必把事情摊开了，留有嘻嘻哈哈的转弯余地。

好像承澜，他从不倚熟卖熟，和他一起吃饭，不必担心他会冷不防提出什么要求。我有时甚至嫌他太过清高，以致让我虚荣一下的机会都几乎没有。

七

饭刚吃到一半，忽闻一阵香风飘动，我抬头一望，只见美若已走到眼前，并吩咐跟随而来的侍者说：“加一个位。”

等她坐下，瑞兴问道：“你又说不来？”

她笑。“跟罗太太去做健美操，说好一起去吃饭逛公司，谁知道她临时有事，我只好追随你啦！”

“追我签单吧？”瑞兴嘿嘿笑道。

她不理他，却向着我说：“再加一两个菜吧？”

不等我回答，她已经扬手叫侍者来。

反正这种场合，也轮不到我决定。

美若的胃口很好，瑞兴对我说：“你看她，还做健美操呢！减了两磅，吃一顿也给增回来哩！”

“不管怎样，健美操对身体有益。”我忙道。

“是呀，它这么流行，当然有它的道理。”美若白了瑞兴一眼，“要不，谁会那么笨，花钱买难受？”

“太太团最爱搞这些名堂了。”瑞兴接了一句。

“你看，”美若转向我，“他就会泼我的冷水。”

我微笑不语。

明明是夫妻耍花腔，我何必干着急？

即使美若做健美操只是为了赶时髦，那一点费用，对她来说实在不值一提，无伤大雅。太太团成群出去，也自有一种慑人的身价。

有了钱有了身份地位，便会有相应的活动，那也是自然而然的事情。

我现在已经看得多了，不会以我的身份去看他们的活动，所以能够比较心平气和地对待。当初，我何尝又不曾起波澜了？

那是个星期天的下午吧，我和芝兰第二次上他中环半山的巨宅。他家照例来了许多亲戚。我一个人坐在一边，没有人跟我说话，有些坐冷板凳的味道；我很想告辞，但芝兰在另一角正与美若谈得兴高采烈，我不好扫她们的兴，唯有心不在焉地看那巨型电视机所播出的音乐节目，噢，是“卫视”的节目哩。

我有点困，慢慢也就靠在沙发上睡过去了。电视声、说笑声离我远去，这时便是最自我放松的时候。

我好像在滑翔，轻盈、自由。

阳光。空气。海滩。

海水蔚蓝。咦，莫非是美国的东海岸？

什么东海岸？我哪里曾去过美国？

哦，我想起来了，云生在那里留学。云生命好，在香港读书不成，老子有钱，便可以将他往外国一送，留洋镀上一层金，再回来还不是一条好汉？

怪不得他自小便满不在乎。问他长大了想做什么，连眼睛都不用眨一下，便昂然答道：“当经理！”

果真是虎父无犬子乎？

气得美若大骂：“你以为你爸爸生来就是当总经理的命？你再不好好读书……”

瑞兴插嘴：“他无心读书，你骂他也没用，算了，车到山前必有路。”

“他就是给你宠坏了！”美若愤愤然，“他要是留级，我不认这个儿子，我的脸没地方放！”

我连忙打圆场：“读书读得好，出来做事未必能干，读书读不好，反而做生意可能很厉害呢！”

我倒也不是完全信口开河，当初我在大学功课比瑞兴好得多，那又怎样？到头来还不是他发达我挨世界？

云生胆子也大，又有小聪明，还有父亲撑腰，将来回港恐怕不止当经理那么简单。

只可怜我那独生子为山了。

他读得了书，还有两年便中学毕业，我真想供他去美国或加拿大留学。可是一年要十多万港币的花费，我哪里出得起？每当想起我的无能为力，看着为山，便有心如刀割的感觉。没有钱，一切免谈。

有钱真是好。

我甚至曾经一再决定横下心来厚着脸皮请瑞兴支持，就说：“我这一生就求你这一次了。”可是每次话到嘴边始终也还是说不出口。

但我一直不死心。

一方面积极买六合彩，一方面希望自己终于会有勇气开口。

他会不会答应，我也没有把握。只不过试试还有一线希望，如果不试，连一丝希望也没有了。

但我老脸往哪里搁？

讲钱失感情呀！也许一句话便失掉一个老友哩。

人家有钱是人家的本事，我眼红什么？钱哪，你平白无故想从人家口袋里抠出来，哪有那么便宜的事情？

瑞兴就说过：“我赚钱难道不用动脑筋？难道钱能够从天上掉下来？”

他不是说我，是说阿超；但焉知没有弦外之音？

其实也是，他有他的不足为外人道之处，不过我们只看到他的风光罢了。

提，还是不提？

唉唉！左右为难。

可怜天下父母心。

芝兰摇摇头，瞪着我说：“没钱就不要学人把孩子送到外国去啦！”

她说得也对。

向瑞兴伸手要钱，为了孩子去留学？此话如何讲得出口？倘若救急，那倒硬着头皮也就讲了，留学？没本事就不要跟人比啦！

除非……

除非他主动开口。

但这种可能性几乎等于零。又不是嫌钱腥，有什么理由把钱往外乱抛？

唉！孩子，你爸爸没用，没有能力供你，你只好靠自己了！

我心里很难过，好像看到为山泪汪汪。

我想要安慰他，却说不出话来。

忽然惊醒，原来芝兰在推我：“……睡着了？叫你都叫不醒！”

我茫然四望，为山正在另一角打GAMEBOY。原来是南柯一梦。

我笑了一笑，心却依然为那梦境所压迫。

美若说：“都快六点了，我们不如去铜锣湾吃饭。”

我一点兴致也没有，懒懒地答她：“算了吧，我们回去了，不要太麻烦。”

“麻什么烦？”瑞兴走了过来，“我们反正也要吃晚饭。一齐去一齐去，就这样说定了！”

“不饿呢……”

“也不是现在就去，再过一个钟头啦！”美若转头朝为山嚷道，“小山，我们去吃鱼翅，好不好？”

为山一面打机，一面高兴地答应。

“唉，又吃鱼翅？”刚刚回家的曼莉皱了皱眉头，“你们去好了，我宁可待在家吃曲奇饼！”

股市狂升时赢大钱的股民们意气风发，个个鱼翅捞饭吃，而她似乎连鱼翅也吃腻了。可怜为山一听到两眼便发光。

也难怪他，只有过年，家里才会煮鱼翅。少见多怪，少吃自然也嘴馋。有鱼翅，好吃又有补，我也想呀。只不过我早已过了为山那样爱吃的年龄，倒也不会喜形于色。又或许我已经变得世故了，即使内心狂喜，也会尽量压抑自己，不在脸上表现出来。因为那副穷相是很容易让人看了要瞧不起的。

再穷再馋，也要扮得若无其事。

那潜台词是——鱼翅？哦，常吃。也不过如此而已，没什么了不起。

我才不会成为逛大观园的刘姥姥哩！

这也许是成人的狡猾，不过也没办法，即使在老友面前，我也不能毫无遮掩，因为他发达了。

我想，我唯有自尊尚可以与他们的财富抗衡，而使得友情处于平等状态。假如我已然没有钱，连自尊也丢失了，那又何异于摇尾乞怜，甚至沦落为“傍友”？

如果是这样，那就与我的本意相去太远了！

所以，即使是假面具，我也要戴一戴。反正这样装假，也并没有什么恶意，唯一的目的只不过是保护自己而已。

这时，电话铃响，美若懒懒地提起电话筒“喂”了一声，忽地在沙发上的身子坐直了起来，语调也兴奋了：“……什么？首映礼？《滚滚红尘》？……哦哦，好哇好哇，我和瑞兴七点钟准到！一会儿见！”

放下听筒，她笑嘻嘻地说了一个闪闪发光的名字。

我一怔。

想当初刚来香港，我们都是林青霞的影迷，没想到十几二十年后，他们竟与当年的偶像有平等的交往。

以前我也恍惚听瑞兴淡淡提过，他们一起吃过饭，当时我也不以为意，心想也许只是交际场合正巧被安排在同一桌而已。

如今看来，我倒是小觑了他。

大明星哪！

会不会是美若吹牛？虚荣心人人皆有？

但她骗我干吗？在我面前威风，又不顶事。

可是可以自我满足一下咧！

啊呀，我怎么就省不起来，他们现在的圈子大不同了呀！

嗨！管他呢！真的假的，与我有什么关系？假如是真的，那我也与有荣焉，起码到处可以跟人吹牛：“林青霞是我的老友的朋友。”如此这般攀附名流，岂不让人看小了？要是哪一个牙尖嘴利的听众来个反问：“哦，是吗？那与阁下你有什么相干？”我还有什么话好讲？难道可以厚着脸皮笑嘻嘻：“我也沾光呀！”

但他们确实是要去赴那首映礼的了，美若耸了耸肩膀，对芝兰说：“看来吃不成饭了，改天吧，改天再请你们。”

我见到为山露出失望的神情，连忙向他打了个眼色。我才不要被看成一生人没有吃过鱼翅似的！

好在为山也很懂事，立即低下头继续打他的GAMEBOY。

我看见瑞兴抬了抬左手手腕，哦，是在看表呢。他转头望着我说：“怎样？我打电话去召‘的士’来吧！”我一凛，是啊，我怎么还不赶快告辞？难道想等他用“平治”车送我们回家？他们要赶去参加首映礼呢，怎么还会有时间顾及我们？当然是贵客自理啦，我事前怎么没想到？王承澜呀王承澜，你真是聪明一世糊涂一时了！

聪明？开玩笑！像我这个德行叫聪明的话，那普天下就没有傻瓜了。

计程车很快便驶来了，我几乎是三步并作两步逃也似的离开他家，只因为羞惭于自己反应迟钝。

如果稍微伶俐一点，不用他出声，便该主动离去。结果要搞到他来提示，想起来也真莫名其妙。

莫非，在潜意识里，我是期望他或美若会发出邀请：“不如你们也去吧？”

我极力否认这种可能，但却始终解释不了我为何会这样赖着不走。

唉，想去就想去吧，也没什么太可耻的。他们不邀请我们，想来也是自然的，别说他们只是客人，不好反客为主；就算他们是主人，大概在这种场合也不便邀我们去的。

这是讲“级数”的社会，我明白，也想得开。

人贵有自知之明，考虑事情的角度，不妨从对方的立场设想一下，也许这样做会令自己舒服一点。

计程车沿着山路弯曲而下，两边的山岩与树木在黑夜中不断向后面退走。昏黄的路灯，一盏，一盏，又一盏，有气无力地，好像是强睁着的睡眼。晚风呼啸而来，“噗噗”地撞在玻璃车窗上。车子左拐，右弯；我们也跟着右倒，右歪。这漫漫夜路……

忽地眼前亮了起来，原来车子开进市区了。

还是市区好，虽然空气差些，但有炎热的七彩霓虹灯闪烁；虽然挤一点，却显得有人气。

人气？哦不，半山也有呢。你不能说瑞兴的家鬼气森森吧！咦，我这是怎么了？莫非是没有了一顿晚饭，心中便有些不忿？还是迫得自搭计程车打道回府，心理便有些不平衡？

我摇摇头，好像要摇掉那令我不敢面对的疑问。

那晚饭没吃成，但今天不也一样一起吃午饭？

好不好吃？我倒吃不大出来，我又不是食家。其实我对吃饭一向马马虎虎，也没有特别爱好。好一点差一点有什么要紧？叫我蹲在街边的大排档吃，我也一样可以吃得津津有味。说得好听这叫适应能力强，说得不好听便是没有口福了。

不过嘴刁也要有条件才行，既然手中没有多少钱，就不该挑挑拣拣，不然的话岂不苦了自己？

这一餐没有鱼翅，也就是普通的午餐罢了。美若说：“多做运动，多吃青菜，人到中年，不能不留意。”

也许她说得有道理。

其实家常便饭最好，吃起来也不会令我这个食客益发惭愧。

家常便饭就有这个好处，既吃了人家的，又有家常的气氛，不至于思想负累太重，说话也可以随便一点。

八

吃完午饭，承澜赶回报馆，我问美若：“你呢？”

“没什么地方好去。”她耸了耸肩膀，侧头想了一想，又说：“我跟你去公司吧。”

也是惯了的。她爱去就去吧。

美若高跟鞋的“咯咯”声，招来了职员们一张张笑脸：“陈夫人您好！”倒好像她才是老板似的。

莫非他们都认为是“夫人专政”？

不管他。爱怎么想便怎么想，我又没有什么损失。

人人都喜欢跟红顶白。

不用我吩咐，女秘书SANDY便端进两杯咖啡。

我刚啜了一口，视线落在台面那堆照片上，电光火石般我想到那还是早上SANDY送进来的呢！啊呀不好，我还没有想及该如何掩饰，美若眼尖，早已一把抄了过来，逐张翻看。

事到如今，唯有硬着头皮看看什么动静再说了。

事实上并没有什么事，只不过旁人看来，也许会误以为有内幕。我正胡思乱想，忽听得美若声调有些激动：“啊呀，你这算是什么意思？”糟了！怪不得今天一大早右眼皮便直跳个不休。我慢慢望过去，果然是那张要命的我与SANDY的合影。

本来合影也没什么了不得，美若不至于会吃干醋；但这张可是搂腰搭肩的呀！要叫我解释，我也很难讲得清楚，也只是一时高兴罢了，根本没有包含其他内容。

“好哇！你说去谈生意，怎么谈到跟女秘书搂搂抱抱呀？”美若见我不说话，气哼哼地追杀，“你倒说呀！”

也真是合该有事。几个人去曼谷签合同，是千真万确的事情。签好了，大家松了一口气，便去芭堤雅玩几天。

冬季对于热带的芭堤雅毫无意义，我们穿着短袖衫，在海畔徜徉，听棕榈树的叶子在海风的吹拂下哗啦啦作响。SANDY忽然跳起来说：“我要玩降落伞，谁去？”

她可怜巴巴地望着我，在那一刹那间，我忽地从心底涌起一股柔情。SANDY跟我已经三年了吧？三年哪，现在的年轻女孩，在同一间公司做上半年便大叫要跳槽。那天我就听见来探望她的女朋友惊奇地问她：“怎么你还在这里做呀？”但她只是温文地笑着，也不吭声。不论我在商场上春风得意还是一时失利，她好像都不在乎。甚至当我同柴世方闹翻，与郑乾坤另组“龙雄”时，前途不明，她也毫不犹豫地跟了我过来。而我对她，也只是基于用惯用熟了的心理加以欢迎，并没有什么特别的感觉。我想，她要做一份工作赚钱，而我则需要有一位熟手的女秘书帮助处理一些事务，彼此完全是雇用关系，或者是金钱关系，如此而已。

没想到在这远离香港的异乡，我突然觉得SANDY是那么无助，倒好像她三年来跟着我，全然是因为我有一种安全感似的。她那楚楚可怜的眼神蓦然唤起了我男性的气概；但觉脑袋一热，立刻叫道：“我陪你去！”

我见到郑乾坤一愣，朝着我说：“喂，STEPHAN你行不行呀？可不要硬来！”

我立刻有一种被小觑的感觉。哼！你不去就算了，何必在大庭广众面前这样奚落我？我偏去，看你怎么样！

但脸上仍堆着一笑脸："没问题！没问题！"

郑乾坤嘿嘿笑道："你今天怎么变得这样年轻了？小心点呀，岁月不饶人，你要量力而行……"

不知道为什么，我总认为他话里有话。无非是暗讽我对SANDY有意吧？笑话！不过也由得他说了，反正他这个人就是这样，猜想别人的动机也总是由他自己的心理出发，阴暗而偏颇。

"你放心。"我淡淡一笑。

SANDY与我已经各自被缚在一架五彩降落伞上，被汽艇拖着起飞，我给SANDY做示范，虽然心跳如打鼓，但表面上却强自镇定，我当然不想在SANDY面前失面子，特别是在启动前，我还煞有介事地对她说过："放松一点，没事，你看我的！"假如此刻露出惊惧的本色，我岂非要被她看轻了？

好在紧张也只是一瞬间的工夫罢了，上了天空，风从耳边呼呼吹过，放眼尽是青山绿水，我有一种长了翅膀的逍遥感觉。

回头一望，SANDY才刚刚腾空，她那惊叫声混合着娇笑声，从空中传了过来。平时端庄的她，竟有如此活泼的一面，这倒是我所料想不到的。

做了一会儿鸟儿，我又重新降落在起点的沙滩上，郑乾坤竖起拇指，阴阳怪气地说了一句："STEPHAN，你果然行，佩服佩服！"

要你佩服干吗？

我没有答话，仰望天空，SANDY也正自降下。

又是尖叫声与娇笑声，她轻盈地落地。我朝她竖起了大拇指。

郑乾坤叫道："啊呀，SANDY，你要是穿裙子就好了，从天而降，准成飘飘仙女！对吧，STEPHAN？"

说得好听，脑子里可不知道在转什么坏念头哩。我横了他一眼，假装听不清他说什么，迳自抬脚往SANDY走去。SANDY卸下降落伞的缚绳，叫着跳着便向我扑来，我想也没想，一把便搂住她。

这时，“咔嚓”的一声，郑乾坤的“傻瓜机”把这镜头摄了下来。

摄就摄吧，那也没有什么。

我完全不以为意。

等到冲了出来，这才觉得可能会让美若误会。

其实美若也并不是醋意很浓的女人，像这样的生活照，按理她不会介意，毕竟她也见过不少世面。

为什么这回竟如此反应强烈？

我猛然想起郑乾坤拍照时那暧昧的笑容。

美若这回突如其来地跟着我，莫非……

但郑乾坤去向她“告密”，又有什么好处呢？他也未必真的相信我与SANDY相好。

难道是基于唯恐天下不乱的心理？

还是为了看热闹？甚至从中捞一把？

不明白。

但也可能与他无关，完全是美若心血来潮。

莫非她的更年期提前来到，以致喜怒无常？

这个时候又不能开口问她。

只听她越说越激动：“你穷的时候盼你发达，好了，你现在发达了，就这样……”

甚么呀？莫名其妙！

看来是郑乾坤在捣鬼。记得在芭堤雅那晚，他来到我房间，微妙地笑着：“喂，说真的，SANDY可真不错，啊？”我望了他一眼，不动声色地答他：“是不错啊，她很帮得上我的忙。”

“老老实实啦，”他拍了拍我的肩膀，“大家男人，讲话不必遮遮掩掩，你对她有没有意思？”

我？说真的，到今天之前，我对她从来没有上过心，我一向只把她看成是秘书，一个没有什么性别的秘书，急起来的时候也会对她咆哮，怎么会对她有意？

“无意?”他笑，“如果你没有意思，那我就要上了！你可别后悔!”

“有什么可后悔的?”我哼了一声。

但是我的心湖却漾起一道道异样的波纹。他这是什么意思？和我谈“生意”？他凭什么在背后就这样谋定SANDY？难道她是一件东西？可以这样讨价还价?

不过，这也正是郑乾坤。

那回，他约方玫吃晚饭，临走前还特地拐到我的办公室，对我眨眨眼睛，说：“今晚我就解决她！你那个同学。”

我吃了一惊，心不知道为什么竟一下悬了起来，浑身都不自在。到底是担心方玫的安全，还是心底泛起些微的醋意？我也不大清楚。晚上在家里斜躺沙发上看电视，却完全不入脑，也不知道演的是什么；美若笑，我也跟着笑。忽然，她猛地问我：“你笑什么?”是啊，我笑什么？我张口结舌答不上来。“看你整晚发呆，也不知道搞什么名堂!”她白了我一眼。

第二天早上，一见到郑乾坤，我便急忙问他：“喂！昨天晚上怎么样?”

我见到郑乾坤的眼神暧昧，奸笑着压低声音：“昨晚？嗨！紧张、刺激、香艳、奇情!”

我看着他就有气，哼道：“你以为你在拍三级片?”

“简直比三级片还要厉害，”他挤眉弄眼，“你想要知道细节吗？今晚那一餐是你的，我慢慢讲给你听。”

我突然气上心来，恶声恶气地回了他一句：“我？我没你那么有闲!”

“呀！生气了?”他依旧嬉皮笑脸，“女人罢了，有什么了不得？你要是有意思，我让给你算了。”

真拿他没办法。

我只好闭口不再说话。

但心湖却一直在翻腾，朦胧中便出现了一些不甚清晰的画面。

郑乾坤。方玫。

目光炯炯。诱人的笑脸。

杯光。酒影。

温香。软玉。

你来。我往。

月满抱佳人。

啊呀三级片……

我的心一懔，郑乾坤早就不见了。

方玫有没有跟他上床，关我什么事？我紧张什么劲？

我耸了耸肩膀，摇了摇头，但却摇不掉心头那团情意结。嗯，方玫到底有没有……

碰到郑乾坤，可要打起十二分精神。虽然他俗得有点面目可憎，但他太有钱。一掷万金面不改色，有几个女的会毫不动心？钱哪，谁不知道钱的可爱。明知他只不过逢场作戏，不会投入真情，那也顾不得了，反正从头到尾是一场交易，你出金钱我献身！

那么，SANDY又怎样？她抵不抵挡得住他的银弹攻势？我真想提醒她一下，不过大家一起出来玩，我以老板的身份，无端端在雇员面前去诉说另一个老板的“阴谋”，并不妥当，结果我还是噤声了。

没想到搞来搞去，竟会搞到我头上。

我开始怀疑有人向美若告密，而这个告密者，恐怕非郑乾坤莫属。不然的话，怎会这么巧？

本来也没什么不可告人的秘密，但却有理说不清。如果我将事实原原本本告诉美若，她会相信吗？有相为证呀！换了是我，我也不会相信。

什么是事实？什么是假象？

有口难言。百词莫辩。

我唯有沉默是金。

美若大概以为我默认，泪水顿时夺眶而出，颤声道：“你好哇你！你认了吧？你认了吧？”

谁认了？

“喂，这是办公室，给他们听见了，有什么好？”我沉声示意她冷静一些。

她抹了一把眼泪，转身便脚步声“咯咯”地走了。

做梦也没有想到她会有这么大的醋劲。难道做了快二十年夫妻，我都还没有看透她？

是好几年前的事情了吧，那个晚上，我与她在客厅里看电视节目，窗外春雨连绵，有些冷意。

我与她闲扯，有意无意提起：“唉，真好笑，你知道那个安妮吧，她说想做我的二奶哪。”

她“哧”的一声笑了出来：“那个接线生呀？挺漂亮的呀。行啊，不过你跟她上床，不准关门……”结果当然也只是一笑了之，没有下文。

我问她，也不是有什么目的，只不过想看看她的反应罢了。我的结论是，她并不大在乎。

没料到她只是在理论上大方，一旦碰到实际，她的反应完全变成两样。

要命的是，这“实际”又只不过是她的想当然罢了，我碰到了无妄之灾。

因为是无妄之灾，我越想便越是无名火起。没有的事情嘛！要是真有此事，那挨一顿臭骂也倒还罢了，认命；现在无端飞来横祸，难道流年不利？

流年？

今年是猴年。

猴年是我的本命年。

本命年？听说本命年都很难度过的，莫非这便是一个小小的预兆？往后陆续有来？

啊呀别搞，宁可信其有不可信其无。

我按了通话器："SANDY，你去帮我买一块雕龙金牌。"

"雕龙金牌？"语气诧异。

有什么可大惊小怪的？护我平安度过本命年呀，老人家说的，姑且信之。大男人还信这个？大男人也是凡人，这种玄妙的东西，信好过不信。保命平安要紧。

我长长地吸了一口气，SANDY的声音似还在耳畔缭绕不去。妈的这个郑乾坤，和我合伙做生意，却要动我女秘书的主意，兔子还不吃窝边草呢，他连兔子都不如。看来，他这一招很辣，大概怕我对SANDY有意吧？现在美若大闹一场，岂不是变相警告我不许轻举妄动？郑乾坤你何必如此？打开天窗说亮话，我决不会插手，我怎会造成两个老板一个女的闹剧？妈的我何时说过我喜欢SANDY了？也只不过是郑乾坤自己疑神疑鬼罢了。这就找他算账去，跟他说个一清二楚……

慢着。我刚起身，忽地又冷静下来了。没证没据呀，凭什么说是他做的呀？

假如他矢口否认，叫我："拿出证据来！"我怎么办？

他一向都不好惹，随时都可能发律师信，告我"诽谤罪"，那岂不是更加自找麻烦？

算了，多一事不如少一事。不打无把握的仗。还是看准了再说。

做忍者？

做什么都好啦，小不忍则乱大谋。

赚钱要紧。只要钱会继续滚来，什么都好说。

敲门声。

我喊了一声："COME IN。"

没想到推门进来的便是郑乾坤。

我强忍怒意，打了个哈哈。

相逢一笑泯恩仇？

未必。

但不必明争，只须暗斗。

我们还要合作做生意。

貌合神离也好，总不能搞到互不理睬。要是到了这种地步，那就只有各走各路这一途了。

无论如何，不能也不必与钱斗气。

笑脸对着笑脸。

我戴上假面具，我想他也一样戴上假面具。

不能因小失大，彼此心照不宣。

九

高速电梯往下，我的心也一直堕下去。

没想到他与SANDY这么亲密，老板与女秘书，搂腰搭肩的，像什么话?！好哇SANDY，这几年枉我对你那么好了，原来你……

怪不得不论瑞兴怎么起落，你都跟定他了。我本以为你讲义气，内心不知有多么感激，原来你……

泪不争气地涌了上来，看到司机就在那边等候，连忙戴上太阳眼镜。

上了车还不知道要到哪里去，不论到哪里去，始终也还是要回家，难道真的可以一走了之？大屋、金银珠宝、儿女……

回家再说。

躺在客厅大沙发上，听音响播出CD。是郭富成的歌：“……对你*爱爱爱不完……*”

我忽然觉得这歌词太矫情太幼稚，翻身换了另一张镭射影片《与敌同眠》，什么？同眠的丈夫原来是敌人？太可怕了！

我干脆关掉了，重新躺在沙发上发呆。

再怎么样，瑞兴也不是敌人那么严重吧！

变心就是敌人？那也未必。

而且怎样断定他变不变心？就凭那张相片？

当年他追求我，实在是费了九牛二虎之力。那时他常在我面前抱怨："你哥哥根本就看不上我，不论我表现再怎样好，他也是不会满意的啦！"

我知道哥哥确实是为我着想，他想要我嫁得风光。

从他的角度来看，要是我嫁给羽毛球好手黎烈君就好了，因为他经常代表国家出国比赛。

我对于黎烈君的追求，也并不抗拒。事实上，黎烈君的条件要比瑞兴优越，一想起黎烈君出国已是家常便饭，我便感到与有荣焉。要是做了他的夫人……

但瑞兴却当面泼我的冷水："哼，你不要以为嫁给他过瘾，不要说他出国没你的份，便是他自己，还有几年运动寿命？退下来以后，他便是一条虫，不是一条龙！"

跟着他出国的念头，倒不曾有过，因为我也知道那并不可能，但只要他还在高峰，受人欢呼，我嫁给他，当然就有一种满足感，却没想到他退出球场以后怎么办？

一语惊醒梦中人。

或者说瑞兴的战术奏效。

而黎烈君又经常跑来跑去，这里那里地出赛，哪能像瑞兴那样几乎天天跟在我的左右？

不记得是谁说过的了，女人容易爱上每天都见到的男人，我不知道这个论断有多大的可靠性，但当黎烈君远在天边，而瑞兴却天天围着我转的时候，我感情的天平便逐渐向瑞兴倾斜。也许也不一定是这个原因吧？倘若黎烈君退出比赛后肯定可以当上主教练的话，那我也还可以考虑。但这种可能，到底有多大？我没有把握。正像瑞兴说的："粥少僧多，他又不是天下无敌，怎会轮到他？"

黎烈君一旦失去羽毛球的依凭，对我还有什么吸引力？这个问题缠绕着我的心房，迟迟也得不出结论。运动员的灿烂时光短暂，是明摆着的事实；可悲的是我偏偏又看中他的刹那芳华，意识到我面对的危险，我退缩了。有情饮水饱？我可没那么伟大，何况我是个现实主义者。假如真的爱得情深，我也可以不顾一切，但黎烈君却还没有那么大的诱惑力。

我觉得，离开了羽毛球，黎烈君便一无所有。比较起来，还是瑞兴好。他对我很狂热，而且他是大学生，也许不会怎样出人头地，但有起码的保证。

也是机会造就了姻缘，“文革”爆发，运动员变得没有用武之地，黎烈君自然也就销声匿迹了。我和几个同学组成“长征”队徒步串联，从北京南下井冈山。瑞兴竟软磨硬泡地插了进来，无端成了“战友”，而且居然和其他人混熟了。

那些同学早就把我与他看成了一对，沿路制造机会让我们独处。记得那回拼命赶路，天黑了下来，但见四野荒凉，既没有村落，更没有人迹，只有十二月的寒风在高歌低吟，一时好像在怪笑，一时又好像在哭泣，迎面扑打在脸上，教我们一个个弓着上身，举步维艰。

那利刃似的朔风直钻进我的脖子，耳朵好像给划破似的又麻又辣，脚指尖更是痛得我真有挥刀砍掉的冲动。但人人还是在顶风前行，只有瑞兴注意到我双眼含泪，他悄悄地拍了拍我的肩膀，喊道：“我们这样走，走到天亮也不会找到人烟，我看今晚就在这里扎营休息吧，啊？”

他不是队长，这个时候却跳出来，顿时让我觉得他实在是个男子汉。

谁都累得半死，但没有一个人愿意出声，大概唯恐自己“不彻底”吧？

既然有人提议，所有的人也都乐得顺水推舟。

一个个歪坐在那里，大家分工。

“天这么冷，我们烧堆火先暖和暖和再说吧！”那个队长说。

众口一词推定我与瑞兴去找树枝。去就去吧，不生火，今夜真难熬。

拖着疲乏的脚步，渐渐没入夜幕中，明知这是他们安排的“节目”，我也已经没有力气跟他们争辩了。

我一迳往前走，只觉得一停住便会倒下，瑞兴一把扶着我的右胳膊，气喘吁吁地说：“唱歌吧，唱雄壮的歌，就会有力气……”

我懒得答他。

他却不成曲调地唱开了：“……我撂倒一个，俘虏一个，撂倒一个，俘虏一个……”

我几乎笑出声来，这也叫歌？

在不知不觉之间，我忽然增添了活力。

踩着他铿锵的节奏，我的脚又有了力气。这是精神的力量吧，真神奇……

真神奇，在这以前，我也还不知道，瑞兴竟有这样的本事；一时之间，我有一种被保护的温馨感觉。

瑞兴的影子是不是就这样悄悄地进驻我的心房？我也说不清楚。

整个路途都是单调寂寞。早上披着阳光出发，晚上在寒夜里寻找住处。脚板起水泡，痛彻心肺，仍然要继续走下去，谁愿意戴上“动摇”的帽子？

怪不得这一走，便成就了不少情侣。

唯有异性的慰藉，才足以抗衡天气的恶劣和肉体的困倦。

人家都成双成对，我也就与瑞兴形影不离了。

“长征”后回到京城，在夜色中的校园里，他常常坐在苹果树下拥着我，在我耳畔轻轻唱起那首拉丁美洲歌曲：“……多幸福和你在一起……”

我体味得到他那时的热情。

黎烈君？早就不知被放逐到哪里去了。

他的名字从报刊上消失，也从我的心头隐去。

我看，他已经没有希望再攀上更高的顶峰了，因为运动员的运动寿命太短，哪里经得起折腾？谁知道什么时候羽毛球才又正式恢复比赛？

翻开他以往给我的邮件，投邮的地点四面八方：莫斯科、布达佩斯、东柏林、布加勒斯特、华沙、伦敦、哥本哈根、雅加达……那是他出国比赛的足迹。几乎每到一个地方，他都会给我写几个字，而且用人人都可以一览无遗的明信片。我可以感受他一片思念的情意。也许他也不无炫耀的意思吧，但我却非常接受，并且引以为荣。特别是在午饭时，大家围立在四方桌旁，负责开信箱的同学照例派信，他们一看到那异国的邮票，便知道是他寄来的，一个个都羡慕地说："啊呀，是黎烈君……"我的虚荣心便得到极大的满足。

那时提起黎烈君这个名字，有谁不知道？我哥哥就认为，高家的女儿，要嫁就嫁黎烈君这样的"精英"。

假如不是"文革"爆发，我大概也真会嫁给他了。所以，人的一生实在是有太多的偶然，这个偶然便造成了不可改变的结果。人其实是很脆弱的，谁可以扭转乾坤？

眼看他与他的羽毛球都不再吃香了，哥哥当年的雄心也低落下来。当我向他透露，我已和瑞兴相好时，他起初抬起一双眼睛，诧异地瞪着我："他？"好像十分惊异似的。接着便叹了一口气："随你喜欢啦！反正现在读书无用，出名也无用，陈瑞兴就陈瑞兴吧，只要你觉得他好。"

我知道他嫌陈瑞兴没多大出息。

唉，其实人大多数也就是这样吧，如果爬到高峰，一旦跌了下来，那种落魄的味道，恐怕要比从未意气风发的人要痛苦得多。比方黎烈君，他听惯了掌声和欢呼声，忽然下放到工厂当普通工人，便立刻成了什么也不是了。那天偶然在街上碰到，寒暄几句，问到近况，他苦笑着，脸上一副万事皆休的模样："还好啦，大家都那样。我没给下放到农村去，已经算是不错了。"

我知道他在我面前变得有些自卑，想想也是，他根本没有什么希望了，除了羽毛球，又没有其他专长，还能怎么样？他一副垂头丧气的样子，完全没有了斗志。以前每次出国比赛前，他总踌躇满志地对我说："等我回来，我一定会拿到奖牌回来的！"相比之下，他好像变成了另一个人。

我想要安慰他，但也不知道如何开口，也许越是安慰他就越会有受伤的感觉，他向来威风惯了，看来不能够接受他所喜欢的对象居高临下的姿态。于是，我什么也没有说。

大家握了握手，算是道别。

这一别，便再也没有见面。

没想到后来又在香港相逢。

相逢已经人事全非。我成了陈瑞兴太太，而他也结了婚，他太太据说是他后来收的徒弟。

而且，瑞兴在商场上得意，他却还在工厂做工，业余教教羽毛球。

我甚至庆幸这么迟才碰面，要是瑞兴还在潦倒时，我也真不想见他。

见他，心底里也是想看看他太太究竟长得怎么样。

我对瑞兴说："黎烈君也来了香港，找个晚上，请他们夫妇吃个饭吧？"

瑞兴看了我一眼，淡淡地说："好啊。"

既然谈不上"仇人见面"，当然也不会"分外眼红"。

瑞兴有些眉飞色舞，黎烈君却显得有些拘束。我偷眼留意他太太，果然年轻，看来至少也小他十五岁？也并不是太突出，却胜在青春。呀，我这是怎么搞的？无端端竟跟她比美？

难道我对黎烈君……

不，余情是没有的，不过，女人的心理，总喜欢把与自己有关甚至无关的东西拿来比较，黎烈君的太太，说与我无关也无关，说有关也有关……

无关与有关之间，大概最撩人遐思了。

她有青春美？哼，我有成熟美呀！

还好，她没有教我自卑。

我昂得起头来，这也就够了。我只不过在心理上要赢得一点自信而已，当然并不是真的要与她较量。我可以感觉到黎烈君虽然抑制着自己，但在眼波流转间，仍泄露出些许的情意。可惜对于我来说，那已经是遥远如在洪荒时代的故事了。

在回家的路上，瑞兴不无醋意地说：“喂，你那个黎烈君，好像至今还是对你含情脉脉哩！”

我笑。他吃醋，表明他在乎我。“你算了吧，人家现在的日子也过得不怎么样，你还和他计较？最要紧的是我自己嘛。何况你老婆我有人欣赏，也是你的光荣。”

黎烈君来到香港，并不得意，看来他也不曾想到瑞兴会有今天这样的地位。

莫非是风水轮流转？

假如他仍保持当年的傲气，我也许会尊敬他多一点，可是，他一见到瑞兴，便摆出一副讨好的面孔，令我看了有些反胃。这是做什么呀？不过是穷一点罢了，那也不必显得自己低人一等呀！

不过，可能是穷怕了，也难怪。

相士说我有“帮夫运”，那么，瑞兴的成功，亦有我很大的功劳。假如当初我真的嫁给黎烈君，不知道今天到底会怎么样？

人生，真是一个不可解之谜。

帮夫啦，帮他发了达，那又怎么样？如今他大把银子，有身份有地位，便“饱暖思淫欲”了。说是“贫贱夫妻百事哀”，富贵夫妻呢？莫非真像罗太她们说的，天底下没有一个好男人？还是男人经不起富贵？

富贵了就不能再尝穷的滋味，我不能。黎烈君穷怕了？我也怕穷。假如根本没有富贵过，我可以受苦，我可以挨世界。那时刚刚来香港，我什么粗工没打过？不也一样活过来了？但是如果今天再叫我去穿胶花或者当售货员，我怎么受得了？过惯了花钱根本不用想一想的日子，再掉回每天油盐柴米都要斤斤计较的生活，我的天，我恐怕受不了！

现在怎么办？难道真的跟他大吵大闹；一刀两断？这倒干脆，不过我可就要给打回原形了。有赡养费？那也远没有今天这么舒服。

不行，要是我这么做，太蠢了，正好中了他的奸计。

也便宜了那个骚货。

还是以不变应万变，看他怎么样再说。

我不出声，他总不会在我与那骚货之间选择她吧？

我跟他是患难夫妻呀！他再坏，也不至于如此无良。

其实他在商人中还是属于心软一族，有时我就骂他："叫你下不了手哇！你看人家怎么对你！"但他只是嘟哝说："你们女人，知道什么呀？"也不争辩。

女人怎么啦？没有女人，你还活得这样逍遥快活？

SANDY就是女人。

我也是女人。

男人就是这般犯贱，"豪气"起来，根本不把女人放在眼里，好像这个地球捏在他们的手中转动；可是一旦没有女人，他们又可怜兮兮好像失去了灵魂。

但我无论如何还要忍。

当然要与他抗争，但底线还是一个"忍"字。

我不妨打打擦边球，不要出界，不要犯规，在认可范围内合理抗争。

可惜黎烈君打羽毛球，不打乒乓球，不然可以向他请教怎样打擦边球。

咦，我这是怎么啦？黎烈君就算把擦边球绝技全授给我了，又对我在这个SANDY的问题上怎样施展？

何况，就算这一招有用，假如把黎烈君牵涉进去，恐怕益发纠缠不休，让人剪不断，理还乱。

此刻我的心绪，也真是剪不断，理还乱了。

夜的脚步愈来愈逼近，负责煮饭的菲佣几次进客厅，问我是不是要开饭了，我都不耐烦地挥挥手，叫她离去。

说真的，我也饿了。

但瑞兴还没有回来，开饭？开几个人的？

我一个人吃。

菲佣必定会照例问："先生呢？"

怎么回答？

不想回答。

烦！

回避最好。做鸵鸟最好。

就是眼前没有沙堆。

所以干脆就不要吃晚饭，不吃菲佣就没法开口问了。

不能给她提问的机会。也许这菲佣正想察言观色看出一些什么私隐来，不能让她得逞。我猛然想起，我在客厅里摆出"战斗格"，岂不是等于把秘密公开给下人？不行不行，等那"衰佬"回来，也不能在这里盘问。

要责问，也得锁好几道门，回睡房再审。

夜渐渐深了，他却没有回来。

我开始有些发慌。

他？他莫要一不做二不休，家也不回，就在SANDY那儿睡了？

还是要忍。

不要逼虎跳墙。

但又实在忍不下这口气，怎么？你陈瑞兴当初是怎么追我的？现在倒好了，你嫌我人老珠黄吧？要不你怎么会这样？

逢场作戏？

是见异思迁吧？

我也知道青春是重大本钱，我又何尝没有年轻过？但岁月催人老，我也没办法。

啊呀他怎还不回来？

可别金屋藏娇去了？怎么办？怎么办？

心乱如麻。看着挂钟，已经午夜十二点了。

曼莉也不知道死到哪里去了？

肚子咕咕叫，是真饿了，但却没有胃口。不吃不吃，睡吧睡吧。

我忽然想到，以眼下的心境，等到他回来，准会大吵一通，也许大家在气头上，各走极端也很可能。算了算了，既然不想把事情闹大，还是按下这一晚，等火气过了，再作道理。

弦不能绷得太紧，太紧就会断掉。

不想断，那就只好松一松，缓冲一下。

还是赶快上床，免得碰个下着，弄得彼此无法收场。

睡上一大觉，也许明早就可以心平气和了，那结果当然是两回事。

我的心一紧，害怕与他狭路相逢，我连澡也顾不得洗了，只是火速抹一把脸，刷了刷牙齿，便进睡房熄灯躺下。但是，越想赶快睡去，心却越是怦怦乱跳，睡神早就不知道给驱逐到什么地方去了。

在黑暗中，直挺挺地躺着仰望天花板，我极力保持心情平静，但SANDY的影子却在眼前跳来跳去。

蓦地，我的心一紧，那是他的脚步声。

我急忙侧身把眼睛一闭，同时睡房的门给推开了。接着便听不见什么声音，大概他脱了鞋子蹑手蹑脚而来。

我什么东西也看不见，只闻到一股酒味。

他喝酒去了。想来是去兰桂坊喝吧。

他不会一个人去喝闷酒的，一个男人独自去那里喝酒，要是被误以为是男同性恋者，可真要被好此道者纠缠不清呢！

他才不会那么笨！

那么，他喝酒，跟谁？SANDY？还是……

真想扑出去扭住他喝问。

但——

还是要忍。

我睁开眼缝偷望，只看见瘫在那张单人沙发上的黑影轮廓，却一点也看不清楚他的表情。从那半躺的姿势来看，大概是累了。

他累了，我也累了。

两败俱伤？还是同病相怜？我的心一阵难受，急忙把眼睛闭上。

睡吧睡吧。可是总也没有一点困意。又不敢辗转反侧，只好僵直地躺着。假装的滋味真难受，此刻最好能够昏死过去。

没办法，唯有拿出绝招——死命数绵羊。

一只绵羊、两只绵羊、三只绵羊、四只绵羊都跑过去了，越数却越精神。

谁说这一招很灵？

SANDY的笑靥如花，黎烈君跃起在半空扣杀的姿势美妙——啊呀还是要数下去。一百零一只绵羊……

忽然觉得大床轻轻弹了一弹，我的心一跳，那群绵羊四散逃窜，连数目也抓不回来了。

我听到他轻轻嘘了一口气，又在床上动了一下，便沉静了。我猜想他是翻过身去背对着我。

但我仍然僵直地侧面躺着，背对着他，不敢动弹；唯恐我的猜测出错，一翻过身却面对着面，而且四目相投，到那时，什么事情都可能发生。电光石火间，谁控制得了自己！

别搞。

今夜无眠。

我却听见他的鼾声轻微响起。

这春夜更加寂寞无边。

十

看来，今天晚上可不能早回。

美若好像吃了火药似的，回到家里与她碰面，以她的火爆性格，不吵个天翻地覆才怪呢。

不跟女流一般见识，任她怎么说，我只要闭口不吭声便是了。

没有对手，吵不起来，她也自会收声吧。

不过，我能哑忍吗？倘若她越说越难听，我也当做耳边风？

没有把握。只要回她一句，那战火就一定越烧越旺，在气头上，谁能节制怒潮？

还是回避政策最好。

鸵鸟？必要时也就当了。

大概人来到这个世界上，有时也免不了要当一当鸵鸟的。其实那也没什么。不是都说“大丈夫能屈能伸”吗？

眼不见心不烦。

敲门声响起。

是SANDY。

她手中捧个小盒子，飘然走到我面前，将盒子打开，笑道：“陈先生，金牌，雕龙的，你看满不满意？不行的话，可以换。”

我接了过来，嗯，游龙戏珠。翻过去一看，另一面刻的是四个字："富贵吉祥"。

果然深得我心。

她办事，总会搞得妥妥帖帖的。

我笑着望了她一眼，有一股柔情在我的胸中漫过。

她似乎察觉了，略带娇羞地一低头，轻声问："没有什么其他的事，我出去做事了。"

我点点头，眼看她转身快要扭开门把，我下意识地把她叫住。

她身子凝住不动，只是扭过头来，好像电影中的慢镜头那样，慢慢地扭过头来，并不吭声，但我却从她的那双眼睛里读出一个问号。

"下班后，有空吗？"我的心竟莫名其妙地加速跳动。

她转过身来，迟疑了一下，才点点头，然后笑了一笑。

我摆了摆手，竭力想要使气氛随便一些，便耸耸肩膀，微笑着说："完全是私人性质，与公事无关，也没有什么加班费，算是挨下义气，怎样？"

"跟公事无关，那就最好了！"她脸上现出一丝狡猾的神情。

为什么？

大概是可以不把我看成老板吧！

也是的，与老板在一起工作，不打起十二分精神怎么行？那么紧张，做人也就没意思了。

我懂。我也打过工，其中的苦况，我怎么会不知道？

当然我现在是老板，看问题自然是从老板的角度。但脱离了工作，我相信我不会摆老板的架子的，特别是在我欣赏的女性面前。

今晚没有老板也没有秘书，只有一个苦闷的男人和一个寂寞的女性。

吃完晚饭，刚在兰桂坊的酒吧里坐下，那酒保便堆着笑容，把我寄存在这里的那瓶"人头马"白兰地端了上来，微微欠了身，招呼一声："陈老板，欢迎欢迎。"

也不知道是不是我疑心，但觉他那笑容深藏着暧昧，那双眼睛迅速瞟了SANDY一眼，却又不动声色。

一股怒气升了上来，我冷冷地看他一眼，哼了一声："没你的事了。"

他似乎察觉到自己的失态，强笑着说："有什么请尽管吩咐。"一面退了下去。

不知他脑子里在怎么想？

管他呢！

他爱怎么想便怎么想，谁管得着！

喝酒喝酒。

也不能光喝酒不说话呀。

吃饭时东拉西扯已经辛苦，喝酒再言不及义，莫非今晚就是特意消遣她？

但SANDY一味笑眯眯，一副不慌不忙的样子，也不知道她是不在乎呢，还是胸有成竹。

她就是这点好，从来也不会让人有压迫感。

也许，她生来就是如此乖巧。

假如说，美若是火的话，我看她就是水了。美若炙人，讲话也常常不留情面；而她呢，却总是柔柔弱弱的样子，却又让人感到清清凉凉。

也不知道是不是因为我是老板，她才对我这样？但看她待人接物，却又不像是装出来的。

其实，在开口约她出来喝酒的那个刹那，我便已经暗自决定，今晚就当她只是个可以推心置腹的知己，谈谈心中的苦闷。老板的架子？要来干什么？扯下面具，任谁都是凡人一个，给人捏了也一样会感到疼痛，那又还要那些强装出来的面孔干吗？

但，该怎么说话？

假如说得不适当，她会不会误以为我借机在她面前攻击自己的老婆来讨好她，那就离我的本意太远了！

美若再差，我也不会以这种手段来讨取廉价的同情；何况美若也不是那么坏。

她的确有帮夫运。

我当然不会承认我自己不努力，但这个世界，光是努力，也并不表明会成功。美若的确帮了我的忙，我不是那种一阔脸就变，无毒不丈夫之辈。

不过，也不必太过思前想后了。想怎么说便怎么说吧。SANDY会怎样想？那也管不得那么多，她爱怎么想便怎么想吧。今晚请她来喝酒，是想一吐胸中的闷气，不是为了讨好她。

自私吧？

是自私。不过，很正常呀！

人不为己，天诛地灭。这未免太过分一些，但想想也不是全无道理。有几个人可以不考虑自己，只想到别人？也许有，不过我还没碰到。

苦闷的时候，自己一个人冥思苦想，总不会有益处，有倾听对象可以发泄一下，就让自己的苦处找到宣泄的渠道；而SANDY绝对是一个很好的听众，她只会听着，不会传出去，这一点我很放心。

啊呀，不是还有承澜吗？怎么样也是二十几年的老朋友，今晚我怎么不会第一个就想到他？我真的也不知道。或许现在SANDY比他还要令我感到亲切？还是我不想承澜知道太多有关我的家事？有时人是很奇怪的，你总是不想那些亲近的人过分掌握你的私隐。可能这也是出于提防之心。

男人跟男人，有些东西可以谈得肆无忌惮地深入，但是，假如想要取得一份温馨的氛围，怎比得上与你欣赏的异性在一起的时刻？

我这样轻轻地对着SANDY说，她闻言只是轻笑，眼波流转，瞟到一个角落，她啜了一口酒，“也不见得，你看那边，两位大汉在一块，不更显得格外亲热？”

我顺着她的视线，慢慢地望了过去，果然耳鬓厮磨俨然一对热恋中的情侣。

在这地方见到同性恋者，已经见怪不怪了，也不知道SANDY是头一次看到，还是为了接下我的话题而临时加以发挥。我笑道：“那是他们的选择，只要他们自己高兴，别人也不必太多议论。但我指的是一般的人。”

“正常的人？”

“那要看是怎么下的定义了。”我说，“我自己虽然不认同同性恋，但是尊重他们的选择，他们有他们的世界，只要他们自己觉得好，那就行了。外人恐怕是很难了解他们的心思，也不必轻率地判断是与非，对吧？”

“你的意思是——”她饶有兴趣地追问。

半杯酒下肚，我虽不至于醉倒，却有些兴奋起来，只是一味想说。平时话都留在商场上了，一到休息时间，便不想开口；但今夜的心情异样，思路也特别活跃。我又喝了一口酒，笑道：“是非观，价值观，很多时候都纠缠不清。自己快乐最重要，只要自己快乐，又何必理会人家会怎么讲？”

“不过，不论怎么样，同性恋总是让人觉得怪怪的。”

“同性恋一狂热起来，也是要生要死，甚至比异性恋还要回肠荡气哩！”我说。

语气肯定，其实我也是道听途说，他们的世界，我哪里知道清楚？

回肠荡气？是的，电影里的镜头，便足可证明。

什么镜头？《蜘蛛女之吻》。啊呀不对，那是男同性恋，我抗拒男同性恋的镜头，但女同性恋就不同了。

什么？大男人主义？那倒不是。只是从审美角度。女同性恋还有曲线美感，男同性恋有什么可看？

是不是男性与女性角度的不同，我也不知道。

想想也许我并不是同性恋者的关系吧，所以只能欣赏异性，不能接纳同性。

“你没有同性的好朋友？”她又问。

我瞟了她一眼，笑了一笑。

朋友当然有了，但好朋友就难说，要看看“好朋友”的定义如何。“人生得一知己足矣”，可见世上知己难求，遇到了便是你今生有福，遇不上也不必灰心失望。

承澜呢？承澜以前无疑是我的知己，一个脑袋都可以交换的朋友。但现在？怕也难说。其实我主观上并不想与他疏远，但人在江湖呀！他有他的圈子，我也有我的圈子，彼此生活范围不同，香港的节奏又那么快，交往自然也少，交情也就淡了。

这一切都是身不由己。

“你问我现在有没有好朋友，我真的不知道，这回答可能令你觉得我不真诚，但事实上真是这样。”我轻轻叹了一口气。

“是不是异性更吸引你？”

这又是一个很难回答的问题。

我现在体会到，世界上有许多事情，不能用简单的“是”或者“非”来问答。这不是我们中学时考试的“是非题”，答案非此即彼，斩钉截铁，含糊不得。

让我再想想……

从道理上来讲，同性相斥，异性相吸，是正常的。常听人家斥责某人“重色轻友”，其实这又有什么好攻击的，重色轻友，正常呀！难道要反过来，重友轻色？那岂不是差一点便要成为同性恋了？

说真的，我很在乎朋友，但更欣赏女性美。天皇巨星为了他的一班“兄弟”，冷落女朋友，竟被人称为“真正的男子汉”。我不能理解。倘若如此这般便是“真正的男子汉”了，那他的女朋友一定是白痴。哪有为了“兄弟”而这样不尊重女性的？传了开去，人家还不是会说：“嗨！她图他什么？当然是他的钱啦！钱最实际了，至于他爱不爱她，那有什么所谓……”

不过，异性也未必就一定能够擦出火花。

落花有意，流水无情。

神女有心，襄王无梦。

可能还有很多不同的感情层次。

即使是做了夫妻那又怎样呢？你看我……

“怎么啦？”

一言难尽。

我望了她一眼，张口想说，却又不知从何说起。

在下属面前诉说自家老婆的不是，我说不出口。她再怎么不对，也是家丑不可外扬。

一夜夫妻百日恩。

何况她也许只是耍耍花腔而已。

我苦笑着摇了摇头。

SANDY吸了一口气，“不想说就别说了，今晚我们只是喝酒，不谈风月！”

“你以为是《风月俏佳人》吗？”

“嗯，PRETTY WOMAN。”

“她？”我提了提杯中酒，“你是捧场还是讽刺？”

“你说她不漂亮？”

“我可没那么说。”

“那就是漂亮啦！”

唉！女人呀女人。

又是一个非此即彼的“陷阱”。

“哪有你漂亮？”我忽然取巧。

“你这是捧场话啦！不过，听了之后，我的虚荣心也大大地满足。”

我知道。有哪一个女人不爱漂亮？这一招，十个有九个都会抵挡不住。

挡不住的风情？

美若只不过是风韵犹存罢了。

但我不能对SANDY这样说。

我说不出口。

比如是一宗大买卖，既然已经成交，不论好坏，也总得有勇气承受，哪能反口？

何况美若是人，不是买卖。

想当年也是我穷追不已的结果。

罢了罢了，让着她一点算了，要不，到这个年纪还闹什么家变，脸上绝不好看。商场上当面当然笑脸相迎，谁知道一转身就会说出什么难听的话！

也不是怕。这些年来，我什么风浪没有见过？闲言闲语，我会怕？只要有钱，人家在我面前谁敢不敬？至于背后嘛，管他呢，没有亲耳听到的，我一律当做没有事，谁不在背后说人闲话？谁又在背后不被人说闲话？

有时被人议论得多，还间接证明你的存在价值哩。

我才不要无声无息地活着呢。

但在美若的问题上，我不能那么潇洒。

说真话，美若是越来越絮絮叨叨，大事小事她都能翻来覆去怨天尤人，让人不胜其烦。而且动不动就说："哼！要不是我呀，你怎么会发达？"

说得真难听，倒好像我真是靠老婆发达。

但我仍有义务。

我不想人家以为我一朝发达，便嫌弃"黄面婆"。

心里即使苦闷，这一辈子也都认了。

但我不能禁锢自己的心潮。

君子好逑？

酒又辣又苦，有什么好喝？但喝下去却很痛快。所有的烦恼全都烟消云散，神志在飘忽中穿游，过去与未来都没有了依凭，只有眼前这一刹那永恒，却又抓不住太多的意义。

SANDY真是青春活泼。

我觉得我的心一下子衰老下来，唯有SANDY跃动着的笑颜，才可以给我以青春的诱惑。

我伸手摸了摸她的脸，那张泛红的脸光滑而具弹性，她微微一缩，嗔道："老板，你醉了……"

我这是借醉行凶，她那流转的眼波，我明明还看得清，会真醉？

SANDY并没有翻脸。其实我也估计到她不会翻脸。

也许因为我是老板，也许因为她对我有好感？

我并不喜欢她当成我是她的老板，但实际上我又真是她的老板，我总不能对她说："你不要叫我老板了。"

但今晚我却对她这样说。

上班时我是老板，下班后就是朋友了。

"可是，习惯上是打工的与老板做不成朋友。"她的眼光一溜，闪出了狡猾的笑意。

这个问题可能永远也说不清楚。

不说了不说了。今夜我不要纠缠不清。

那对鬼佬越来越放肆，SANDY似乎有些不好意思，我看到她将身子侧了过来，背对着他们，但不说话。

我不要她太窘，看看手表，已近午夜。我不能开口说走，我要把这主动权留给她。她似乎也感应到了，"晚了，走吧。"

跨出酒吧，那短巷寂静，只有那街道静静地沐浴在昏黄灯光下，把人影拖得长长的。今夜星辰今夜风，我竟有些意乱情迷。怔忡间右脚一闪，我几乎跌倒，紧挨着我旁边走的SANDY双手一拉，这才使我站稳。我轻轻倚着她，一股暖意在体内升起，也不知是酒意还是情意。

忽然想起郑乾坤的那句话："喂，说真的，SANDY可真不错，啊？”“如果你没有意思，那我可就要上了！你可别后悔！”

嘿嘿嘿嘿嘿！

是郑乾坤的笑声吧，充满着自信，好像他要怎么样，便可以怎么样。

偏不让你得逞！

伸手轻揽她的肩膀，感觉若有若无，我却始终不敢太猖狂。

或者是酒不醉人人自醉？

要是郑乾坤迎面而来，那才叫好呢。

也许我也可以对着他：“嘿嘿嘿嘿嘿！”

我笑出声来，SANDY抬头仰望了过来，我的心一跳，连忙掩饰：“想起一件好笑的事情。”

我这是怎么啦？也拿SANDY当筹码？只是为了与郑乾坤斗气，还是以拥有她来自满？

是我说过的吧：她是人，不是一件东西。

我到底对她有没有真情意？

真是说不准。

我自己也不大明白自己。

只是觉得和她在一起开心，她没有美若的霸道和啰嗦，常常都是温文地听着，在适当的时候说适当的话。

男人在外面世界冲锋陷阵，一旦退回家里，便期望有个温馨的安乐窝抚慰精疲力竭的灵魂。假如还要遭受疲劳轰炸，那倒真不如在外头买醉，回去倒头便睡。

今晚有些醉意，脚步有点虚浮，但我尽量克制着，我可不能在SANDY面前出洋相。她未必会笑话我，其实我愿意醉倒在她脚下。

酒醉三分醒，何况我并未真醉，心里明白得很。

其实，我醉倒了也不会胡来，他们都笑说我“酒品很好”。好几年前，在一个宴会上，被灌了茅台酒，我酒量本来就不大，一喝之下，当场醉倒，也并没有呕吐，只是满面通红，双眼紧闭，“好像醉猫。”美若事后这样说。我可不愿意在这兰桂坊当“醉猫”，何况还要SANDY架着我回去。美若正在大发雷霆，SANDY毫不知情，要是扶我回家按门铃，美若看到，不闹个天翻地覆才怪！

我又不能赶紧告诉SANDY。

此种事情，只有像哑巴吃黄连。

不醉自有丰富的感觉，SANDY浑圆的肩膀富弹性，搂上去让人心湖荡漾。迷迷糊糊已经躺在柔软的床上，也搞不清楚，在半醉半醒之间，拥抱的是真的SANDY，还是绮梦中的幻影？

十一

来到香港二十年，一直住在三百多平方尺的一房一厅屋子，那回方玫就用疑惑的眼神望着我："你怎么不想办法换间大的？"

我不禁有些惭愧。

立刻又有些反感。

你以为香港真是遍地黄金，随便一抓便是一大把？

香港的确是钞票满天飞，问题在于你有没有本事抓到。这个世界，有本事的人少，没本事的人多，要不，怎么会形成金字塔形的社会？

她听了我的辩解，撇了撇嘴："那陈瑞兴呢？他与你差不多时间下来的呀！"

真是商场上的初生之犊不畏虎。

但她不明白，到底有几个陈瑞兴？大多数还不是像我这样挣扎在生活线上？甚至还不如我呢！

别看我这个德行，还真是比上不足比下有余哩。

但我当然不能对她这样说。看她意气风发的样子，这样说，那肯定会给她瞧不起。

她会怎么说呢？我想，她会说，即使不说出来，也会想——

这个王承澜，充其量，也就是"三十亩地一头牛，老婆孩子热炕头"。

这是小农经济。

小农经济又怎么啦？我王承澜胸无大志，有小屋栖身，有老婆有孩子，便也就是了，还有什么奢求？世上大多数人，不也就为口奔忙！

“我除非不下来，既然来了香港，我就不会甘于平淡，我要赚很多很多钱！”她说。

这也正是方玫，我明白。

我自己也自顾不暇，当然帮不上她的忙。来了香港，大家“各自逃命”吧！事实上她也在拼命地左冲右突，寻找快乐世界。

她的干劲，我也很佩服。她不知疲倦，我看得都有些累了。

没有人能够预测得到，她的这番投入这番努力，到底会不会成功，因为失败的人也不少。这是投注年华与金钱的人生游戏，不到一定的时候，谁也不知道答案。但不管怎样，她满怀热情地投身进去了，也许有朝一日会混得很好，也说不定。

看到人家千方百计赚钱，说我毫不动心，那当然是假话。我难道会心甘情愿，为了背负一间房子，此生就给压得喘不过气来？！

只是，做生意，我明知不灵，只好假清高。

而在内心深处，冷不防就会埋怨瑞兴不够哥们儿。他手中有好几个空置的住宅楼宇，假如他真的念旧，想要关照，随便扔一个给我，也比我现在成为包袱的房子要强。但他从来不提，偶然说起住屋，也只是笑道：“你好在好歹有间屋子。”

废话！这还用你说？现在楼价动不动就一两百万，以我和芝兰的工资，分期付款怎么供得起？

而美若却在拿我开心：“喂，承澜，你现在也是百万富翁了！”

她说得不假，我这破房也值一百多万，但我是不是就是“百万富翁”？天晓得！假如这么计算的话，那香港满街走的人儿，恐怕百万富翁多得是哩！

都是言不及义。

那回趁着有亲戚来香港旅游，我向瑞兴求助：“没办法，我家太小，住不下，能不能把你在太古城的那屋子给我们暂住？”

他满口答应，叫我上他公司问SANDY拿钥匙，“ANYTIME。”他说。

而我是醉翁之意不在酒。

见他似乎不明白我的潜台词，我很失望。我总不能赤裸裸地对他说：“喂，我家太小，不够用，送一间给我吧。”那岂不是形同乞儿？

可能我用迂回手法也一样脱离不了乞丐的本色，但总不像开口去索取那么难堪。

尽管心里多么想要，但是总撕不开脸皮，我只好以提点的方式试探，偏偏他不知是不明白还是假装糊涂，就是不主动关照我，如我所期望的那样。

兴味索然。

算了算了，他既然都不这样想，我还有什么话好说？

还是芝兰说得对：“人家有好多房子是人家的事，他没有义务送给你呀！”

可是，他是我的哥们儿。

哥们儿又怎么样？钱哪！

一所房子就这样送过来？你以为你有宝？金屋是用来藏娇的呢！几时轮到我？别发他妈的白日梦了！

千金散尽还复来？没那回事。

设法把钱从人家的口袋里弄到自己手中，当然兴高采烈，但到了从自己口袋里把钱掏给别人，那就痛苦了。

瑞兴的钱那么多，就算拿出一间屋子，在他来说，也决不会是负担，他应该不在乎吧？就算是他同情我这个老朋友也好。再退一步来说，给我三五十万当首期，让我有机会分期付款买间大一点的，也可以吧？就像他给他的哥哥姐姐又给美若的哥哥每家支付五十万买房子一样。

啊呀我想到哪里去了？那是他们的哥哥姐姐呀，我算什么？想吃老朋友这个老本？笑话！

可是，也是他说的吧："唉，兄弟姐妹是生下来就注定了的，不容我选择；而朋友嘛，那就随我了，我有主动权。"

兄弟姐妹这血缘关系是被动承受，是好是坏都无法改变；说到心灵合拍，很多时候都不如知己朋友。我这样理解，莫非有拉紧我与他的关系之嫌？

不提了不提了。他能够做到，也要他能够想得到。他想不到，也就是他根本不以我为念。他很清楚我的性格，我不会向他开口要什么。

求人总是很难的，还是要靠自己。

话是这么说，也要有本事自己奋斗才行，我只不过是小编辑一名，两袖清风，有什么本事赚钱？还不是就靠那一份并不高的工资维持生活？

但总要发奋图强。

没本钱做生意，也没本事做生意，剩下的机会，便是买六合彩了，既便宜，又简单。拿四块钱来买一个希望，无论如何也是上算的。

希望渺茫？那也不管。假如不买，便连一丝希望都没有；只要买了，就有可能一朝发达。

人总该有希望吧？

是个非常诱惑的奖金数额，就在各个报纸上醒目刊登出来：前几期六合彩头奖无人中，这一期奖金累积达四千多万，成为六合彩有史以来奖金额最高的一次。

我看得怦然心动：哗！四千多万！

假如我中头奖，乖乖，此生就不用再卖身给老板了！我可以买大屋，可以送为山留洋读书，可以做自己喜欢做的事情……

总之，我可以做个"自由人"，而不是"机械人"。

四千多万，以我这份工资，就算一辈子不吃不喝不穿不用，也不可能存到那么多钱！

博一博啦，反正四块钱一注，四块钱，拿出一百块钱，输了就当我买了一个榴莲吃，也不会心疼。

看来人人都是一样的心思，谁不想发财？当我来到筲箕湾我家附近的马会投注站时，虽然天下着濛濛春雨，但也抵挡不住人们的热情。我见到人龙长长，已从投注站内一直排到大街人行道上；有几个阿婆没带雨伞，宁愿给雨淋着，也要轮候。

这便是四千多万的魅力。

四千多万的魅力没法挡，我也昂然成了这人龙中的一员。

也不必自己选择什么号码那么烦心了，轮到我的时候，我把那张红色的百元纸币塞进窗口里，任那小姐用电脑替我选择二十五注。

有心思的人都有自己的幸运号码，看他们挤在台面一角小心翼翼填写的模样，我就大不以为然。幸运号码？凭什么？搅珠的时候摇摇摇，众目睽睽之下摇出什么号码便是什么号码，那与自己心目中的幸运号码又有何相干？除非有不可知的力量啦。

我也不是没有自己填写号码过，但那还是只有三十六个号码的时代，我也并没有刻意选择，完全只是因为顺眼便划。我这一招也叫“盲拳”吧，居然也两次中过四个号码，得了安慰奖，虽然每次只获五十元奖金，却教我更以为已接近幸运之神，投注更勤。

那时每注才两块钱，这安慰奖金花光，又有什么斩获了？结果还不是倒掏？一来二去也终究是个输家。

输家也好赢家也好，有电脑代劳最好，免得自己绞尽脑汁。人反正什么都贪图方便，连与财神打交道，也一样不耐烦太啰嗦。

我从来也没有买过这么多注的六合彩，接过票据，我看都不看，便一把揣进西装的内袋里，虽然我也给雨淋得有些冷意，但心口却是热热的。回到家兴冲冲地对芝兰提起：“投注的人那么多，我看头奖奖金恐怕也要增加到五千多万了！”

她望了我一眼：“是吗？可惜未必是你中呀！”

“去去去！”我啐了几声，“好运气都给你咒走了，我中奖，你可是也有好处的呀！”

“谁不想？但做人要现实一点，”她望了我一眼，“希望越大，失望越重。”

“你叫我无欲无望？”

“你行吗？”

“我是凡人一个，当然不行。”

“我是叫你不要期望过高。”

是吗？这恐怕也要怎么看了。

要是一点也没有中奖的心理准备，一旦横财就手，难保不发神经。

头奖五千七百万！我的天，我有生以来何曾看到过这么白花花的银子？日日夜夜抱着这一堆钞票，拇指与食指蘸上口水一张一张数去，真是乐趣无穷。我这才知道，数钞票原来是这般可爱。很多年前看过一部电影，里头有个农人赚到一些钱，每当夜深人静时，便悄悄爬起身来，点亮一盏油灯，打开紧锁的箱子，取出钞票点算一番。他那挂着微笑的满足笑容，在我当时还是学生的眼睛看起来，总觉得未免有些夸张；现在我才感到，其实那是很真实的细节。

多少年来，我都不大在乎钱。

千金散尽还复来。豪气？也不是豪气，只不过钱够用也就可以了，何苦为它追逐一生？我看有些人每天都是钱钱钱，赚了钱却舍不得花，也不知道要钱干什么？简直成了金钱的奴隶，那又何苦？

但随着年纪增大，我忽然觉得，也不能对钱采取浪漫主义的态度了。那晚与几个人吃饭聊天，杯光酒影中，一位老前辈不无感慨地说：“我告诉你们呀，要记住我一句话，千万不能老来穷。等到老了，手中没有一点钱，那才叫惨！手中有钱，就不必靠别人，也不必靠子女，活得潇潇洒洒。没钱？唉！”

我的心一下坠了下去。

年轻时一无所有，但还有气有力大把前途大把选择，起码一天三餐不会有问题；但人一老，就没有用了，不论智力还是体力必然大大不如，那时想要捧住一碗饭吃，怕也不容易。人家老板或会嫌你利用价值所剩无几，就算不借故炒你鱿鱼，到了加薪时不给你加或者象征性加一点点，你满怀气愤但又能够怎么样？如今二十来岁刚从大学走出来的年轻人，刚做半年便叫嚷着换工作，他们不怕，他们有的是机会。但我就不同了，换工作？凭什么？谁会要我？

只有年轻才有本钱。

不要说像我这样没有什么一技之长的人了，天皇巨星又怎么样？一旦走了下坡路，一切欢呼声喝彩声还不是一样成为过眼云烟？

是“许冠杰光荣引退演唱会”的第二天中午吧，我随口问了一下娱乐版的年轻女记者：“昨晚有没有看电视转播呀？”那个女记者淡淡地答道：“看一眼不看一眼的啦。”

“为什么？”

“有什么好看？”

我有些不忿，“那你可以把它熄掉，不更干脆？”

“哼，如果不是工作性质，我才不会看呢。”她望了我一眼，“没办法啦，我是被迫的。”

我不大明白她的想法。我是从头到尾收看的，也不一定多么欣赏许冠杰，但我觉得那么多同行为他“送别”，无论如何也是温馨的场面。

特别是一些女歌星眼中含泪。

“一时感触，联想到自己吧？”女记者说。

即使真是如此，也好过毫无感情。人间应该有温暖，哪怕由人及己也好。

“光荣引退？我看是迫不得已。”女记者说，“不过。激流勇退也需要有勇气有决断才行，这个我倒佩服。”

“你的意思是……”

“讲得那么清楚就没什么意思了。”

真是高深莫测。

大概见我不再问下去，她又忍不住了，“年纪大的，哪里合我们年轻人的口味？”

哦，明白了。

她的眼中，歌坛只有“四大天王”。

黎明、郭富城、刘德华、张学友，全都是“青春派”。

老人？待一边凉快去吧！

我想对她说，讲得这么刻薄，小心你自己终究也会老的，到时……但我说不出口。假如她回我一句：“我知道哇，不过我现在有的是青春，将来，那留到将来再说吧！”那我不是哑口无言？

现在的小女孩，个个牙尖嘴利，不饶人，也许一不投机，发起恶来，说不定向我掷来几句：“哦，我明白了，你不是为许冠杰，你是为你自己！”

算了，不要自讨没趣。

在她看来，我当然也是“老东西”了。

还是住口，免得自取其辱。

想深一层，我也并不是什么路见不平、拔刀相助的“大侠”，许冠杰我认识他他不认识我，又何须我置喙？残酷是残酷一些的了，不过人情冷暖，便是如此这般。就算我挺身而出，与女记者舌战不休，难道能够挽回她们的观感？唯一的结果，恐怕就是得罪了同事。

多一个朋友总比多一个敌人好。

同事嘛，低头不见抬头见。

许冠杰反正只是一个公众人物，潮涨潮退，又与我何干？

我替他不平？又有谁替我不平了？

人家银行里的存款，也不知道可以吃几辈子哩，还要我为他不平？真是白痴。

人家已经捞够了，上了岸。你记得他也好，最好把他忘记，他的后半生逍遥快乐又有什么烦忧了？

我替他叫屈？真是笑话，我还不如担心我自己更实际。手停口停的日子，那才是现实；至于人家天皇巨星，睬你都傻！

那些欢呼声，那些喝彩声，那响当当的名字，那滚滚的财源，都属于他；现在有些冷言冷语，恐怕也得承受吧？你不可能要求全世界的人都喜欢你，何况他已经得到了很多。不像我，一无所有！

没有积蓄，就像在跟自己的将来开玩笑。

想想我自己也并没有大手大脚地乱花钱，只不过觉得不必过于刻薄自己，更不可以刻薄别人，应该用的钱不必节省。话又说回来，就算抠门，又能够存下多少钱呢，以我这个水平的工资？

也许我的不大在乎钱，只不过是因为没有本事赚大钱而已。那天有人在报纸专栏上说，粪土金钱的人，都是一些赚不到钱的人。那意思自然是“酸葡萄心理”。我想倒也未必，这作者大概也是“想当然耳”。但是我也不能断然说他胡说八道，比方我吧，没钱而又没办法找到更多的钱，也就只好摆出一副不在乎的样子。

采取这条办法的好处是，我的心理会好受一些。

要是我有很多很多钱……

五千七百万！

莫说是在微雨下排队轮候投注，便是下冰雹也一样值得。

电脑啊电脑，你真是比人脑还灵。

这幸运号码轻而易举就这样派给我，而且是一注中奖，独吞五千七百万！

乖乖！

百万富翁算什么？五千七百万哪，你见过没有呀？

打电话打电话。喂，我中了头奖，我叫王承澜，我的身份证号码是……

我自己都听得出自己的嗓音震颤，是兴奋？还是恐慌？说不清说不清。

芝兰一直站在旁边，我一放下电话筒，她便急急地追问：“怎么样？啊怎么样？”

没怎么样。领奖啰！

芝兰欢呼一声。

五千七百万，迟早都是捏在我手里的了。

千万富翁就是千万富翁，暴发户？那也是不改千万富翁的事实。

英雄莫问出处。

有钱便是英雄。

一到跑马地马会总部，保安员便拥了上来，护卫着我乘电梯直上十四楼的财务部。

哗！没想到被人前呼后拥的感觉，会是这么惬意。天皇巨星也不会如此被保护吧！

做这种人和做那种人可真是大不一样，怪不得做人的乐趣也是人人不尽相同。

一张划线支票。

五千七百万元港币的数目字。

赫然写上"王承澜"三个大字。

我再仔细看了一看，没错，王承澜。

财务部的负责人伸出手来，"恭喜你，王先生。"

那么，我可以和瑞兴在钱财上称兄道弟了吗？

真好。好像是一场梦似的。

以后再也不必站在他面前就矮了一截似的。我与他的级数差不多，大概圈子可以拉近一些，交往也恢复密切。

我有钱了。真没想到，就这么一下子，便成了个富翁。简直是海底捞针一般的渺茫机会，怎么那么巧，就教我一头碰上了？难道冥冥中早已注定？

为山要去留洋，尽管去！现在老子有钱，没问题。

只不过这么一个独生子，让他漂洋过海独自去地球的那一边闯荡，实在不舍得，也不放心。

但不喝点洋墨水，不镀上一层金，怎么跟人竞争？难道要像我一样，辛辛苦苦挣扎？假如没有这六合彩，我真不知如何是好了……

房子？换？也不要太大，有一千多平方尺也就够了，最要紧是有个书房，也未必真有时间有心情去读什么书，但坐在安乐椅上看看那些书，也很诱人。人家说，三日不读书，面目可憎；我现在三十日不读书也不奇怪，书房也不过是用来装潢门面罢了。香港的有钱人家，有几个重视书房？我倒还不想弄得满身铜臭味，我要书房。

这小编辑的职位，当然辞了！

不辞，难道要我驾驶着“劳斯莱斯”房车上班？吓都会把老总吓死！

英雄被困筲箕湾，不知何日上中环？

是什么歌来着？我这就破茧而出，搬出筲箕湾，乔迁中环半山区。

财大气粗？果然。

本来以为只要低调，不要张扬，我成了富翁，也是神不知鬼不觉的。

没想到人们竟会如此消息灵通。

保密？休想！

人家有什么义务替你保密？

最惨的是我不知道要给哪个人“掩口费”，倒不是我舍不得破点小财。

都是一些神通广大的人物。

投资顾问、保险经纪、地产代理、新闻记者……门铃响了一次又一次，全都是不速之客。

我的头都大了。

我根本还没有什么打算，他们怎么个个都好像已替我策划？好像十分关心我，但我知道他们盯住的是我那鼓胀的钱包。

从没想到我会这样在一夜之间成了新闻人物。

像我这样一个平平凡凡的人，忽然之间便有了价值，全然因为六合彩。这六合彩造就富翁，真他妈的好！

我于金钱也胸无大志，瑞兴鼓励我："你不如拿出两千万来做生意，用钱滚钱，最多我教你！"

我笑而不答。

五千七百万，够了够了，我没有更大的野心，或者说是没有斗志吧。做生意也挺头痛的，还要对付那么多场面上的应酬，还有明枪暗箭，我怕我不成。

算了，此生已经无忧，这就够了。

还是把钱存进银行里最稳当，每个月可以拿二十万的利息，太他妈的多了！二十万，我们一家三口一个月用二十万！我的天！

对于我来说，这是个天文数字，因为我们本来的月收入不到一万五。放在银行，无疑保守，瑞兴便常常说："钱一定要不断在商场上滚动，才是活的，存在银行里，迟早都会发霉！"但我真的不想费那个心，这当然也与我没有商业素质大有关系。

保守就保守吧，至少没有风险。

我的钱已经多到这个份上，多赚一点少赚一点，也都无所谓了。

知足者常乐。

那女记者隔着大门的铁闸还是不懈地追问："请问你现在有什么打算？"

有什么打算？当然有啦！但我不能告诉你。

炒老板的鱿鱼，真是意气风发。

工作以后，还真没有这么豪气干云过。

生活重担呀，老哥！

为了养妻活儿，有什么办法不把自己的脖子套在人家的铁链上？

没想到此生居然有扯断锁链的时候！

上天也真待我不薄了。

"……啊哈，我要飞到天上……"那首歌是不是这么唱来着？

但身怀巨款的感觉也真不好受。

个个人一看到我都挤出笑脸，只是不知道在内心里是不是想要一刀把我宰了？

也难怪，那么多人投注，那么多人抱着偌大的期望，结果人人都落空，偏偏由我一个人占去，他们哪能不羡慕不妒忌？

要么大家都没有份，谁也无话好说。

这笔巨款顷刻之间把我推向高处。

高处不胜寒。

众目睽睽。

虎视眈眈。

害人之心不可有，防人之心不可无。

怎么防？明枪易躲，暗箭难防。

我不能怀疑天下所有的人，要是我那么疑神疑鬼，那我不成了神经病？

但我也不能不提防别人，不然的话破了产也不会知道到底是怎么一回事。

世事难料呀！人心险恶呀！

谁知道隔着肚皮那人在转什么念头？

没钱真痛苦。到了有钱，还是有那么多烦恼。

以前无钱一身轻，走在路上根本没有什么负担，除非是飞来横祸有什么高空掷物掉下正中脑门啦！但现在，我总是疑神疑鬼，老是觉得人人都在不怀好意地盯着我。从前的轻松，哪里去了？

我现在有钱。

但我可不想成为第二个王德辉。

王德辉当然比我有钱得多，但我的钱也不算少呀！歹徒眼红，那是自然的啦！

人无横财不富，果然！

有了横财招人忌，也是真的。

有钱还要有命享受才行，假如连命都没有了，要那么多钱干什么？

留给妻儿，那也是个道理，只不过我有一笔大钱，可没有伟大到可以为了妻儿而舍掉性命不要了。

我的意思是，既然阔了，妻儿无忧，那我自己也要有福分享用才是。

不然的话，我可宁愿过穷日子。

世界毕竟是美好的，我也还没有活够。

好死不如赖活？

被歹徒处置，也不是好死，而是横死；过穷日子也未必是赖活，只要活得有尊严。

还是走在街上，走在阳光灿烂却带着寒意的德辅道中，车来车去，人若潮涌，这中环。

中环银行多，这一家，那一家。

我要到的是哪一家？

存款？提款？

我一时之间迷糊了。

恍恍惚惚抱着一大把钱出来，嗯，为山要去美国留学，得拿钱为他打点一切。

咦，怎么要拿那么多的钱？

又是众目睽睽。

哒哒哒哒！人流忽地凝住了，一阵尖叫声中，途人不分男女，一个个扑倒在街头。

我赶紧用双手抱住钱，也立刻卧倒。

双目紧闭，心在怦怦乱跳。

耳畔老是觉得子弹贴着飞掠而过，只要稍稍抬头，就可能击中我似的。

我不知道这时的环境如何？心里直后悔，为什么迟不拿、早不拿，偏在这个时候来拿这钱？

好在不是全部。

倘若五千七百万全在这儿……

“轰隆”一声巨响，几乎同时传来惨叫声，我忍不住转头偷眼望去，但见烟尘滚滚，血肉横飞。依稀见过这样的场面。

是战争片中的镜头。

啊呀，在中环闹市出动手榴弹！

人命何价？

这世界怎么变得越来越凶残，越来越没人性？

钱，难道便是一切？

铤而走险，孤注一掷，成功了便逃出香港，此生便尽可“叹世界”，饭来张口，衣来伸手。有了金钱，便有美女。

要是不幸失手，也不过囚禁几年十几年最多二十年，就是杀了人，最倒霉也是判无期徒刑吧，说不定什么时候来个特赦，出来还不是一条好汉？

反正香港没有执行死刑。

死刑条款等于名存实亡。

这些悍匪，都是亡命之徒，谁都知道他们在以生命作赌注，而且认为“赢面”很大。

唉，香港。

难道香港真要变成“杀戮战场”？就像多年前公映的电影《省港旗兵》那样？也真佩服那编导，这电影好像是预言似的。那时我看了，只觉得不可思议，悍匪在香港闹市乱枪行劫？只不过是追求官能刺激的煽情电影罢了，哪里可能成为现实？香港是法治之区，岂容这般横行？但现在，唉！现在，悍匪出动重武器，又哪里把香港警方看在眼里了？

我在心里叹了一口气。

世界末日？

忽地，我的肩膀给人踢了一下。

我本能地抬头一望，只见一个蒙面的彪形大汉，双手提着机枪指向我，沉声问道：“钱！全拿出来！”

我吓得全身发软，只要他那手指一扣，我这老命……

拼力将那一沓钱抛出。

那大汉又踢了我一下，狠狠地说：“算你精！”

给了钱还要踢我，这是什么世道？

不过算死里逃生。

留得青山在，不怕没柴烧。

何况这失去的，也才二十万。

于我来说，以前这是个大数目，现在，才只不过一个月利息，小意思啦！

破财挡灾。财去人安乐。

警车“呜哇呜哇”地开来。

悍匪已经不知道逃向哪里。

德辅道中的人流又如常流动起来，只有那被抢劫的银行一带给封锁了。

扑倒的男男女女爬了起来，个个用手掸了掸衣服上的尘土。

我也挣扎着要起身，可是不知为什么，刚要起身，又跪倒了。莫非我的脚中枪了？我恐惧地那么一想，却怎么也看不到有血流出来。

我在地面上滚来滚去，就是起不来。

我拼尽全力一挣，忽地被人大力一推，我惊醒过来，在黑暗中，芝兰埋怨道：“怎么搞的，你踢了我好几次！”

我一下子都想不起自己身在何处。

这软绵绵的，是床吧？

我揉了揉眼睛，芝兰的声音又传了过来：“你咿咿呜呜的，也不知道说什么？”

五千七百万横财呀！

“你的？”芝兰推了推我，“你醒醒呀！你什么时候中六合彩了？”

不是我吗？

“五千七百万是真的，一点也不假，只不过中奖的人不是你，是别人，有名有姓的。”

不可能吧？

“我看你想发财都想疯了，人家是张冠李戴，你是人家的钱财你来认……”

惨了惨了，一场欢喜一场空。一切喜怒哀乐，原来都是一场梦。

我心有不甘，转头扭亮床头灯。

眯缝着眼睛张望了一下，我颓然。

说什么富贵荣华，我置身的还不是筲箕湾这间三百平方英尺的房子？又何时果真“上中环”了？

十二

次日醒来，头有些痛。

酒喝得多了。

也不是太多吧，依我的酒量，应该可以应付得来。

心情不好容易醉酒？昨晚的心情确实是恶劣，但后来与SANDY轻酌浅谈，烦恼早都一扫而光。

酒不醉人人自醉？还是温香软玉抱满怀？

瞥一眼身畔的美若，仍然闭着眼睛，但我总觉得她其实是醒了。

也不知道她是否还会对我抢白一番，趁此机会，何不赶紧溜掉？

我不想吵架。几十岁的人，干吗呀？

如今也只有采取“拖”字诀，过几天，等她火气过了，也就算了。难道真的还会“八年抗战”？

反正平时我也是自己上自己的班，有时她醒了，也只是躺在床上说一声：“走了？”更多时候，她却仍睡着。

到了公司，一眼见到SANDY，她似乎有些羞怯，但很快便露出平时的笑容：“老板早安！”

又成了老板了。

我吩咐一声：“麻烦你给我泡杯咖啡。”我望着她离去的背影，只觉得好像一切如常。

昨晚是否有过什么故事，一点也看不出来。我甚至怀疑，莫非一切都是梦？

是有过这么一个女孩子吧，她知道我与美若并非如胶似漆，躺在我怀里，幽幽地说：“……我等你吧，再等你十年，等你的儿女都成家了，我们再……”我突然一阵感动，十年？十年后我多大了？

我绝对相信她此时此刻的真诚，但十年后的事情谁能够预料得到？

我抚着她的长发说：“那不成，要是到那时我离不成，那岂不是让你白等？”

她的泪水掉了下来。

我顿时觉得我自己很虚伪，可是我不能不这么说，不然的话我就不是人了。

也不知道她喜欢我什么？

成熟、稳重？

还是有钱、有地位？

我看她不像是为了我的钱。

我跟她在一起，她从来没有拿过我的钱。有时高兴了，她还会买点小礼物送给我，让我心里感到一阵温暖，也让我的虚荣心得到高度的满足。

她不是为了钱，而是为我这个人！

得到美女倾心，那种感觉实在太美好了。

我陈瑞兴称不上是俊男，想不到仍有男性魅力足以迷倒女性，而且是青春貌美的女性！

这美女……

是SANDY？

我的心迷糊了一阵。

怎么会呢？

据说见第一面没有触电感觉的异性，根本没有发展的机会，也不知道是真是假？

而我却记得清清楚楚，第一次见她，她低垂着头，却很得体地回答我的问话，虽然我见犹怜，但我却没有异样的心情。

为什么录用她？

我也说不上更具体的理由，只是觉得她定能胜任就是了。

这也是有些奇怪，或者说是缘分吧。

前来应征这女秘书职位的，年轻漂亮而又具秘书工作经验的，大有人在，我却偏偏选中她。

也并没有醉翁之意不在酒，只是凭当时刹那间的感觉而已。

发展到今天，却真是始料不及。

人生如戏，戏如人生？

还是人生有如一盘棋，人人都是盘中的棋子？

人常常是无法控制自己的结局的。

既然如此，只好认命。

是SANDY吗？我渐渐又有些疑惑了。

不知道昨晚是醉还是醒？

敲门声。

我习惯性地喊了一句："COME IN!"

咖啡飘香。

SANDY的咖啡煮得好。

这咖啡如果加点酒怎样？就像"皇室咖啡"。

那一晚与方玫喝的就是皇室咖啡。

是春雨濛濛之夜。

从那酒店咖啡座的落地玻璃往外望去，灿烂的灯火会变得有些朦胧凄迷，撑着雨伞的途人匆匆而过，红绿灯瑟缩着无奈地眨眼，忽地一辆"平治"高速驶过，把路面的积水溅得喷向两边。

这样的夜晚，最好躲在温暖的被窝里。

但我们，却在这里喝咖啡。

美酒加咖啡，好像是有过这么一首国语流行曲吧？

那似乎已经是遥远的年代了，《美酒加咖啡》，还有《情人的眼泪》、《今天不回家》……姚苏蓉、青山……

今夜怎么变成了怀旧夜？老歌绕梁三日，莫非是老去的心态？

现在不要听这些，现在要听的是黎明。今夜你会不会来，你的爱还在不在？……

黎明的歌声真是无处不在，此刻，在外面风雨的伴奏下又水银泻地般在咖啡座内回响起来。

音照走，人照红。

“好心你不要那么损啦！”方玫说。

“你们女的都喜欢黎明，”我笑，“据说从三岁到八十岁，都喜欢他。”

“夸张！”

她斜着扫了我一眼，我忽然发现她脸颊泛红，竟有些少女娇羞的味道，我的心一动。

她讲的是粤语，却分明是吴侬软语的语调，咬字不准有些荒腔走板，但听在耳中又另有一番搔人心肺的嗲劲，即使我并非没有见过世面，心旌却也在刹那间为之摇荡不已。

成熟的女人，自有成熟的风韵。当方玫运用她成熟的武器，简直就是“杀死人”！我尝受到心猿意马的滋味。

今夜你会不会来？……

黎明的歌词。会不会来，而且是“今夜”，真教人遐想不已，留下广阔的空间。

方玫今夜你会不会来？咦，她不是已经来了，就坐在我对面，喝着皇室咖啡轻谈浅笑吗？嗯，不是来咖啡座，而是来……

来哪里？不能说不能说。

但方玫醉眼流淌，嘴角似笑非笑。她的嗓音依然娇嗲，玲珑柔嫩轻轻滚过我的心房，教我招架乏力。

呀，邹富胜呢？嗯，他还在大陆，还没有来香港。

那么，方玫与他的关系又怎么样？我真的猜不透。

当年，邹富胜是她的“四大金刚”之一，也不知道怎么样一来，他便成了她的男朋友，后来更成了丈夫。

那个时候，许多男学生都有些不平，邹富胜凭什么“征服”了她？他充其量只不过是她的“御林军”罢了。我虽然不属于她那一派，却也萌生一种酸溜溜的心理。娶一个比自己强的女人，应该是什么样的滋味呢？至少，走在路上，人家也会羡慕我吧，这陈瑞兴，果然了得，赢得这么一个能干的美人归。

嗨！其实又哪里是我了，赢得方玫下嫁的，是邹富胜而不是我。那时她是领袖人物，而我只是一个逍遥派，我必须仰视才能见到她那意气风发的样子。在她的眼中，那些芸芸众生，大概也都是群流氓吧？又有哪一个会在她眼里了？这些拥戴她而她未必认识的人们？

我不是不知道她的急功近利，但经过几次的交往，我渐渐也发现了她的好处。她不再像当年那样张牙舞爪，到了香港，她潜在的女性魅力，似乎也一点一点地苏醒。她会很温柔很娇嗲地说话，也会一眼不眨地盯着我静静听我说话。见惯了太多当面说话眼睛却东张西望的女人，于是我便觉得，方玫至少愿意倾诉，能够倾听。我那男人的心，便感到了一种莫名其妙的兴奋。人，又有哪一个是十全十美的呢？方玫也是这样。也不必太苛责她对于发财的强烈欲望。来到香港，自然便要面对金钱的压力，她还能怎么样？也不是没有穷过，我深知没有钱的苦处。

爱与不爱，有时与钱有关系，有时也与钱没有关系，金钱并非万能。到底怎样判断真情与假意，却是高难度的观察。我认定她对我并非无意，这种感觉让我腾生疯狂的欲望，此刻即使天塌下来，那也是理不得那么多的了。

怎么可以想象到，当年叱咤风云的方玫，如今竟会倒在我的怀里，在我的压力下臣服？

是一种征服的感觉，虽然虚荣，却很实在。我不能制止我的欲念的膨胀。

方玫紧蹙的眉头、微闭的眼帘。

那眼波深深似海，我望着她，整个人好像便掉进无底的深渊中，不能自持。

我觉得我自己勇猛如虎。

已经是人到中年了，一切都理应变得温文才是，今夜，今夜为什么竟好像回到十八岁，健壮如牛，力气随着热情源源而来，绵绵不绝？

方玫的眼睛睁大了一些，但觉得即使立刻淹死在她的眼神中，我也是心甘情愿的了。

牡丹花下死，做鬼也风流。

去去去，此刻英勇无比，怎可轻言“死”！

假如我从不深入了解，我怎么可能知道，方玫也还有极其女人味的另一个方面？

那个时候看她耀武扬威的样子，我既盲目崇拜，在私底下又有些愤愤不平。

从早到晚，老是穿着那一身发白了的绿军装，松松垮垮的，要身材没有身材，有什么魅力可言？

“哼，这个女人，成天喊打喊杀的，我看她一辈子都嫁不出去。”那天吃过晚饭，我跑到承澜的宿舍胡聊，提起方玫，我忽然发狠。

“她嫁不嫁，你操什么心？”当时，承澜大笑。

也是的，关我什么事？

我认识她，她还不认识我呢！

莫非那时我就有某种“情意结”，只不过我并不自知而已？还是……

吃不到葡萄就说葡萄是酸的？

好比是个偶像高高在上，明知自己不能攀上，在背后臭骂几句，也算是一种平衡心理的办法。

也许那时年轻，血气方刚。

也许现在她已失去当年的权势，既然她仰视我了，我也就充满了一种胜利的感觉。

世事真是难料。

最可笑的是，躺在床上，我谈起当年，她竟带些讨好的味道，温温柔柔地说："你？我也知道你的，只不过，那时我也身不由己。"

我明知她说的不是真话，那时那么多的群众，我又平凡得不能再平凡了，她怎可能认得我？我虽然虚荣，却也还不至于糊涂。

灵魂飘飘然，神志却仍保持清醒。

不过，我也知道，她这番谎话，并无恶意，而是善良地撒谎。也许她也是为使我的心里舒服一些吧。无论如何，提起当年，我实在不足以和她相提并论。

她是个绝顶聪明的女子，她不会在此时此刻让我想起我昔日的卑微。她不想刺激我的自尊，我明白。

但我并不在乎。

昔日我确是蚁民，我到现在也不否认。相反的，我甚至有些以此自傲哩。是啊，我到香港后会这样抖起来，当初谁会相信？连我自己也万万想不到哩！过去了的事情我不回避，我不是靠遗产。白手起家，这意味着什么？意味着我被社会承认，意味着我冒出头来了。

香港竞争这么剧烈，成功决非侥幸。

这样看来，我算不算是个天才？

难说难说。人说，天才与白痴只是一线之隔。许冠杰都唱过："……*天才与白痴，你痴定我痴*……"

那天路过铜锣湾闹市，有人在街边摆卖手袋，摊子上写几个大字："天才失业，售卖手袋"。我一愣，不禁停下脚步，仔细一看，那蹲着的中年男人一表人材。

天才还会失业？莫非这"天才"是自封的？

“因为，这世界上的好多工作，都不需要天才来做。”

“既然你是天才，不如就用你的天才去赚大钱，那就不用在这里摆卖这么凄凉了！”我自认是天才，一听到他口气不小，不禁气上心来。

他抬头望了望我，淡淡地说：“你不明白。天才不是用来赚大钱的。”

呀，还有些哲理意味哩。

我无言以对，离去时，脑子却为“天才”这个问题所困扰。

赚了钱，真的未必就是天才，我误打误撞，爬到这个位置，多少也是因为福星高照。

但在方玫面前，我不能灭自己的威风。既然她以前风云一时，那么现在我不能不维护我的身价。假如直到这个时候，我还不能令她仰慕，那我什么本钱也都没有了。我不能对她毫不设防，保持一点神秘感，该是吸引她的一个好办法。

我不算太了解她，只不过以她好强的性格，我断定她决不甘于平淡。假如她发觉我终究不过是个走运的凡人而已，她会怎样呢？我不敢断定她是否真的倾心于我，但我明白，她有求于我，而且她也崇拜我，以我为榜样。

双方距离在今夜骤然拉近贴紧了，但我封住她的嘴唇。我要让她摸不透我。

不知道为什么，我总有个预感，一旦她看透了我，便不会再对我如此柔顺。

以后怎么办？以后再说吧。

一晌贪欢，那种感觉奇妙无比。

看着方玫慵懒地赤身躺在我身畔，一种又怜又爱的情潮漫过我的心田。

我反身一把搂住她，嘴巴凑合她的耳边，“喂，老老实实，你有没有和郑乾坤……”她扫了我一眼，似笑非笑：“怎么，吃醋了？”

一股怒意油然生起，我沉声道：“是，还是不是？”

“哟，生气了？”她笑，“当然不是啦！”

“就算你跟别人好，也不要跟那姓郑的好。”我说，“我和他没有调和的余地。”

“你和他是商业伙伴呀！”

“那是另一回事。总之，我不要你与他有什么瓜葛。”

“你真够霸道的。”她说，“那你是我的什么人？”她这一招可真够辣的，我顿时语塞。

大概见我不说话，她又笑了，“跟你闹着玩的。遵命遵命，我以后不理郑乾坤就是，行了吧？”

我心里很想跟踪追击下去，但想了一想，又放弃了。

现在的形势是，我信郑乾坤，还是信她？我不能够当着方玫的面，将郑乾坤的一番话讲出来，因为倘若那是郑乾坤的杜撰，我岂不太伤她？既然如此，我只有相信方玫的诚意。

在我的内心里，其实也不太敢于面对这个尖锐的问题。我生怕万一郑乾坤并未胡说，我应该如何应付局面？对方玫的热情之火刚刚点起，我怎么舍得立刻抽身而去？但万一证实她与郑乾坤关系暖昧，我大概也不可能坦然。

这时我才明白，什么事情都不必太认真，免得自讨苦吃。

难得糊涂。妙！

只要自己开心，其他可以一概不理。

今夕是何年？

猛省实实在在是个阴霾的早晨，呀，今朝是何年？

眼前的这杯热咖啡已经转冷。

由热变冷，就像一切疯狂的热情都可以熄灭，昨天的呐喊也会过去。事过情迁，又有谁能够制止了？

只是，方玫此刻在我心头依然是生命跃动的象征。

SANDY青春逼人，但方玫的成熟风韵，却又是不可比拟的。

两个女性，两样风姿，两种情韵，这个不能代替那个，各有各的魅力。

我左顾右盼，有些意乱情迷。

头依然沉沉，用白花油往鼻端搓了搓，才稍微清醒了一些。

SANDY敲门进来，叫了一声："啊呀，好大的一股味！"

窗外又飘起了濛濛春雨，朦胧了远处太平山的轮廓，我的心也变得好像刚从水里捞起似的，湿漉漉一团，又阴冷又沉重。

十三

假如不是老把眼睛盯向上面的话，我也该知足了。

知足常乐？

安于现状？

不求上进？

我不知道。也许都是一回事吧，只不过角度不同而已。反正我们的祖宗极端聪明，同一件事情，这样解释那样解释，好像矛盾，却又都可以讲得通。比方对于勇于闯荡的年轻人，赞他的时候可以说“初生牛犊不怕虎”，贬他的时候则可以说“嘴上没毛办事不牢”，你能截然评断哪个是对哪个是错了？

我看两个都对，两个都错。

问题在于你站在哪里。

我该知足，那也全因为出于无奈，都已经超过不惑年纪，除非有惊天动地的奇迹，我知道我这一生的轨迹也就这样定下来了。

平时几个老朋友聚在一起吹吹牛，忽然提到瑞兴，大家立刻沉默下来，都把眼光望向我。我知道他们的潜台词，但能说什么呢？今时不同往日呀！

愣了一会儿，我强笑道：“认命吧！”

活到这个年纪，想要不认也不行了。

反正各人头上一片天，也不必太过强求。

假如认真回想，今天混到这个样子，也不能算太差了。至少一家三口也不愁吃不愁穿，还要怎么样！比起当初，不是已经大有进展了吗？

回想起来那是个灰暗的岁月。乍来香港，完全是人生地不熟，自己却要独力闯荡。过去所有的一切，已经被拦腰切断，我只能重新迈步从零开始，但我连粤语都不会讲一句，试问又如何可以打出局面？走在街上，听着灌进耳中的那拉长尾音的语调，我费力地连蒙带猜，也总是无法摸清那意思。那时，我还愤愤地说："妈的！比外国话还他妈难懂！"

瑞兴听了，只是一味笑。

在我听来，他的粤语已经说得很油了。我总在想，他比我聪明，比我有办法，也比我能够适应环境；他正是广东人所说的——当然那时我并不知道这个词——"叻仔"。当我东游西逛的时候，表面上十分潇洒自由，实际上心焦如焚。都三十岁的人了，难道便这样游手好闲下去？我又没有本事挥金如土玩跑车如花花太岁！

我并不想这样，但形势却逼得我走投无路，有泪也只好往肚子里流，这般苦楚，到处说给人听，有什么用，人家真会同情你吗？只不过是自寻烦恼罢了。

也不是没有向瑞兴诉过苦。当时他还在银行工作，听了我的话，他笑嘻嘻地说："你就安心休息一段时间再说吧，要不，上了班，想要请假也难。"

我听得满腔惆怅，你瑞兴也不是不知道我的环境，这么一拖下去，毫无收入，我怎么受得了？

但也不能怪他。那个时候，他也自身难保，我还能要他怎么样？难道要他拍拍胸口说："包在我身上！"那并不实际，就算是他说了，也等于白说。

于是当他请我看一场电影，或者吃一顿饭、喝一杯咖啡时，我心中便充满了温馨的感觉。

也并不是为了那钱，而是为了那份友情。那时我们最爱去餐厅喝咖啡了，美若便常常在我面前埋怨："也真不明白，咖啡罢了，在家里泡不就行了？何必要跑到餐厅去花那冤枉钱？"

瑞兴只是撇撇嘴，也不说话。

我知道他的潜台词是：你知道什么？在家里喝咖啡，与在餐厅喝咖啡，完全是两回事，也不一定是好喝与不好喝的问题，但情调却是不能取代的；就像镭射影碟流行后，电影院仍有不少捧场客一样。芝兰也常常对我不以为然："你看什么电影呀？租一张影碟，才十多块钱，可以一家人看，省多少钱？"

那怎么可以同日而语？

而且，反正也阔不了，省这么一点看电影的钱，也发不了财，而花这么一点钱看电影，大概也还不至于破产。

人生在世，固然不可以随意挥霍，但是也不必太过刻薄自己。

来到世上也不过匆匆几十年的工夫而已，为什么就不可以偶尔犒赏一下自己？

有时看到认识的朋友日做夜做，舍不得吃舍不得穿更舍不得娱乐，便禁不住在内心里叹息；如此这般，人生还有什么乐趣？也不是主张人生在世及时行乐，但是文武之道尚且一张一弛，做人也不能只劳不逸呀！好比一架机器，用得久了，也要维修一下，何况是人？

人无远虑，必有近忧？也许。但人老是远虑，眼前又有什么快活了？

不论去餐厅喝咖啡也好，还是到电影院看电影也好，喜欢的是那种氛围。

特别是心情烦躁的时候，幽暗的餐厅里，只有一桌一桌点燃的蜡烛，在玻璃罩内闪动，当抒情的歌曲一首又一首地流荡时，再漂泊的灵魂，也会找到歇息的港湾。此刻有心仪的女伴对坐当然很好，与同性好友聊天也是一种难得的享受；即使孤身一人，也自有妙不可言的乐趣。

这时，所有的精神压力暂时卸下，今夜且偷空做个自由人。

“……有些事情你现在不必问，有些人你永远不必等……”

呀，是《梦醒时分》吧？

一个人独喝咖啡，怎么想起的是与瑞兴喝咖啡的陈年旧事了？那回，芝兰还开玩笑：“你呀，你跟瑞兴那么好，我都有点怀疑你们有没有同性恋的倾向了！”

同性恋？别恶心了！不过二十年的友情难以割舍，倒是真的。尽管友情如同爱情一样，缘分已尽，想要挽留也枉然，只好随缘，但心中始终不能毫无感觉。

友情淡了下去，可能不但是我不想如此，他也一样不想，只不过我们都无能为力罢了。人生有很多东西都是偶然的，而且非人力所能控制。瑞兴有他的生活圈子，我有我的生活圈子，都说“职业无分贵贱”，但也只是口头说说扮扮悲天悯人的角色而已，到底有哪一个人真心实意这样想，在这个功利的社会里？

人可能常常需要童话式的东西调剂一下生活，比如电影《风月俏佳人》，曾经吸引了多少观众前去捧场？对于那俊男美女的浪漫爱情似乎也很认同。电影里的童话嘛，远观当然十分美妙，反正又无需自己去身体力行，假如自己是那俊男又如何？我惶然。

那天在报馆胡扯，我说这片子还不错，那娱乐版的记者妹立刻便问了过来：“喂喂，老老实实啦，如果好像片中的李察基尔那么有钱，你会不会像电影中那样，真的追求那个风尘女郎？”

我那浪漫的梦立刻被击毁。那女郎的确称得上漂亮，但那又怎么样？她是“神女”呀！职业不分贵贱？哪有这等事情！我虽然没有钱，也不会考虑，假如我那么有钱，又怎么可能真的与风尘女郎成家立室？拿钱去玩玩，用代价买点钟点的“爱情”，那是可能的；要做夫妻？开什么玩笑！就算我不计较她的过去，周围的亲友难道能够不出声？社会压力呀，我可不是生活在真空中。

男人就是这般自私？我知道，不过在我心理上恐怕真的过不了这一关，但谁知道呢？可能现在可以这样理智，假如真的堕入情网，那就由不得自己了，温莎公爵还可以宁要美人不要江山呢，小小的名誉又有什么要紧？

不过，温莎公爵大概是个勇者，而我却未必有那样的魄力，便是听到被人恶意在背后中伤一句，都会感到受创，又怎么可能抵挡更多的叽叽喳喳？

脸皮嫩？

爱面子？

还是性格柔弱？

真羡慕李察基尔勇者无惧。

不过，荷里活是制造梦幻的“梦工场”，看看电影，娱乐娱乐，那倒无伤大雅，人人都需要发泄，看完了，一笑置之，也就算了，千万不能投入；假如代入了，可真要招来无穷烦恼，毕竟梦境与现实是两个世界。

让那些高喊“职业无分贵贱”的人正视一下现实吧，或者说不要光顾口号，而要设身处地地想一想：是自欺欺人，还是一厢情愿？

所以我很明白，瑞兴与我，不论个人意愿如何，终究也拗不过不同的背景：他是老板级人马，我是吃薪阶级。也正因为地位的不同，不知不觉之中，想问题的方法也自然相异。我应该学会从他的角度去设想一下。

两个不属于同一阶层的人，如今偶然坐在一起喝咖啡，我发现话题似乎越来越少。他一坐下来，往靠背上一倚，好像很累似的，半晌都不说话。我本来满腔热情，看到谈话对手如此的神态，立刻就没有了聊天的欲望。

但也不能这般永远相对无言下去，我只好挖空心思寻找话题。

往事只能回味？

他早已不大有兴趣回顾以往了。

问题在于我又不知道他的近况，从何问起？看他心事重重的样子，假如问得不得当，岂非让他烦上加烦？

“讨老婆呀，文化程度不要太高，不是文盲就可以了。”他忽然说。

当然是有感而发啦！

是不是嫌美若对他的生意干预多多？还是……男人的心理，也很微妙。

没有成家的时候，日思夜想都要找个老婆；等到成了家，又感到那种束缚令人觉得很累。就像“围城”那样，城外的人梦想跑到城内，城里的人却又拼命想要冲出城外。

难道世界上没有一块安定的绿洲？难道人生就是这般矛盾百出？

就说我吧，不也一样是矛盾的产物？一向自以为清高，大有粪土金钱的架势，实际上又哪里完全不在乎金钱了？只不过没办法赚得更多罢了。

那晚在报馆做到金睛火眼，死去活来，自信已经尽了力，不料第二天见报，一条新闻出了一个错字，那个鸟主任便把我找去，屈起右手食指敲打那份报纸，“你这是怎么搞的？一字之差，意思都相反了！你怎么做编辑的呀你？你是新来的？”

我气上心来，张嘴反驳：“主任，那是校对的责任……”

如果我有责任，你主任签发也有责任呀！但我不想搞得太僵，也就隐忍不说了。

他狠狠地瞪了我一眼，挥了挥手，“算了，算了，你出去做事吧！”

不是不愿意认错，我承认我有责任，但他不能只责怪我一个人呀！

我感到受辱，脸上无光。

于是千方百计给他寻找发脾气的原因。

莫非他在家里刚与老婆吵架，心情恶劣？或者炒股票炒输了，一塌糊涂？还是……

算了算了，家家有本难念的经，人人也有说不出的苦衷。假如他骂了我，心情可以轻松一些的话，那又何妨？啊呀，我何时变得这么伟大了，处处为人着想？

只不过是走投无路而自找台阶下罢了。

谁说我无路可走，这就找瑞兴去！

回到家里，立刻拨通他家的电话。我不容自己再有迟疑的机会，劈头就说："喂，我做得很不开心，想想办法，给我找点出路。"

在那头，他沉吟了一下，问我："商场又不适合你，你要我怎么帮你？"

我忽然羞于启齿，芝兰在旁边做了个手势，催我直讲，我只好硬着头皮："你以前不是说过，可以考虑办个出版社吗？"

"你那个报馆卖不卖？要卖掉的话，我把它买了算了，让你负责。"

我倒还没有这个野心，也知道自己不行，我只求自己不要那么受气就是了。买报馆？你又没有办报经验，我也不是做老总的材料，岂不是开玩笑？报纸可是天天出的呀，如果亏本，那银子便哗哗地往外倒，停也停不住。也不知道你这么说，是真的想帮我，还是为了向我夸耀现在的财力？

"你不知道吗？人家说，要是你跟一个人有三世仇，你就劝他办报纸！"我说。

"我知道。"他笑，"要是只有一世仇，那就劝他办出版社，对吗？"

我的心一紧。有仇？我可绝对不是这个意思。

结结巴巴待要解释，他又说了："我当然不是在说你。别人会害我，你怎么会？其实，那种说法也太夸张了，问题是怎么做罢了。你说说你的意见。"

"出版社嘛，可大可小。我想起初也不用真的拉起个什么写字楼，就在你公司放一张台、一部电话机就可以了，这样，至少也省了租金。"我想了想，这样告诉他。

出实用书，出适应潮流的书，市场总还会有的。

我甚至设想了出版社的名字，就叫"瑞兴文化事业公司"，够气派吧？

“具体怎么做，现在也不用讲得那么详细，你讲了我也不清楚。”他说，“这样吧，你起草一个书面计划，交给我，好让我做个决定。”

我开始感到了那种距离，那是一种公事公办的立场，教我有些难过，不过回头一想，他们是具规模的公司，一切运作制度化，怎么可以口头私相授受？心里也就释然了。

“好吧，我一个星期内写好。”

“大概要多少钱？”

“两三百万吧。”我想了想，答他。

“两三百万？嗯，问题不大。”他说，“不过，不要亏本啊！亏本就麻烦了。”

没有人愿意做亏本生意，我明白。不过他最后的这句话带笑说来，却击中了我脆弱的神经。我本来相信不会亏本，经他这么一讲，我胆怯了。办出版社说到底也是做生意，而且是冷门生意，既然做生意，有谁敢拍胸口担保一定赚钱？

放下电话发愣，忽见芝兰眼睛闪闪发光：“上啦！他要你赚钱，你就列一个可以赚钱的计划书给他，只要他看得满意，不就行了！”

我望了她一眼，不吭声。说得倒容易！

也不止是她，人人听了，几乎没一个不叫我“上”的。是呀，有老板支持，如此的大好机会，临阵退缩，岂不是天下第一笨蛋？

他们都是一片好心，我也给鼓动得有些蠢蠢欲动：机会难得，机不可失，时不再来。上？

可是，瑞兴最后的那句带笑的话，冷不防又在我脑海回荡：“不过，不要亏本啊！亏本就麻烦了。”它变成横亘在我心头的无形障碍，难以逾越。

他们都摇头说：“男子汉大丈夫，干脆一点，哪能像你这样前怕狼后怕虎的？也不一定会亏本的，就算是亏了两三百万，对他来说也不会是太大的数目，怎会输不起？”

我当然明白。

也许并不完全是金钱本身的问题，而是关系到“商业眼光的信誉问题”，他说过：“我不愿意给人看成是胡乱投资，那会影响到我在商场上的身份地位。”

没有人愿意给人看成傻瓜，我懂。我不能把老朋友的交情拿到商场上的天平上去称，万一真的亏了，我恐怕就要面对友谊的裂痕，我不愿意。

就算他不在乎，但我输掉他的两三百万，又有什么面目再面对他？难道还能老着脸皮依旧嘻嘻哈哈若无其事？我怕做不到。

假如他计较？

不可能？

世事无绝对。

还是安于现状算了。没有太大的风险，即使受点侮辱，只要脸皮厚一点，也就挺过去了，谅那主任也还不至于会把我怎么样。说到底，与他也曾经是哥儿们。

是不是权位容易腐蚀人？当他板着脸孔训话时，我便有无限的委屈在心中翻腾。你他妈也太不仗义了，别人个个你都不敢骂，唯独拿我来示众，杀鸡给猴看？我是鸡？朋友越老越是鸡？本以为你升官会关照我，没料到当了官你便拿我开刀，天理何在？

回过头来，那娱乐版的记者妹一脸的同情：“怎么？他凭什么骂你？你们以前不是死党吗，他怎么可以这样欺负你？”

我的心头顿时好像打翻了五味瓶，也说不出是什么滋味了，但脸上却不忘挤出个笑容，“哦，我们直来直去，也没什么。童言无忌，童言无忌……”

“是老顽童吧？”她也笑。

我的心却在哭。

但既然现在走不成了，我不能跟自己过不去，必须努力去理解他的立场，说到底还要共事下去，还要看他的指挥棒。

昔日曾经抱成一团又怎么样？现在他做了主任，更要避嫌，稍有差错，便会“铁面无私”地处理，以显示他的权威与公正。也不能说他一阔脸就变，他要面对那么多人，要向上司负责，他有他的难处。

我想他也怕我恃宠生骄，将来不可控制吧？还是识相一点，工作不要出什么毛病，不要让他难做。只要我安守本分，想来他也不会对我赶尽杀绝吧？

地位既然变了，我也就不必梦想恢复以前的密切关系，友情大概也是有阶段性的吧，一切只好随缘了。

现在他是上司，我是下属，明白并且接受这个现实，心中坦然，大家HAPPY。

那记者妹教我：“做死党没用，死党要平起平坐，你现在又不同他一个级，这死党怕是做不成了。我看你做傍友吧，做傍友最讨好，你只要哄得他开开心心的，他保准罩住你，包你日子越来越好过！”

叫我做他的YES MAN？

我疑惑地望着她，也摸不清她的用意。

“没人喜欢比自己低的人与自己称兄道弟。”她耸耸肩膀，一面说，一面走开，“你想想看啦！”

她也就二十出头吧，怎么好像参透了世情，成熟得与年龄不大相称？

看来她这是一片好心，拿她的话来说：“不要说我不点醒你。”

是点醒了我，让我猛醒到我的身份。

但我不会去做“傍友”。

叫我像电影中的那些傍友那样，成天围着太子爷笑脸献媚，我真的做不出来。

也不一定是“对”与“不对”的问题，一“傍”而能衣食无忧的话，在这商业社会，有人为了生存计，也不必指责。反正这是两厢情愿的事情，一个愿意“傍”人，一个愿意被人“傍”，公平交易。可是，我却没这个“傍”的本事，首先是心理上接受不了，再来便是不善观言察色，口才也不行。呀，做“傍友”也不是饱食终日无所事事，还必须有本事讨得主人欢心。

要愿意去“傍”的话，当然也不会去傍这个主任啦，放着现成的老板陈瑞兴，怎么还会有第二个选择？只要我脸皮稍微厚一点，我“傍”他也是顺理成章的事情。但我始终没有这么做过。

也不是没有这么想过，那回他谈起他的大收购计划宣告成功时，高兴得手舞足蹈，我插一句：“你真是商业奇才！”说的时候不假思索，完全出自真诚的内心感觉；但话一出口，我忽然觉得有肉麻吹捧的味道，嗫嚅着住口了，倒好像我说这句话原是一个故意讨好的预谋似的。但他似乎没有察觉，只是笑道：“不是奇才，而是我一世够运！”

细想起来，也不无拍马屁的意图，只不过没有意识地策划而已。其实讲点好话又有什么关系？

当然，讲捧场话也要讲究技巧，必须不露痕迹，在不知不觉间将对方捧得飘飘然，那才是高手。这个主任还未升职时，跟我聊天，老是捧我，而且又露骨又肉麻：“啊呀，那个阿黄，起个标题都起不好，怎么行？你就不同了，醒目吸引人，确是大手笔！”“别的人我都不服，我就服你一个王承澜，哈哈！”虽然都是好话说尽，却听得我毛骨悚然，浑身不自在。

倒不是我生性谦虚，而是觉得他说得太离谱。太廉价的好话，并不值钱。

当面大吹特吹你的人，要格外小心。

太肉麻的话，我也说不出。除非我真觉得好啦！

也不是不想去拍人家，只不过笨嘴拙舌的，既没有技巧，只好闭口。

当面说不出口，诉诸笔墨，大概还比较好办，反正可以背靠背。想当年，我就写过他：“可以断定，陈瑞兴将会成为香港新一代的金融巨子！”

吹捧？是有一点。不过全无功利之心。那时他还刚起步，成败没有人可以晓得，拍他？没必要吧！

我诚心祈望他发达，只是从感情的角度，却无理性的分析，因为我对商场的运作一无所知。

后来他果然冒起，承我贵言？笑话笑话。

我这是歪打正着。

当我那样“预测”的时候，心中也未必相信那“支票”有“兑现”的一天。

他相不相信？我不知道。不过，他向商场进军的决心，却一直也没有动摇过，我清楚。

那时他比我还要没有钱，我好歹手中有一点，而且还没有成家，优游得很。

“借点钱出来吧。”他说。

一万块。

原来他要与别人合开一个家族式的制塑料花的山寨厂，就在新界他家。

他开了口，而我又有，当然不会推却，尽管心里嘀咕。那时的一万块，也不算是太小的数目。

钱拿出去了，我也就不闻不问。他车轱辘似的在转，从这一行，跳到那一行，听得我糊里糊涂。

那个夏天的中午，他突然打电话来，叫我上旺角一家餐厅，原来他在那里跟人合伙搞电子表买卖。

我在旁边听得兴味索然，只好猛啜那杯“西班牙咖啡”。等到那人走后，我才问他：“这个人很面熟，不知道在哪里见过他？”

他笑：“不就在电视上看到的呗！”

哦，想起来了，这老头常在电视剧里当个大配角。

“你别看他现在这样寒碜，当年可是当红小生，赚过不少钱呢！”他说。

如今虎落平阳被犬欺？

也难说。

是他自误。假如他不是那样花天酒地，怎会老来一点积蓄也没有？“现在，电视台偶尔叫他上镜，要他说什么都行，但每次要收五百大元。”瑞兴说。

五百元都照杀？

有什么办法？跟不知多少个女人生了二十四个孩子，到头来所有的女人全跑掉了，儿子女儿一大堆也没有一个肯认他。

“那你怎么跟他合作？”我问。

“合作，当然要双方有利，我不怕他耍手腕。”瑞兴吸了一口烟，“他再怎么样，在电视台还是有点人面的，跟他一起搞，他有客路，好事呀！”

不管他是配角也好，也总比外人有利。瑞兴打的算盘，果然厉害。

他忽地拍了拍我放在台面的手背，“以后，我搞什么生意，都算你有一半……”

那敢情好！我心头一喜，又有些不好意思。他在外头冲锋陷阵，我有什么理由分享成果？

也许这是他对我出一万块的报答吧？但他始终也没有明确的表示。我想他当时是很真诚，也根本没有想到后来会发成那个样子。以后他也没有再提了，我却仍然记得清清楚楚。当情绪低落时，深夜独坐客厅的玻璃窗边，看那春雨绵绵，把街灯淋得黯然失色，便会有一股凉意蹿上心头。是天气骤冷，还是灵魂孤寂？要真的给我一半就好了！一半？想得倒挺美，给一个零头就偷笑了。他本来可以做得到。

不过，做得到也要想得起才行，不然的话，也只是一个美妙的梦想罢了。

啊呀想到哪里去了？想着想着便想到谋他的财去了。不劳而获？世界上哪有这等便宜的事情？现在又不是开不了饭了，那么贪心干吗？

瑞兴离得远，也只不过成为憧憬的对象而已，虽然美丽，但不实际。还是考虑一下眼前的这位赵主任吧！县官不如现管，他是顶头上司，压在头上。怎生对付他，比什么都重要。

当年他跟我一样当普通编辑时，还不是时时发牢骚："这个老总，也一样是打工的嘛，何必摆什么臭架子，倒好像他是老板似的！我们打个电话，他都要干涉！倒好像一打电话全都是私事？"

我立即附和："就算是私事，打打电话有什么要紧？反正我们这种工作，只要到时候做好就可以了，要他管那么多？好像八婆一样！"

一唱一和热火朝天地在背后怒骂泄愤，也是在沉闷生活中具娱乐性的一种调剂。

没想到如今地位转换，昔日的悄悄话成了禁忌，他在我面前也摆起一副不苟言笑的面孔。

我才不会愚蠢到同他旧事重提哩！就当是从没有过那段一齐发牢骚的日子好了，但他却有意无意地刺激我。那天他甚至以半开玩笑的语气跟我说："喂，你的电话呀！也太多了。有什么了不起的电话呀？三言两语也就是了，讲那么久，不大好啊，别人会有意见。"

别人有意见？谁会吃饱了撑的？不过我的心湖也不禁泛起微澜，莫非真的有人？

这一手很老土，不过也常常奏效。

烦躁中我冷冷回他一句："赵主任，你讲的好像很耳熟哦，对了，好像以前老总就是这么说的。"

他大概听出我语带讽刺，把脸一沉："你的意思是——"

我忽然惊觉到已在危险的边沿游戏，再跨前一步便是决裂，便赶紧退回："没什么，我明白了，我以后识做，你放心。"

我听见他叹了一口气，说了一句："人在江湖，身不由己。好多事情我也没办法。"

我明白。

他有阳关大道，又何必拣独木桥？

我没有更大的野心，可以养妻活儿也就可以了，何必为了一时之意气与他争一日之长短？

何况我也未必争得过他，弄不好连饭碗也打烂了，那可不是好玩的事情。

目前这工作，比上不足，比下有余，不能轻易舍弃。已经没有闯荡的干劲了，不安于现状又能怎么样！假如我还拥有十八岁的骄人年华，那倒不必忍受窝囊气，只管拍拍屁股一走了之，反正大把世界捞。但现在背了一个家庭包袱，哪能那样身轻如燕？只好委屈点了。

反正，这个世界是由金字塔形的社会组成，哪能个个都在尖顶？要是没有自知之明，老是一心一意往上爬，最后碰得头破血流，岂不是自讨苦吃？

我知足。

十四

起初我以为也只不过是逢场作戏罢了，方玫那曾经显赫一时的身份，教我充满探险的刺激。

没想到她真有一种腻人的本事，在我面前始终是欲拒还迎的姿态，而且她的火候拿捏得恰到好处，不等我拂袖而去，她便已适时放开怀抱，可以说是多一分太多，少一分太少，时间刚刚好。

我明知她有些戏弄的味道，但我总也不能及时止步。她成熟的媚态燃烧着我，教我躁动一个又一个的渴望。这渴望是源于对她肉体的依恋，还是对她灵魂的依附，也很难搞得清楚。

我只感到我愈陷愈深，但不后悔。

躺在床上，一阵睡意袭来，方玫伸手指拨弄我那汗湿的头发，盈盈笑问："累了？"

我摇摇头。其实真有点累了，不累才怪呢，连眼皮都有些沉重。但我撑起所有的神经与睡神对抗。

"没想到，我会和你在一起。"她说。

我点点头。当初是没想到。人生有太多的可能，谁能预料到未来？

"开头我找你，你还很不耐烦，差点都要下逐客令了！"她斜眼看着我，似笑非笑。

是吗是吗？我再努力回想，似乎有那么一回事，只不过细节如何，已经忘却。

我伸手摸了摸她的脸颊，笑道：“没办法啦，我坐到这个位置上，哪能没有警惕性？”

那时，她也太过急进了。也许她只是为了与时间赛跑，但却在无意中犯了商场大忌。

“也怪我，冒冒失失的。”她说。

还是应该感谢郑乾坤，要不是他摆出追求的姿态，我大概也不会那么快便撤除对她的戒心。

大概也是她命中有福，当她投资失败亏掉八十万时，并没有出声哀求，我便签了一张支票帮她将这个数目填平了。

是不是用八十万来换取她的感情？倒没有这个想法，我只是在与郑乾坤较劲。我想清楚了，如果我不出这八十万，郑乾坤肯定会帮方玫解决。这个恩情，也够叫方玫回报的了，不管愿意还是不愿意。我偏不想方玫落到他手里，每当我想起他眯着眼睛对我说的那句话：“今晚我就解决她，你那个同学。”我便有一股无名火起。有时用钱可以买得一夜情，那当然是假情真做，明日各分西东又有谁认识谁了？但要有感情，莫说八十万，便是八百万也还不是一句话？

只要有钱……

我在支票上划了线，填上数字，然后龙飞凤舞地签上名字，“滋”的一声撕下，隔着桌面推给她。

她望了几秒钟，双手才慢慢合拢，两对食指与拇指各夹着支票的一端，又呆了一阵，这才把它对折了一下，临放进手袋之前，她深深地望了我一眼，我觉得她泪光闪闪，一种虚荣感立刻涌上心头。

“你要我怎么谢你？”她低声地问。

我吃了一惊，虽然内心里有种朦胧的期望在躁动，但却从未有个明确的意识。她这样直截了当地点破，我立刻全面溃退，嘴上却不忘回答："我帮你，可从来没有想到要你报答我。"

"八十万哦，"她说，"向银行借，也要拿物业来抵押啦！不要说利息了。"

"我不是银行。也不要对我说商场如何如何。"我笑了一笑，"我做事向来凭心情。今晚我心情好，什么都好说。如果是昨晚，或者是明晚，可能你打死我我都不干。所以，你趁我还没有反悔，别再提啦！"

"你要反悔，我收进手袋里也没有用！"她露出了笑容，语调也有些活泼了。

"那你放心。就算是反悔，我也不会叫女士把已经放进手袋里的东西，再掏出来！"

"绅士风度？"

"我不是绅士，也不会扮绅士。这只是个人的行事方式罢了，好好坏坏不论。"

她吸了一口气，低头用右手抚弄左手。这时我才留意到，她有十个修长水滑的手指，而那涂了粉红指甲油的指甲，在柔和的灯光下，闪着悦目的亮色，刹那间便染艳了我的心湖，灵魂再也寻不出方位。

她的声音忽又缥缥缈缈传来："就当我借你的吧，将来除非我不发达，不然的话……"

不然的话怎样？她没有说下去，大概也不好意思说得慷慨激昂。

我摆了摆手，讲起天气的阴晴不定，叫人的心情也恍惚不已。

心中却在暗想：还？八十万哦，到驴年马月？既然不用写借据都给你，也早就准备白送给你的啦！八十万对你是救命稻草，于我却不是很大的数目，只要我高兴，撕掉又怎么样？

啊呀这算什么？来一招"英雄救美"？呀？还是"财主救美"？不管叫什么，人有时不免也要豪气一下。就当是一宗生意做不成，少赚八十万，不也很平常？

签走八十万，换来一夜美梦，也是值得的了。

假如我想乘人之危，也许方玫这晚就会满足我的任何要求；但我不想。只要有钱，什么美女不可以碰？我怎会非要她不可？好歹也是校友。

是的，只要有钱。

销金窝有得是，就看付不付得起。

钞票一大把，自会有美女搂着你叫你“甜心”。

还是柴世方穿针引线吧，在卡拉OK贵宾房里，那个出道不久的女艺员活色生香。

漂亮吗？是漂亮。不过教我疯狂的，恐怕还是那个艺员的身份。这是个名牌的世界，连人也要有“名”。明知只是一夕情缘，交易完毕以后相逢也成陌路，我却仍有那种“占有过”的自我满足心理。

第二天，柴世方涎着脸拍我的肩膀：“怎样？那个小娘们，够劲吧？”

我一愣，咦，他怎么知道？

立刻便联想起，和她抱成一团的，是他柴世方而不是我陈瑞兴，不知为什么，我突然感到兴味索然，那曾经燃烧的欲焰，不知何时熄灭了。

本来我也明知道这只是一场游戏一场梦，只不过无法控制本能而已，但我决不愿意与柴世方共用一件东西，或是一个人。

我知道我自己并不比他好，但我却打心里看他不起。平时嘻嘻哈哈无所谓，一旦认真起来，那可真要分得一清二楚，不可糊里糊涂。

听见我说从此不再找她，柴世方有些惊奇：“喂，她的功夫一流，你可别后悔。”

“是吗？”我淡淡地说道，“不觉得。我退出，不是更好？你可以独享呀！”

“独享？”他瞪着我，“不要搞我。需要时不妨找她。包她？没那兴趣。”

他错误理解我的意思，不过也懒得跟他纠缠了。这种事情，可一而不可再，明知只是交易而已，又岂能次次奋进？已经超越血气方刚的年纪，没有感情因素，纯粹发泄，又怎么能够持久？不如及早抽身离去。

反正，也只不过是增添无形的记录罢了，无非在损友面前夸夸其谈时，可以多一个话题。

既然是一场买卖，我也固守在商场冷静的决断，决不拖泥带水。必须有些心狠，这才可以立于不败之地，不然的话，全军覆没都不是没有可能！

但方玫呢？

我也摸不清何时她便在我的心房住下，我甚至也不能绝对肯定我爱她，那是一种奇妙的经验。她那若即若离的态度，就好像是一张无形的网，缓缓把我罩住，然后慢慢收紧；望着我无助的样子，她媚笑。

我堕入情网，你在网外看，始终不设防……

是谭咏麟的《爱情陷阱》吧！我觉得我这时很有这种迷惘的感觉。

我也不知道她是否爱我。

“爱！怎么不爱？”她说。

但我却疑心是那八十万的魅力。

即使有爱情，也难免已掺进了金钱的成分。我有些后悔，假如等到有了爱的感觉后再给她支票，是不是会有更大的安全感呢？可是她的困境已经达到刻不容缓的地步，我又哪有时间去建立那种关系。

算了算了，反正香港节奏什么都讲究快速，连谈情说爱也不例外，谁耐烦苦苦追求？八十万即使是从钱的关系开始，也不能说决不可能转化为真爱。

何况她说：“我虽然困难，也不会卖身。如果我不爱你，我怎会跟你上床？只要我爱你，跟你做什么，我都是愿意的！”

我看到她的眼眶泪光闪闪。

即使是铁汉，此时也会心软，何况我仍有七情六欲？

我陈瑞兴纵横商场，做生意时有一个坚守的原则便是六亲不认。也不一定要心狠手辣，但绝不温情脉脉，在金钱的问题上绝不手软。

但现在……

英雄难过美人关？

我又哪里是英雄了？说来说去我也只是一个再普通不过的男人，或者说是“幸运的男人”罢了。不论在商场，还是在情场，我根本没有整套办法，临时却如有神助。

行运一条龙？

不管它了。方玫在抱，疲乏的灵魂好像找到歇息的港湾。眼皮沉重，心却在拼命挣扎，我听见方玫在我的耳畔轻轻唱，这是什么歌来着？哦，是了，是《莫斯科郊外的晚上》。

我的心上人坐在我身旁，默默瞧着我，不讲话；我想对她讲，但又不敢讲……

不是坐在身旁，而是躺在身旁。千言万语，此时无声胜有声。咦，我察觉到自己不自觉地笑了，啊呀，很困，强睁的眼睛再也抵御不住，我轻轻跌进睡神的怀抱里。

迷迷糊糊中只感到这怀抱温暖柔软，窗外滴滴答答的雨珠，传到耳中，又变成催眠曲，声声诱惑我。最后的一丝神志那么一闪，我什么也不知道了。

忽然间给自己轻微的鼾声惊醒，睁眼一看，方玫侧身躺在旁边，本以为她也睡了，再一细看，原来在黑暗中她双眼正盈盈望过来。

我又想起她轻轻哼过的《莫斯科郊外的晚上》。

但这里分明是香港的闹市，是“香港之夜”。

“说说话吧……”她慵懒地说。

“说什么？”我的手指在她的鼻尖上滑动。

“随便说什么都好。”她展颜一笑，“我不喜欢雨夜，特别害怕雷声。”

“打雷了吗？我不知道。”

"你睡得像死猪一样，怎么会听见？"

"你也会怕雷电？"

"当然怕啦，你刚才睡过去了，我一个人很害怕。好在你在旁边，要是只有我一个人……"

我心头蓦地涌起一股爱怜的感觉，是啊，再怎么样，她也只是个娇滴滴的女人。平时她一个人住，要是碰上有雷电的晚上，那长夜漫漫，该怎样挨到天明？

但我知道我不可能夜夜陪她。

我漫不经心地掀开床头的窗帘，夜空中忽地金光一闪，紧接着惊雷一声怒吼，吓得我手一放，窗帘又将外面的世界隔开，方玫已惊叫着扑到我怀里，蜷缩着的身子竟有些抖，双手只是一味地紧紧地抱住我。我有些难过，但却只能顾左右而言他。

"真想不到，像你这样见过世面的人，也还会怕打雷，如果不是亲眼看到，说什么我也不相信。"

雷声已经远去，她抬头望着我，"再怎么说，我始终也是女人。"

"女人怎么啦？"我笑，"女人厉害起来，比谁都厉害。你没听人说吗？你不可以藐视任何一个女人，因为她分分钟便可能骑在你头上。"

她拧了一下我的手臂，"胡说八道！"

"反正我老觉得女人其实很强。"

"再强的人，也会有软弱的时候。"她伸手拨弄我的头发，"更不用说女人了。女人再强再能干，也总需要温情，需要被呵护。"

我立刻便想到邹富胜。

莫非，当年，在轰轰烈烈的争斗中，她的内心其实也是寂寞的？只是别人并不知道，倒是益了邹富胜近水楼台先得月。

婚姻，根本是有太多的偶然因素了！

特别是在那个年代。

或许人对于对象的选择，也有阶段性吧？彼时彼刻真心诚意，到了此时此刻或者已经明日黄花。这到底是因为人善变，还是因为不断成长?

我装成一副漫不经心的样子，问她:“现在怎么样了呀?你那个金刚?”

她瞥了我一眼，反问:“你指谁呀?”

明知她在装蒜，我也不能冲口说出“邹富胜”这三个字。也不为什么，只是觉得在这种浪漫环境，又岂容得下另一个名字赤裸裸地闯进来。

我笑，“我指的是你知道我指的那个人。”

“我又不是你肚子里的蛔虫，怎么知道你在想什么?”她翻了一个身，背对着我。

糟了，原本只是想开开心，怎么弄巧成拙，竟得罪眼前的人。我伸手搭在她圆润的肩膀上，“喂喂，跟你开玩笑，你怎么翻脸了?你不是这么小器吧?”

她翻过来，瞪着我说:“我方玫是这样斤斤计较的人吗?”

“当然不是。”

“不过我不喜欢你拿我开心。”想想也是，何必呢?本来应该回避的人名，为何一定要那么赤裸裸地在她面前提出?也不是不知道不要将事情复杂化，但一种男人狭隘的自以为是心理，竟使我要在这刹那间取得即使是口头上的上风。

就算是她说:“他?当然比你差远了。”那又怎么样?难道便立刻身价百倍?

假如她说的是应付的话，那就更不用提了。在这个时候，不论内情如何，她也不会当面对我说:“他比你强。”

我的问话显然变得很无聊，甚至几近残忍。我明白，“邹富胜”应该绝口不提。我与她之间应该有这样的默契。

我伸手揽住她，强笑道:“对不起。”

“不需要。”她说，“需要吗?爱是不用说对不起的。”

我的心一软，“是我不好。不过，也因为紧张你，要不，我问什么问？”

“我明白。”她嫣然一笑，“所以我一点也不生气。”

“原来如此。”我拍了拍她的脸颊。

“喂，说真的，我有什么好？”她直视着我，“以你现在的条件，要找个年轻漂亮的，多得是，何必偏偏选中我？”

“那倒是。不过我已经超越了那个阶段，所以我不会去找什么青春玉女。”说着，我真的很投入自己的话了。

那么SANDY呢？我的心一跳。SANDY不算，她绝不会是“看钱分上”。只要有钱，年纪大小倒不成问题。

“不找青春玉女，找半老徐娘？”她翻过去望着天花板，“你倒是特别。”

“也不是刻意。我的意思是，着重的是情感，而不是金钱关系。那些靓妹，还不是盯着我的钱？”

“那也不能一概而论。你们男人有了钱，便老是警惕着怕女人来诈骗。”

“是不能一概而论，但是听得多了，见过鬼也怕黑，小心驶得万年船。”我有点混乱。

“你见过什么鬼？”

“黑鬼！”我暗叫不好，忙随口答道，她还没笑，我已经夸张地笑出声来。

“在非洲？还是在香港？”她淡淡地问。

以她的聪明，当然不会信以为真，但她却很沉得住气，也不戳穿我的一派胡言。我耸了耸肩膀，“忘记了。是啊，到底在哪里呀？”

“既然忘记了，你怎么到现在还怕黑？”

“有阴影吧！”

“要不要看心理医生？”

“要。”我笑，“有没有什么好介绍？”

“有。”她顿了顿，“就是——我。”

“你？算了吧，你拿我穷开心。”

“你不知道？我离开学校后改行，专攻心理学——你可别小看我。”她用食指戳了戳我的额头。

“啊呀，这样的话，我在你面前不是无所遁形？”我坐起身来，虽然仍然笑着，但已有些微胆怯。

“不过，我也是半桶水。”她说，“你也知道，我是半路出家，水平有限，连蒙带骗加上胡猜，有些人好诈，三言两语就诈出原形，有些人是老油条，旁敲侧击也探不出一点动静来，那就胡说八道呗！”

“那你看我的心理如何？”

她端详了我半天，垂下眼帘，低声问：“真的要我直说？”

“但说无妨，遮遮掩掩有什么意思？”我壮了壮胆子，心中却希望听到好话。

“我看你呀，你的阴影，是……”

“是什么？”我有些急了。

她再望了我一眼，视线便飘向天花板，一板一眼地说：“家——有——恶——妻……”

恶妻？我一时语塞。

我也拿不准，美若算不算是恶妻？她肯定不属于那种温婉纤柔的女性，但也不至于是会把我一脚踢下床去的那种母老虎。只不过她常常以“功臣”自居，动不动就说：“哼，要是没有我呀，你会有今天？”令我反感。

她的所有好处，我都记在心里。寒微之时她跑去面包店当店员，早出晚归，甚至连早餐和晚餐都啃面包来解决，我不会忘记。那时她毫无怨言，当我歉疚地说：“真难为你了！”她总是带笑横我一眼：“你我之间，还说这些？”

没料到她做上了少奶奶，便不忘为自己评功摆好；甚至许多熟悉或陌生的朋友在场，她也好像演说似的大讲：“他呀，一生最英明的选择，便是娶了我！”

在众人的哄闹声中，我也唯有以开玩笑的语气接着说：“是啊，正像她最聪明的决定，便是嫁给我一样。”

人人都以为夫妻在耍花腔，便一味恭维着：“珠联璧合呀！”

在大笑中滑了过去，我心里却有些愤愤。这算是什么呀？你把老公我压低了，你就显得高了吗？其实不是给人看笑话?！

但我不能在方玫面前直认家有恶妻。

我轻轻吐了一口气：“那倒没有。”

她迅速地瞥了我一眼，“我都说了，我这是半桶水，相不准的。你该是家有贤妻。”

“也不是这么说。”我急忙分辩，但又不知道有什么可说的，烦躁地把手一挥，我嘟囔着说：“不谈这个了。”

“是禁区？”她似笑非笑。

“没有什么禁区，不过一时也很难准确表达，与其说不准，不如不说，免得误会。”

“原来如此。”她点点头。

我说的是真话。我只是有感觉，但还没有准确把握。

我总在想，人也不能任何事情都探索得清清楚楚，这才走下一步。总是要有自己的直感，生活也才因此而充满丰富的色彩和诱人的魅力。

“总之……”我不知该怎么说下去。

“家家有本难念的经？”

“岂止家家？人人都有一本难念的经。”我轻轻地滑了过去。

“邹富胜也这么说过。”她的眼神好像游到很远的地方。

我皱了一下眉头，心里有些不舒服。

莫非是吃醋？

笑话！我什么没见过？久经考验，何至于如此脆弱？

但心却依然沉甸甸的。

她绝口不提时，我千方百计想要她说；等到她开口提起，我却又难以保持心湖无风无浪。

她可能觉察到我的神色不对，连忙说道：

“喂，你想念什么经？佛经？还是可兰经？”

我把不快的情绪压下，嬉皮笑脸，“当然是可兰经啦！”

“为什么？你又不是回民！”

“听说入了回教，可以讨四个老婆嘛！”

“你们男人呀，最好自己个个都是韦小宝，可以拥有八个老婆，而且相安无事。”

“想想总可以吧？自我安慰也好。”

“难怪你们男人一提起《鹿鼎记》便眉飞色舞，原来个个有代入感！”

“喂喂，你可别把天下所有的男人都横扫了，”我轻拍她的脸颊，“我只说我自己，与其他男人无关，我又不是什么男人的代表。”

“你是一扇窗，让我窥见男人世界的景色。”她的表情有些狡猾。

“那么他呢？他完全心无旁骛？”我心底的疑问终于还是滑了出来。

“当然。他对我可是没得说的。”听得出她的语气有些自豪。

“你怎么知道？他心里想什么，你知道吗？”我越发觉得不以为然。

“怎么不知道？他跟我这么多年，他眉毛动一下，我都知道他在想什么。”

“哗！照这样看来，你不但学会心理学，恐怕还有测人的特异功能哩，佩服佩服！”

她捏了我的手臂一把，嗔道：“你找死呀你！”

也许她说得也并不夸张，当时，邹富胜就那么在她床前一站，只是盯着她，不言不语，叹了一口气，说了一声：“好吧！我们办吧！”

没有玫瑰，也没有情歌，更说不上金戒指或者钻石，甚至连一句“我爱你”的情话也没有。

不过，爱也未必要说出来的，眉眼之间便可以传达千种情意。她方玫看得出来。

我想问她，事隔几年，她有没有后悔她这个轻易的决定？但我始终也说不出口。

要是她愿意说给我听的话，她自然会说；要是她不愿意告诉我，我问了也白搭，说不定我还会枉做小人，让她以为我在制造矛盾。

此等手法，我不会用；当然也不想她误以为我会这样做。后悔也好，不后悔也好，与我何干？两个家庭已经形成了，为了这样那样的原因，也看不出有打破再重新组合的可能，既然如此，不提也罢。

话虽这么说，心却仍悬着。记得她说过："你都不知道，那个时候，我要煮饭打理家务服侍他，我自己的业务几乎都荒废了。"我就不禁想象，她侍候邹富胜，到底是什么样子？

但我不敢直接问她，只好强笑，"喂，你怎样盛饭端茶倒水的？示范示范，给我看看！"

她似乎立刻嗅到我语气中的酸味，横了我一眼："嗨！都已经是咸丰年间的事了，不记得啰！"

"你不是那么健忘的呀！怕是不想泄露秘密吧？"我心有不甘。

"还不是把饭菜往桌子上一送，各吃各的？"她的口气开始有些生硬，"还要我喂呀？"

"你敢？"我笑，心里却有些不是滋味，"喂我就差不多！"

"你是BB？"她瞪我。

当然不是。不过情人间的亲昵动作往往不可理喻，旁人看来或会感到肉麻，无奈当事人自得其乐。你一下子怎么这样严肃起来？

想想也难怪，她大概心里也烦躁。

美好的情绪一下子噗啦啦地飞遁，尽管我极力想要换回温馨的气氛，却发现不论说什么，都无法使我们的情绪自然平缓；这时我才知道，有些东西是很脆弱的，轻轻一碰，就会变形，难以还原。

我放弃无谓的努力，不再说话。

我与她拥抱着，互相取暖，让窗前雨点一直滴到天明。

十五

许多难得一见的昔日朋友偶然见到，都会问我："现在在哪里发财呀?"

当他们听说我依然还是报馆的小编辑时，便会惊讶得脸都有些变形，但嘴上却挤出个笑容，好像恭贺我似的，"啊呀好哇！报界，你始终如一，有前途！哪像我们，朝三暮四，哪里有钱便往哪里钻，有奶便是娘!"

我也笑，敷衍着。心里却明白，捧场话完全言不由衷。高尚？在他们眼里，恐怕认定我是蠢材。学文学的何止我一个？但大多数人眼看在香港文学没有什么搞头，立刻掉转方向，朝商场进军。

只要能够赚钱，那便是"好汉"。文学？风花雪月甚至痛心疾首针砭时弊，那又怎么样？人家还不是一看你那穷酸样，连理睬一下都不肯!

连为山有时看我做得辛苦，也不禁摇头叹息："爸爸，你做那份工呀，唉，没前途。"

但我有后路呀！我极力装成若无其事，笑道。

"什么后路，说来听听。"

"天机不可泄露，我怎么可以告诉你呀，傻仔！一说，就不灵了。

你都不想你老爹我没有生路吧?”我摸了摸他的头，“我有后路，你就不必忧啦!”

我轻轻松松地说，心头却彷徨得很。我既没有前途，也没有后路，但在儿子面前，偏要扮得完全无忧无虑，为的是不想让他的心理也蒙上金钱的阴影。

可怜天下父母心。

这社会很现实，难得有爱好与职业完全吻合那么便当的事情，许多时候，打份工赚钱是最根本的，有了基本的生活保证，才有“养”兴趣的可能。

饿着肚子，什么漂亮口号也都是假的啦!

年纪越大，见的世面越多，也就越懂得这个道理。

虽然赵建奇当了主任后，我很自觉地往后撤退，不再跟他拍肩膀，但我也想通了，并不埋怨他。那晚在报馆消夜，他跑了过来，坐在我旁边，满脸的诚恳:“不是我抛弃文学，但是你知道啦，在香港，文学太奢侈，还是先赚钱，等到生活无忧，再文艺也不迟。你明不明白?”

虽然难听一点，但我懂。

他讲的是事实，不是为自己开脱。

生存与发展，是人的本能追求。

他既然有了这样的机遇，老板看得起，怎么可以不抓紧机会?须知机会并非总是有的，一旦从身边溜过去了，此生可能再也不会重来。

“我必须拼命，有人赏识，为什么不表现一下?现在我什么也不理，赚钱至上。”他说。

乍听充满了铜臭味，再细想却也无可厚非。要是我有这种机缘，焉知不会抓紧?

“管他干什么，管他兴趣不兴趣，我都一定要有所表现。文学嘛，回头再来过也不迟。就算回不来了，也没啥了不起，不就是写东西吗?又写不出什么惊世之作!”

果然有壮士断臂的气概。

本来也是，只要能够安身立命，只要能够存下一笔够用的钱养老，只要不犯法，干什么有什么关系？人生在世，也不只是但求扬名立万，何况即使留名，也未必想留就留了，就算是能够留名，不得温饱，还唱什么高调？

我也并没有什么野心，偶然写点东西，只是纯属兴趣，逢人戏称我“作家”，我的脸便发烧。倒不是矫情，而是有自知之明。只不过认识一些中文字罢了，加上有些经历，写出来便成了“作家”？何况在香港，“作家”几乎便是穷酸的代称。那次瑞兴请他商界的朋友吃晚饭，正好撞到我，临时把我拉去，对满桌的人介绍说：“王承澜先生，我的同学，是香港有名的作家。”我想在台下踢他的脚，已来不及了。

那些男男女女的眼光一齐扫过来，个个都说：“哦，久仰久仰！”久仰个屁！我明明从他们脸上看出一脸的迷惘，恨不得找一个地洞钻进去。

瑞兴自然是好心，大概他也以封我“名作家”来达到他的某种虚荣吧？结果却适得其反。我写东西只是纯属兴趣罢了，怎么一下子就摇身一变，成了“名作家”？

我张口结舌，只会来来回回地说：“哪里哪里。”

狼狈不堪，却又欲逃不能。

恍惚又看穿他们在“久仰”声中的背后，实际上藏着藐视的嘴脸。

这也毫不奇怪，白痴都可以想到的啦！

他们个个身上大把钱，说话的声音也大一些，即使是尽人皆知的“著名大作家”在场，他们也未必会肃然起敬，更不用说像我这样一个听都没有听过的稿匠。

这餐饭叫我好像吃了一个世纪那么漫长。

灌进耳朵的，全是商场的风风雨雨。

它离我太遥远，本来想提起兴趣投入一下，就当是长点知识也好，不料我听来听去也听不明白，感到十分乏味，差点要当众打哈欠，但我拼命忍住了，免得失态。瑞兴可能看到我强忍之后眼眶里的泪水，便说：“喂喂！今晚我们只是风花雪月，不谈生意，谁犯规，罚酒！”

但我已经完全失去了兴致。风花雪月？又与我何干？我又不是尖东之夜的大豪客！

说着说着，大概人人都喝多了酒，渐渐便有些孟浪起来，男的女的都争说梁家辉的屁股，似乎天下最大的事情，就是他有个圆润丰满的屁股。

“真想不到！”一位穿浅绿上衣的年轻太太叹道。

“想不到什么？是不是你被他瘦削的外表迷惑了？”瑞兴大笑。

“哪里是他的？那漂亮的屁股是替身的。”另一位胖胖的妇人抢着说。

“你怎么知道？”年轻太太瞪着她，“难道拍摄的时候你也在场？”

“那倒没有。我才不去越南哩！”胖太太回答，“不过，我有第一手可靠情报。”

“是不是你亲眼看过，所以立刻可以分出真假呀？”瑞兴这么一说，立刻招来满桌人的哄笑声。

真的？假的？谁知道。

《情人》，看过，好像有些女性谈论的焦点，都集中在那“圆润”上。也许真的很性感吧，不过也不是那么太抢镜头，真不明白怎么会产生这么大轰动效应。

再仔细一听，他们在讨论，女主角珍玛殊到底漂不漂亮。有的说耐看，有的说有气质，也有的说很普通，而且太小了……

真热闹，这《情人》。

难怪卖座。

中国男子与法国少女终须分手，即使是爱得不浅，但最后的命运，自己却未必能够掌握。

那法国少女，本来也未必懂得自己的内心，一旦拉开了距离，孤身一人在回法国的远洋轮上沉思，才找出感情深处的答案。

朦朦胧胧的情意，最难把握。起初察觉时乍惊还喜，等到认真寻思，却不免犹豫但又割舍不下。

难忘初恋情人。

其实不是初恋情人，也不能确定，自始至终，连她的手我都没有摸过。但我想，她总该会明白我的情意吧！难道非要说出“我爱你”那么老土才行？

但我真的不知道。

到现在十几二十年过去了，有时夜深人静不能入眠，我听着芝兰均匀的呼吸声，无端便想起那个夏天的雨夜，即使阿英的面容已经不甚清晰，心却仍然有一种异样的萌动感觉。

那晚公司在北角请吃饭，散席后因为同路，与阿英一起走向巴士站。忽然间，天下起雨来，我立刻撑起手中伞，为她遮风挡雨。

雨势猛然加大，一把雨伞怎遮得住两个人？我不敢贴近她，怕她误会；一个侧身，无意中轻微碰触到她，她似乎便往外一缩。这让我的自尊心受损，万一让她认定我是某一类人，那就糟糕了。

我悄悄将雨伞尽量往她那里倾斜，大雨无情地淋湿了我的半个肩膀，湿上衣贴着我的身子，很不舒服；但她好像没有察觉我的狼狈相，只是一个劲地催我赶快避雨。躲进新光戏院大堂，雨被阻隔了，我便与她保持一点距离，并排站着，默默看着街上的雨景。

对对年轻情侣搂成一团共用一把伞，有的走过来，有的又走过去，倒好像只有在雨中，才有漫步的热情。

不禁幻想，假如我搂着阿英走，我的肩膀就应该不会遭受冷雨敲打了。

可是阿英明明站在旁边，一时因找不到话题，不言不语增添了雨夜的沉重。搂着她走？想得倒挺美！

但那颗心却充满了一种甜蜜感，不浓烈，却实实在在。甚至有些感激这骤雨造成的机会了，尽管不说话，但那种温馨的感觉，是一个人独处时所没有的。要是这雨一直下个不停就好了……

一直下到天明？

阿英已嚷开了："怎么办？死啦！这雨老是下个不停，有没有的士呀？"

"应该有的，应该有的，"我赶忙安慰她，一面探头出去，一面对她说，"你在这里等，我去截截看！"

撑起雨伞冲到雨中，我站到街边张望，的士不少，但车顶灯没一个亮着的。这样的雨夜，是人都抢搭啦！立刻又对自己愤愤然：冒冒失失拍胸口，为的是什么呀？要是截不到，那不是太没面子？要是截到了，简直就枪毙了这温情的共处时光。

自己想要小奸小滑也不行。

正想得有些颠三倒四，忽地身上一凉，我本能地扭头一看，一辆黑色的平治轿车正飞快往东驶去。

抹了抹溅到脸上的水珠，想起那是街上肮脏的积水，我便情绪低落。这是干什么呀？有好好的大堂不去躲雨，跑出来出什么丑？

幸好这时驶来一辆空车，我连忙扬手截住，回头跑去遮了阿英来，那司机一面打开后座的车门，一面恶声恶气地说："快点啦！不要妨碍我做生意！"

与阿英对望一眼，都不出声，算了，这年头，他要说什么就说什么吧！反正没王管。下雨天，的士生意格外好，想多跑几趟多赚一点钱，也是人之常情，耽误他的时间，不骂还行？要是忍不住回嘴了，说不定他一发起牛脾气来，赶我们下车呢！告他？太麻烦了。好汉不吃眼前亏，下定决心装聋作哑，任他胡说八道，只当耳边风。

这个时候，只有坐在旁边的阿英是实实在在的。我望了她一眼："冷吗？"

她笑说："不。"

但我早就看出她涂了淡红唇膏的双唇有些僵硬，显然是冷，我想开句什么玩笑，轻松一下气氛，一时却想不到什么合适的话。

她转头望了望我，“啊呀！你都湿透了！快点回去冲凉吧！”

我说：“先送你回去吧。”

她摇摇头，“不要了，何必呢？这么麻烦。”

到柴湾她家后再掉头回筲箕湾我家，确实是多此一举，不过也要表现一下绅士风度呀！哪有让女孩子一个人回家去的？

我又试探了一句：“没关系，我应该送你的。”

但她依然不肯答应。

假如再强求，恐怕强她所难，便放弃了。临下车前把雨伞扔下，她刚喊了一声：“喂……”我已经拔足冲进茫茫雨中，往我住的那座大厦跑去。

临进大门前，回头一望，那辆的士在雨下继续西驰，我油然有一种失落感。

冲了热水澡，全身都舒畅起来。斜躺在沙发上，漫不经心地收看电视播出的晚间新闻，蓦地听到多处街道水流成河的消息，再看那画面，更加吃了一惊。不知柴湾那边怎么样？

犹豫了一会儿，终于拨动她家的电话。

铃响一下，心便跳了一下。

但愿接电话的是她本人……

“喂——”响起的是苍老的男声。我差一点把电话筒摔下，定了定神才说：“麻烦您给找一下黎小姐……”

对方不再与我说话，只听见他扬声叫道：“阿英，电话！”

我舒了一口气。这还是头一次打电话给她呢！我怎么知道她的电话号码呀？

想来想去也忆不起来，耳边已响起阿英那娇柔的嗓音：“喂——”

无非问她是否已经平安到达，她轻轻笑着，但我却摸不透她的心境。

“我本来应该送你回去的……”我喃喃地说。

也不知道我是在解释，还是在表明心迹。

也不知道她是否听得懂。

不过，放下电话，心倒很兴奋了一会儿。再转念一想，又为自己这种反应摇头。怎么啦我这是？

倒好像是初恋情怀，这患得患失。

很快的，她便全家移居加拿大去了。

我也真是的，一点也没想到她会移民。其实香港人不论哪一个，分分钟都可能一走了之。

大概我没有想到她会离去，是因为她家在柴湾。柴湾又怎么样啦？说不定她家也是大把钱，或者有哥哥姐姐之类在那边混得不错。

我因为没有移民的本钱，也就想当然认定她也不会有移民的打算。记不得是哪次了，我随口问她："喂，你准不准备移民？"

我这问题也问得怪异，因为那时移民虽不断有，但还没形成"潮"。完全只是一种似有若无的感觉，在连我自己也没有充分思想准备的情况下，乍然脱口而出。

她笑："移民？移到哪里？移到九龙，还是新界？"

我也跟着笑了，莫名其妙地开心。

没想到她竟然这样深藏不露。或许是她当时没这个打算，后来却有了呢？

情况是在不断地变化嘛！也不能怪她……

怪不怪也就是那么一回事了。她那么一挥手，头发飘动，便在香港消失。

我有什么权利怪她？初恋情人？又没有真正恋过，纯情得只不过是我一个人在编织美梦，可能她从头到尾都不知道发生了什么事情。

不是初恋，是单恋。阿英根本没有呼应过。

还是《情人》好。那对异国情人，虽然终究要悲惨分手，但终归相爱一场，而且彼此终生不忘。而我，只不过是说出来令人发笑的单相思罢了。

单相思就单相思吧，也没什么可耻的。谁能禁止得住自己的情感流动？

发乎情，止乎礼。勇者无惧？

如今回头一想，仍不觉幼稚，有些细节反而记得很牢。她的相貌即使有些褪色了，但那雨夜里的眼神和笑容，却定影在心的某个角落，在意想不到的时刻，便冷不防在脑海里猛然一闪，照亮了青春的身影。

并没有哭泣，只是缥缥缈缈、遥遥远远的怀想，即使如今回首忆起，也并没有什么强音符，它好像是辗转难眠的春夜里一声轻轻的叹息，有几分无奈，有几分惊醒，有几分诡秘。

谁说青春无悔？青春一去不复返，它容不得后悔，即使走错了，也只好承担下来。

怪不得人人都在唱《潇洒走一回》。我也记得一些："……红尘呀滚滚，痴痴呀情深，聚散终有时，留一半清醒，留一半醉，至少梦里有你追随……"或许因为这几句打动我的心？

也只不过是对号入座罢了，事实上也未必对得上。

梦里有阿英追随？

哪儿的事情！

人因为活得不潇洒，所以才要大唱"何不潇洒走一回？"讲来讲去，也是自我发泄罢了。阿英在我的生命中，应该只是个匆匆过客，既没有开始，更谈不上结束，想来想去，怕是那种雨中凄迷的情意结，教我总也心痒难搔。

有时细细掂量，也不免觉得委屈。在大洋彼岸，阿英怕已是满口英语，从来也没想及香港有个王承澜，我又何必在这里回想那雨夜？不公平不公平不公平不公平！

不公平？

她又没有叫我去想她。要是向那些男人诉苦，他们准会大叫："你走什么单程路？"好像丢尽天下男子汉的脸似的。我知道，所以我不说。打落牙齿也只好和血吞下去，何况只是如云似雾的幻想罢了。

瑞兴的手蓦然拍在左肩上，把我的灵魂从漫天遨游中唤回。只听得那穿浅绿上衣的年轻太太说道：“不知道你的意见怎样？”

因为走神，不知道她具体问的是什么，正在尴尬，瑞兴接住了：“林太的意思是说，不知道你们这些文人的意见怎么样？”

文人？我什么时候成了“文人的代表”？这大帽子压下来，惊得我魂飞魄散，再一想又感到责任重大。成了代表，讲句什么，也变成不是个人的意见了。我一急，张口便说：“啊呀，惭愧惭愧，我还没看，说不上什么意见，抱歉。”

“还没看呀？”一个开始谢顶的胖子怪叫一声，“王先生不是拒看三级片吧？”

哈哈哈哈……

全桌男男女女大笑起来。

我也赔着笑，心里却一点也不觉得可笑。大概他们认为我是假道学吧！还有什么话好说呢？假如我再解释，恐怕也终归讲不清楚，最好就是闭嘴。

不论讨论《情人》还是回想阿英，也都没有什么太大的实际意义。即使想得头头是道，也照样不能使我的前途光明，也不会使我找到后路。

前途反正也就那样了，世事哪能尽如人意？有人说没有怀才不遇这回事，如果“不遇”，就必然“无才”；那只是已经踌躇满志的“成功人士”的言论。胜者为王败者为寇，他们说什么风凉话都可以的啦！

有才华就必能成功？未必。

看看本届欧洲国家杯决赛周赛事吧！荷兰队球星如云，他们的橙色球衣所代表的悦目足球，有哪一队可以比得上？尹巴斯顿的足球才华，举世无人否认了吧？与丹麦的“生死战”，他不照样射失关键的十二码球，令荷兰队被踢走？“神射手”之称虽非浪得虚名，但此时此刻却成了个讽刺。

才华横溢让球迷看得如醉如痴又有什么鬼用？不能入球一样是银样镴枪头！只要能入球，再不漂亮，也是致胜的标志。

不是以荷兰队自喻，也不是把赵建奇看成丹麦队，但他的冒升却让我有一种挫败感，倒是真的。

没有大把前途，唯有努力寻找后路。

那天中午与几个朋友喝午茶，聊起将来，我苦笑道：“香港没有退休制度，只好找保险公司啦！”

第二天中午，接待小姐打内线电话过来说：“王先生，外面有位小姐找你。”

小姐？哪位小姐？怎么事先没有打招呼？

走出去一看，会客室里的沙发上端坐着一位漂亮小姐，教我眼前一亮。

但我并不认识呀！

不等我出声，她已自站起身，笑容灿烂地伸出手来，“王先生是吧？敝姓李，是……”

真没想到他们的消息这般灵通，而且这么快便“杀”上来了。

对保险业务，并没有什么认识，但心里却有阴影。那时刚来香港，每天看报纸上的招聘广告，发现有家人寿保险公司请经纪，而且“不拘性别、年龄，无须经验”，心中大喜，便写了一封应征信去，很快便获得录取的答复。咦，连面试都不要？一打听才知道，许多像我这样刚从大陆来香港的人，就这样上当受骗，原来去了要先交一笔担保金，过了一个月，如果拉不到客，便会给炒鱿鱼，保险金也没了。

我暗叫好险。从此一听见保险公司就避之唯恐不及。

但李小姐柔声细语地解释：“现在的保险公司是国际性的，不会骗人的。”

她不厌其烦地解释，不论我怎样表示要再考虑，她还是笑嘻嘻的。说到后来，我只好答应下来。每月交一千来块钱，就算是储蓄也好。

李小姐走后，那个娱乐版记者妹跳过来说：“啊呀！果然是靓女魅力没法挡，你不买也得买！”

我答她：“不是靓女的问题，而是我要找保险。”

“是不是真是心里话呀，”她斜着眼看我，拉长音调，“王SIR？”

我哈哈一笑，迳自走开。

假如来者不是靓女，到底会不会立刻就买？大概不会。要是来的是男人，早就三言两语把他打发了吧！怪不得保险公司喜欢请靓女。

靓女的威力，有时抵得过一师的军队，只须轻谈浅笑，便会叫男子汉解除武装。

也未必有什么非分之想，但是对于女性，总会给些面子；而对于漂亮的女性，本能上就会更多些温柔了。

异性相吸，合乎情理。

既然迟早要买保险，不如就把这个机会给了这位靓女。明知只是做生意，但心理上也舒服许多。

这个后路到底有多大用途？不知道。只是聊胜于无。

十六

年轻时候太过浪漫，以为“有情饮水饱”，等到背上家庭包袱，这才明白，再怎么样，光喝水是喝不饱的。

偶尔当然是可以的，尤其在特殊的情况下。

那时热恋，简直有些昏头昏脑，坐在维多利亚公园的长椅上，一块面包一杯汽水便是一餐，吃得不知有多香。

也不是不知道承澜没有多少钱，但我不在乎。那些女友指着我叹息：“你呀你呀，看琼瑶呀看琼瑶呀，你看你看，越看越蠢！”“唉！看文艺小说的女孩，就是太不精明，到头来不是自己吃亏？”我越听越反感。琼瑶的小说，讲的可是有钱人家呀，大姐，与我有什么相干？

说真的，我有点看不起她们。别看个个好像都很有性格似的，但眼睛却盯着一个“钱”字。我潘芝兰可不是这种人！

当我决定和承澜结婚时，我的死党HIDI抓住我的肩膀，叫道：“喂，你不是来真的吧？”

“这种事情还能开玩笑？”

“让我想想——今天是几月几号？呀！愚人节早就过去了！”

真会被她气死。

“今天是中秋节，”我说，“人月两团圆！”

我见她咬了咬嘴唇，终于把眼睛望向别处，低声道：“他可是大陆来的……”

大陆来的又怎么样？低人一等？我突然有些生气，但又不能对她发作。无论如何，她是好意，我明白。只好拍拍她的肩膀，笑道：“你放心。”

一直以来，我们都希望可以移民；我这么一嫁，摆明放弃这个打算，也难怪她有些急了。

但你也不能侮辱我的准丈夫呀！

算了算了。观点与角度不同罢了，不必认真。

大概见我无动于衷，她有些负气，“好好！算我多管闲事！你爱怎样便怎样！”

请她做伴娘她也借词推托了。

我婚后，她虽然也还来走动，但我感觉得出，她不像以前那样无话不谈了。

可能是我让她感到意见不被尊重，伤了她的心。

不久，她便嫁到加拿大去了。临走前，她对我说：“看来我们要永远天各一方了！”

死党始终也要各奔东西，即使不情愿，也要有勇气面对，这便是人生。我强笑着答她：“可惜我不是男的，不然的话一定追你了！”

说完了才吃一惊，这话是不是显得有点暧昧？

天地良心，我可不是那个意思，只不过临时一急口不择言。

但她似乎也没留意，只是说：“人有悲欢离合。”

我的移民狂想之火，也随着嫁人而熄灭了。

做人要现实一些，既然承澜没本事移民，又何必去自寻烦恼。

何况我对香港也仍有一份恋土情意结。

但是热恋与结婚后，完全是两回事。两个生活习惯并不相同的人，忽然之间睡到一个天花板下，便有许多东西必要重新适应过。

还没生小山的时候，两个人工作，维持一个小家庭，倒也没什么问题，但小山出世后，只靠承澜一个人的工资，也就仅仅可以开销罢了。

人家以为我做“少奶奶”，其实有苦自己知。

家务事一天到晚忙不完，蓬头垢面自不必说，去菜市场买菜要和菜贩讨价还价，这真与我的想象相去太远了！记得以前走过北角春秧街，看到那些福建婆买菜时分毫必争的样子，便摇头叹息：难怪她们要被菜贩臭骂了！没想到自己成了煮饭婆，也要斤斤计较了。

要是像美若就好了，买菜？自有菲佣解决。偶然兴趣来了，便“潇洒走一回”。那回上她家，她便驾车叫我陪她走一趟，在中环中央街市那么转一圈，指东点西，见到什么合眼的，问也不问价钱便照杀，让两个跟在后面的菲佣大捆小捆地提着走。

她说：“叫这些菲佣买菜呀，来来回回就是鱼、虾、蟹，想要变个花样都不行。”

假如我有钱，也可以这样气派。但我过的是要有计划的日子。要是有钱，谁不会摆阔？

她好在有个这么有钱的老公。

不过，当初她嫁的时候，瑞兴也还不是两袖清风？

归根结底，还是她命好，我的命也不是很差，不过比上不足比下有余罢了。

常常对小山说：“你可不要学你爸爸，要什么笔杆子，你看，这么辛苦，又没什么钱。”

他问我：“那我做什么好？”

“做生意啦！”

承澜便插嘴：“做生意？你有本钱？就算有本钱，也要看是不是做生意的材料！”

我横了他一眼，不睬他，继续对小山说：“不做生意也可以，做歌星吧。”

承澜又冷冷地打断我的话：“做歌星！赚大钱的捷径，谁不想？

但有多少人成功？”

这倒也是，年年有那么多的新秀歌唱大赛，稍微可以唱一下的少男少女，都打破头争取在电视上亮相，为的便是一登龙门，身价百倍。

但我不服气，“要是个个人像你这么想，那梅艳芳也不会出现了！”

“不就是一个梅艳芳吗？”他说，“到头来默默无闻的，你知道有多少？”

“按你的意见，只有像你那样爬格子才最好了？”我气得提高了声调。

“算了算了，你不要身在福中不知福。”他很不耐烦地摆了摆手。

小山望了望他，又望了望我：“你们到底是在斗气，还是替我考虑将来呀？”

我吃了一惊。是呀，说着说着，怎么气不打一处来？

婚前喜欢的是他的老成持重，觉得他成熟可靠；嫁他之后才发觉，他的这个长处，恰恰变成致命的弱点。做任何事情，他都要左顾右盼，如果没有十足的把握，他不会点头。但世界上的事情，又哪里会有百分之百的把握？所以他总是不会行动。

银行一再减息，股票节节攀升，我对他说过几次：“喂，现在把钱存在银行里，利息这么低，等于变相贬值哦！你想想，今年的十万块，过几年变成多少了，按现在这种通货膨胀的速度？”

“手上也没有多少钱，学人炒股票干吗？假如炒糊了，那几万防身钱都没有了，怎么办？”

他就是这样保守。人无横财不富，守住那几万块顶个屁用！我说：“有那几万块，搏一搏也好。可惜我不是男的，要是我是男的，我才不会死守。”

他想了好一会儿，也不吭声。

过了几天，他把五万块钱拿给我，很认真地说：“就这么多了，输输赢赢，全靠你了。”

忽然觉得肩膀上压了千斤重担，他这么一说，明明是在施加压力，非得赢钱不可；我又不是诸葛亮，怎能料事如神？要是准赢，哪怕借高利贷，我也早就干了！但现在哪能退缩，赚大钱也尽在此一炒了，我把心一横，“好！我这就搏去！但有一句话说在前头，输了赢了，各安天命，OK?”

“行了行了，输掉你也没什么好处。”他皱着眉头，挥了挥手，“你小心一点就是。”

拿血汗钱来赌博，跟提着自己的头去决斗一样没有退路，我想。但炒股票，再跌，也还不会输到血本无归。人家是拿多余的钱来炒，我却拿救急的钱来炒，说不胆战心惊是骗人的。但想要发达，怎么可以像他那样平平稳稳？看那些富豪传略，当初便是懂得如何投资才能发达起来；既然本钱少，又不知道如何做生意，目前炒金不是时候，只有炒股票啦！

看人家炒股票炒到风生水起，觉得赚钱是那么容易，只不过是赵太钱太孙太李太邻家的煮饭婆而已，也可以心想事成，我潘芝兰又不比她们蠢，怎么会做不到？打死我也不信。

那个时候看报纸经济版，对于各种股票的实力和走势，都有所了解。尝试在心中试“投”几种股票，结果真的急升了，那时我就在枕边对承澜说，“你看你看，要是买了那几个股票的话，现在就翻了一番了！”但他不言不语，翻了个身，背对着我，一会儿便轻轻打鼾，睡去了。现在到底有机会证明给他看。

但是拿出真金白银来，与模拟完全是两回事。根本也不纯是眼光问题，关键在于胆量。我迟疑了好些天，心中不断地试投，居然都没走眼。他最初也不闻不问，到了第十天，终于还是忍不住：“你到底买了哪个股？”

我知道他怕输，我又何尝不怕输？

孤注一掷呀！

但不能退缩，再不买，我怕他支撑不住，会叫我把钱存回银行去。

让钱这么一天一天地贬值？我才不甘心。

下定决心，闭着眼睛干吧！

第二天一早便买进。

紧紧追踪证券公司的报价，心怦怦乱跳。有时实在支持不住了，唯恐晕过去，便干脆脱离接触，不闻不问；一连几天，甚至连报纸经济版也都不翻看。钱投下去了，不是赚便是蚀，不要理会了。连邻家太太我都躲着走，免得给她们扯住谈论不休。

过了一个星期，暗想可以揭晓了，打开经济版，一阵心慌意乱，定睛一看，乖乖，升得真快！赶忙找出计算机按了几按，哈哈！赚了两万！老天！如果放在银行里，以五万块的本钱，要一直存几辈子才能赚到这数目？怪不得人人争炒股票了，见效快，收益大，股民个个笑逐颜开。

看样子股市气势如虹，升的趋势还未见底，此时不捞它一笔，更待何时？当然不能在这时放手，再等等，再等等，还会有高峰的。

“你稳坐钓鱼台呀你？”承澜笑嘻嘻地问。

看得出来他也很开心。

“怎样？要放啊？”我逗他。

“你抓主意吧，不要问我。”他说。

就算叫我放，我这时也不会放。谁愿意见财化水？

主意已定，便不再翻报纸，也不听人议论。众说纷纭，如果这边听听，那边听听，到最后也不知道应该听谁的好。

那天承澜从报馆打电话回家，劈头就问：“那股票，出手了没有？”

这口气不妙。

还没回答，他便急急地说：“今天股票大跌。”

搞了半天，我才算弄清楚了。原来是中英联络小组在北京举行的关于香港新机场的谈判，没有达成协议。

香港的股票就是这样脆弱。我的心一沉，嘴却仍然硬，“升升跌跌，不奇怪呀！”

“你一点也不紧张？”

大佬哇！我能不紧张？只不过如果这个时候我也乱了套，有什么好处？背水一战，事已如此，唯有镇定。

我放缓语气，带笑说：“不是不紧张，而是有信心。股市劲升了这么些日子，现在也到了调整的时候，调整好了，我看还是会回升的。”

这倒并不完全是自我安慰的话，我总觉得协议只是一时达不成罢了，迟早都会解决的；一旦解决了，股市自然会排除不利因素。

但他还是不放心，回到家里嘟嘟囔囔：“本来赚了两万，就应该赶快放手，你看你看，现在不是亏了？”

我忍不住顶他几句：“事后诸葛亮，谁不会当？那个时候你又不出声？”

他烦，我也烦。我是不是也贪心了一点？

不要说是我了，炒股票的人，有谁不贪？讲得好听是投资，讲得不好听便是投机了，最好就是一劳永逸，赚一次大钱，然后远离股市风云。

但愿我能够收发自如，知道什么时候应该进，什么时候应该退。

千万不能恋战。

但我能够做到吗？能看透什么是危险的诱惑吗？不敢说不敢说。当局者迷。

还是要追看形势，做鸵鸟有如瞎子一样，等到撞了墙，想要转弯，已经头破血流。何时股市才能止跌回升？你问我我问谁？上帝保佑可千万不要输了这一仗，不然的话，失面子事小，连老本都赔光，如何是好？怨都会给他怨死！到时还有什么话好说？

说来说去也都是穷的罪过，如果有钱，用钱赚钱，易上加易。没钱，输一点便捉襟见肘，怎么坚持下去？有时，玩股票非要持久战不行。以前的旧邻居戴先生，那时买了好多股票，据戴太太说：“他没有什么别的爱好，就是爱玩股票。”

后来他买的几种股票一直下跌，急得戴太太向我诉苦：“你看他你看他，几十万全部投进去，现在这么一跌，连一半都没有了！我叫他赶快卖掉，他却不哼不哈的，当我在唱歌！你说气不气人？”

清官难断家务事，我哼哼哈哈。

戴先生一副处变不惊的神情：“女人家，懂什么？我自有分寸！”

我随口劝了几句：“如果不行，赶快出手，保存一点实力也好哇！”

他含笑不语。大概心里也直骂我是“女人家”吧！

坚持了两年吧？他的股票们忽地苏醒过来似的，一直挺升，每天见到戴太太，她总是满面春风。

那回，她把我拉到一角，压低嗓门：“喂！那个‘衰佬’果然厉害，你看你看，硬是给他熬过来了，现在可真是大丰收了。”

听得我羡慕死了。他们赚了多少？二十万？五十万？一百万？

戴太太眉飞色舞：“他买得最多的那个股票，买的时候才十二块钱，现在涨到多少？四十七八块！发达啰！发达啰！这回可真是发达啰！”

这可不是口头上说说而已，眼看他们搬到北角半山区，临走还丢下一句：“有空来探探我们。”

赚了大钱，戴太太也对我诉说起买股票的种种好处，只差一点没说：“想搬到北角半山区呀？买股票啦！”我也相信这是发财捷径，只要看得准。不过，以我们这样的小资本，即使赚钱也有限啦，何况现在……

有钱多好，有钱就潇洒得多了，输了，也只不过是买个人生经验罢了，无关宏旨。没钱就不能输，输了就没有退路，越想赚就越输，上天专跟穷人开玩笑。

人家以为我不必出去工作，待在家里做少奶奶享清福，有谁知道我家务日做夜做总是做不完，还要帮人做菜送菜每天赚点外快帮补家用。每晚腰酸骨痛躺在床上几乎不能动弹，第二天爬起来还是要拼命干。承澜他有时在报馆受气，回到家里便黑着脸恶声恶气，倒好像是我欠了他几千大洋似的，气上心来便顶他：“我啊，比做菲佣还惨！”

菲佣还有休息时间，还有礼拜天，我呢？白天做得累个半死，晚上他高兴了我还要“尽妻子的义务”，没日没夜的，也不知道为了什么？

结了婚生了孩子，怎么整个感觉都不对了？是随着年龄的增长，见识多了，还是生活担子重了，人也就变得现实起来？

也许，爱情也会变质，留下的，便只是应该承担的义务，而将家庭维持下来。

那个时候的爱情，也并不轰轰烈烈，我也不知道承澜有什么地方吸引我。

他也问过我：“你到底喜欢我什么？”

哗！简直就是出考题让我回答了。喜欢便喜欢，有什么可以分析的？男女之间的感情，最是微妙不过，哪能那么清醒？我反问他：“你呢？”

他也说不清楚。

大概人到了那种年龄，便自然而然会向这方面发展。

谈情说爱毕竟是浪漫的，花前月下又不必面对柴米油盐，自然不会考虑到明天的面包。每回上街都去挤“麦当奴”，居然也吃得津津有味。

汉堡包、薯条、可乐，你一口，我一口。

现在回想起来，这是怎么一回事？

如今偶然一家三口上茶楼喝茶，也是他看他的报纸，我看我的娱乐周刊，小山打GAMEBOY，各夹各的点心吃；哪有什么家常话好讲？更不要说夹东西给对方吃了。假如现在还夹来夹去，说不定还觉得多恶心呢！

也并不是那时的举动虚伪，我看人的心态也有阶段性，一旦过去了，谁也无法把它抓回来。比如说小山吧，四岁以前人前人后抱着我就亲，现在再叫他吻我，打死他也不会干。

所以我说：“早知道这样，真应该在四岁时把你封冻起来，不要成长，才会永远和妈妈那样亲。”

假如可以这样做的话，也自然要把当时的爱情封冻起来，以便至今常青。

但怎么可能呢？

好些人都在慷慨激昂地说：“结婚并不是恋爱的坟墓！”不知道这些人确实是深有体会，还是基于某种观念而推断出来的结论。

这世界，口不对心的人太多了。不能尽信，不能尽信。

我又何尝不想让结婚是恋爱的继续，只不过这真是太难了。

当两性间的神秘感消逝，当金钱的重要性赤裸裸地凸现出来，想要永远热恋下去，谈何容易！

我已经失去了少女时代的浪漫纯真，在生活中碰得头破血流之后，我痛心疾首地相信，没有面包，爱情也难以生存。即使有了大把面包，爱情是否依旧不会褪色？我也怀疑。要不，就不会有那么多人大唱：“……情已逝……”

想想承澜也没有什么不好，只是钱少一点。

但钱一紧张，什么也就变得紧张了。爱情，不也要有面包才能维持？饿得半死，想爱也爱不起来。

有时觉得人生真是太诡秘了，不是你想怎么样，便可以怎么样。莫非人生真是一出戏？

十七

方玫对于我的“商场传奇”，特别感兴趣，这当然可以理解，她既然有意做生意，不感兴趣才怪哩。

但我该怎么说呢？吹吹牛无所谓，无非是大讲特讲自己的威风史，有六分可以夸到十分。反正嘴长在自己的脸上，爱怎么吹就怎么吹吧。如果要据实说出来，那就不知从何说起了。

至今回想起来，我的得意杰作，便是收购A集团的大行动。

那时还是大亨新、我和柴世方三人紧密合作，组成“铁三角”集团有限公司的时期。

A集团放出卖盘，立刻成为各个有势力的财团争夺的对象，我们也加入这个竞争行列。

整个商界都没有人相信，我们“铁三角”可以吃掉A集团，在他们眼里，那无非是老鼠吃大象，纯粹搞笑罢了。

每当有人当做笑话问我时，我总是满面堆笑：“我们纯粹是陪太子读书，凑凑热闹。”

其实我们早就紧锣密鼓地准备。

这叫做“外松内紧”。

大亨新对我说：“应该你出台唱出好戏了！你放胆去做，我给你压阵！”

有了大亨新这句话，我镇定了许多。资本不够，我们先集资。“铁三角”增发股票，以聚积资本。

做生意之道，便是要善于利用公众的钱。

越大的集团，所拥有的股份未必很大，这也是金字塔的原理。

积少成多的散股构不成威胁，结果还不是只占百分之十几的我们控制一切？做生意的手法，最好连一块钱也不必从自己的口袋里掏出来，那才叫高手哩！

这么一集资，钱也有了。问题是要A集团点头。

大亨新派我出马。

“你行！”他说，“你去跟他们谈，不论用什么办法都好，我支持你！”

牵涉到四十亿的数目，我行？不过大亨新说行，我没理由说我不行。

也要做回一出好戏给他看看，证明他说得不错，更证明我的分量。

也不知道他到底是在试我，还是真的信我？不过也不必理会那么多，即使这是个陷阱，也要把它变成个机会，而机会在人的一生中并不是常有的。

必须重拳出击。

在某种意义上，这可是生死存亡的关键一役。胜者为王败者为寇，自古以来便是如此。假如干得漂漂亮亮的，大亨新必然更加倚重我，假如失手……

什么失手？想都不用去想！如今是背水一战，只能勇往直前。

前途、命运、财富，还有一切，全系于这一击。

立刻派出耳目四处打探消息。

对A集团有兴趣的财团，个个志在必得。正面出击，我们未必能占到什么便宜，我们出得起的价钱，他们也肯定没问题，还是要找点窍门。

假如没有棘手的问题，恐怕个个早都抢着与A集团签了，但事实上并没有。

还是拉锯战的形势。

大生意，当然不能轻率，但是我绝对相信，所有财团早就做足了调查功夫。

一定在什么问题上搁浅。

原来，A集团出售那著名的“A集团中心”，还有一个附属条件，就是买家必须另外买入他们在马德里附近的一块土地，价值两亿港币。

明白了。

谁都不大熟悉那边的行情，搞不好给西班牙鬼坑了，两亿血本无归，那还了得？

我赶忙请教大亨新：“怎么办？”

他笑着耸耸肩膀：“老弟，我已叫你全权打理，你问我，我问谁呀？”

又是扑朔迷离的态度。

大概见我沉吟不语，他拍了拍我的肩膀，“商场上要有个决断，好像出征的将军。将在外，君命有所不受，对吧？就算我叫你这样做那样做，你也可以不听的。你不要害怕要对你的决定负责。”

好像是给我发挥的样子。

已经走到这步田地，没有理由再往回缩呀！就如逆水行舟，不进则退。

一咬牙，最多便是打回原形！

人家犹豫，我不能！必须速战速决。

只要能够吃掉A集团，我们“铁三角”在商场的身价必定大大提高，商业信誉也会随之而来。

可是那块地，真要命！马德里？去斗牛就差不多！

但不入虎穴，焉得虎子？

面对那么多强劲的竞争对手，只有出奇才能制胜。

决定兵行险着。

反正赤条条来赤条条去，又不是没有穷过，我输得起。跌倒了再爬起来。

后来美若说这一招是光棍手法，我也不否认。其实我就是凭着一股牛劲，误打误撞，回头一望，啊呀，怎么就这么走过来了？

命运实在神奇，待我也不薄。

但那时也并不是一身是胆，说毫不惧怕，那当然是自欺欺人。收购A集团成功，大亨新劈面第一句便是："哗！你真够胆色！不过你可要打起精神，是龙是蛇，你也就尽在这一回合了！"

不用他出声，我也知道我的处境。我答他："多谢关照。我一定尽力而为。"

他却打断我的话："不是尽力而为，而是没弯转！"

置之死地而后生？

报纸经济版掀起一片"铁三角"热，人人刮目相看。当然啦，吃掉A集团，可不是闹着玩的。于是纷纷猜测，"铁三角"下一步的矛头应该指向哪一个？

人们所看到的，是我们的雄心勃勃。从商业角度来说，那也是很自然的。要扩展业务，靠的是实力政策，不吃掉别人，怎能壮大自己？何况这当中还有一种成功感，一种满足感。局外人也许是很难理解的。同样的，他们也不会明白，在喝采的背后，我根本就是胆战心惊。

不能安静下来，只要一有空闲，脑子马上便会想到可怕的后果。还记得很久以前看过一部战争片，里面有句对白至今令我印象深刻："军人不会说话只会行动！"我不是军人，而是商人，但在这个时候，我觉得我也必须奉这句话为信条。忧虑是没有什么用的，那块土地始终是一块烫手的芋头，一天卖不出去，一天便背了个沉重的包袱。

也不知道我的命运为什么这么好。有了难题，总会迎刃而解。还没花什么太大的力气，阿超便告诉我说，他有个朋友，认识西班牙的地产商。

真是踏破铁鞋无觅处，得来全不费工夫。

我看着阿超似笑非笑的样子，就明白他要“介绍费”。如果连这个我都看不出来，怎能在商场上混？何况他是我的姐夫，我多少也会有些认识。

其实他也不必说到一半便打住，我陈瑞兴何时亏待过兄弟姐妹了？也不必在交易前便把银码说得一清二楚吧？难道真是先小人，后君子？

罢了罢了，也好过先君子，后小人。

他那一份，即使没有这中间人的功劳，也是少不了的，干脆就先给他甜头，好让他卖力。

姐夫什么都是假的，只有钞票才是真的。“钱钱钱，老子有钱！”是这么唱的吧，钱大爷出动，所向披靡，阿超满脸欢笑，益见他的皱纹纵横。

而那两个西班牙鬼讲着蹩脚的英语，跟我的水平旗鼓相当。也不需要太过深入，只要能够达意就行了，反正细节有律师去敲定。

语言不能畅通无阻，但在女色面前，一切语言都变成软弱无力的了。

我明白。

多费唇舌是没有必要的，要他们动笔签字，首先要让他们获得甜头。最直接的办法，便是带他们去喝酒，然后去泡尖东的夜总会。

美女如云，衣香鬓影。那娇媚的眼波，在莺声燕语中流荡，未曾真个销魂，早就醉倒温柔乡里，这两个血气方刚的西班牙人。斗牛士？算了吧，不必有蛮牛，西班牙人已经丢盔卸甲。

如此高消费的开销，令我也有些犹豫。这实在是个赌博，我用钱来收买他们的好感，却不知道他们到时会不会成交。假如花了那么多钱，到头来他们又不签，我岂不是鸡飞蛋打，赔了夫人又折兵？

但是这个险着却不能不走，没有耕耘，哪来的收获？就当这笔钱是感情投资好了。付出去了，明知没有人能够保证到时肯定会获利回吐，也还是非做不可。

求神拜佛都祈求这两个鬼佬不要翻脸无情，我把他们当皇帝般侍候，可别玩够了便拍拍屁股，一走了之。

每晚在红尘中打滚，只会竖起大拇指对我说："GOOD！GOOD！"

我也弄不明白，他们指的是我的招待好，还是那些美女很受用？

白花花的银子倒水一般倒出去，说不心痛是骗人的，但我的宗旨是吃小亏占大便宜，在他们面前，我特别要显得大方而好脾气，叫他们也多少要负上感激的心理。

差一点就是打不还手，骂不还口了。

当然他们也不会打骂我，我出钱，他们HAPPY，世上去哪里找这般便宜的事情？

钱不是万能的，但钱真的太可爱。如果没有钱，那个小明星怎么会倒在我怀里，任我猖狂。

也并不是爱她，春风一度，只是想要占有她的名气而已。大概这也是男人的一种近乎变态的心理吧，以为人家的名气也可以成为收集的对象。尽管我也明白，这种买卖除了肉体上的发泄外，根本毫无意义，但在那一个时刻，灵魂早已被俘虏，就算是天塌下来，也无法阻挡去路，春宵一刻值千金，惟愿长睡不用醒。

毕竟也还要醒来，美人在抱又怎么样？财去人安乐，后来偶然在银幕上或者电视屏幕上看到她不显眼地出现，我竟也会心跳起来。

这是很微妙的心思，一帮男人上酒吧喝得天昏地转，不免口沫横飞吹大牛，夸耀自己的艳史。一般女人不具知名度说来也引不起他人的兴趣，他们嘴上不说，心里还不是在寻思：你怎么说都可以的啦，反正谁也不知道有没有那么一个人！一说出小明星的名字，他们的眼睛立刻发光，几乎异口同声，立刻有了反应："是吗是吗？怎么样怎么样？"

什么怎么样？

无非是想要刺探细节。

我微微笑着，看你们那猴急的样子！

“喂喂！你这就不对了，开了个头，又不说下去，明明是吊我们的胃口嘛。”

是又怎么样？偏偏不说，有什么理由让我公开最隐秘的部分？你们又不说说自己？

我明白这就是名气效应。

公众人物，谁都有兴趣知道多一点，这也是人之常情，并不奇怪。眼见把他们的兴趣都撩起来了，我有幸灾乐祸的感觉。

在这个时候，平时道貌岸然的男人，也不知是受酒精影响，还是放开了怀抱，个个都露出色迷迷的神情。看样子假如今夜不丢下什么话，他们都不会放过我。我耸了耸肩膀，双手一摊：“女人嘛，熄了灯还不都是一个样？”

他们大概发现自己追杀得出了格，一个个装得若无其事，拐弯改说其他无关紧要的话题。

不愧为商场中人，眼观六路，耳听八方，一见势头不对，便很巧妙地岔开了；滴水不漏，不露痕迹，好像对什么也没有特别感兴趣过。

这两个西班牙鬼却根本无需任何掩饰，也不知道他们是已经老了脸皮，还是因为率性，不懂得顾左右而言他。他们好像骑师做最后的冲刺一样，抓紧任何机会大吃大喝大玩女人，反正他们很快就离开香港，又何必不今朝有酒今朝醉呢？

好不容易才将两个活宝打发走，我松了一口气。是花了一些钱，但那块我们的“飞地”也终于脱手了。

大亨新连连猛拍我的肩膀，“小老弟，我早就看好你了！你看你看，你一出马就解决这么大的问题，果然是我们‘铁三角’的福星。”

也不知道他说的是真话还是场面的话。

也管不了那么多了，真也好假也好，我都必须表现得受宠若惊的样子。大亨新哦，只要他看得起，我的前程当然就没问题了。

连柴世方也紧张起来。

当初让我单枪匹马去走钢绳，我曾经在私下向他求助，请他帮忙："你对大亨新讲讲，我一个人惨遭滑铁卢不要紧，但对整个公司就不好了。"

他却剔着牙齿，斜眼看我："不够胆呀？这可是千载难逢的机会，可一而不可再，优差呀！"

我只觉得他想要我立刻死掉。

做生意伙伴而离心离德到这种地步，也叫我够寒心的了。我不能在他面前示弱，更不能行差踏错，当初只看到他做生意时的狡猾与冷酷，以为与他合作，可以处于强势，谁知道他对外如此，对内也一样，根本不懂得"内外有别"。如今不论形势如何，我也只有面对，即使提着脑袋，也就是一句话了。强掩内心中的极度愤懑，微微一笑："不够胆？我陈瑞兴烂命一条，怕什么？我只不过为公司着想，万一失手……"

万一失手，大家揽住一齐死。

我见他脸色倏地一变，但很快就露出笑容，"没问题，我输得起！"

他的确输得起，他还有其他生意；大亨新更不用说了。如果这宗生意没做好，最惨的是我，而对于我的地位，更是……

直到生意做成了，我也还弄不明白大亨新为什么会这样冒险让我出马？钱哦！

幸好我还真有点运气，柴世方就笑中带刺地对我说："你真是一世够运！"

心中得意非凡，但脸上绝不露出笑容，我谦卑地说："哪里哪里，纯粹是误打误撞。"

我感觉到大亨新对我越来越器重，也感觉得到柴世方对我皮笑肉不笑。

管他呢！

反正我又没有去睬他。

井水不犯河水。

没料到河水却要犯井水。

一场波澜从此起……

那天上午，大亨新把我召进集团主席办公室，从那张大台把一封信推了过来，“你看看这个。”

信？什么信？

信是横写的，有几个是简体字。我差点就骂出声来了。柴世方也太他妈混蛋了！

造谣造什么不好，竟造到我与大亨新的情人相好的份上？

大亨新的情人安妮姐，是烟视媚行的美艳女人，我看没有几个男人会对她毫无感觉，我当然也不能无动于衷，当她眼汪汪地盯着我柔声细语讲话的时候。但动心归动心，也只是想想而已，不会来真格的：既叫得她一声“阿嫂”，始终也不可越雷池一步。

那界线是绝对分明的。

倒也不一定是我陈瑞兴多么讲义气，而是我深知大亨新有多么厉害。

得罪他？想要找死啊！一死了之倒也还罢了，就怕到时求生不得，求死不能。

安妮姐？连想都不要去想！

柴世方分明是要借刀杀人。

也怪我孟浪了一些，那回安妮姐上公司找大亨新，但大亨新出去了，不知怎么的，她便拐进我的办公室，一阵淡淡的香风扑来，我立刻有一种迷迷茫茫的感觉。

轻谈浅笑但觉时光轻盈滑行，忽地警觉已是门铃声叮咚响起，门开处伸进柴世方的大脑袋，只见一脸坏笑拖长音调叫了一声：“哎哟，你们在聊天呀？我不打扰了，谈吧谈吧，我走了！”

我一凛，本来想要留住他，话都已到嘴边，一听他阴阳怪气的音调，不禁气上心来，干脆就不出声了。

安妮姐回过头来，笑道："这人怎么这么古古怪怪的？"

他？明明是话中有话嘛。但我不知应该怎么说。也想不起我与她说过什么。说的时候兴高采烈，怎么一下子就想不起来了？原来，说什么并不重要，重要的是谈话对手。假如对方具有吸引力，谈什么都没问题，哪怕默然不讲话，也一样难舍难分。啊呀糟糕，这岂不是……

但什么也没有发生。

事后柴世方向我挤眉弄眼，"喂，看来她对你……啊？"

明知他不怀好意，我内心也不禁涌起自豪感，脸上却不动声色，"讲笑找第二样。"

"大家男人——"他说。

"喂喂，千万不要乱讲，传到大老板那边，有什么好？"我开始有点急了。

"嗨！没想到你这么胆小？"他撇了撇嘴。

是的，胆小如鼠。那又怎么样？

没想到如今竟成了他攻击我的炮弹，而且是杜撰的。

我不知道应该从何说起，只是望着大亨新，不吭声。

"怎么看？"他问。

"我能说什么？"我耸了耸肩膀，"要我说，我说绝对没有这样的事情。现在也不是我怎么说，关键在于你信他，还是信我？"

"要是我信他，我就不会找你谈了。"

我有些喜出望外，"他可是说得活灵活现呀，你难道一点也不怀疑我？"

"说我一点也没怀疑过，那是骗你的。不过你也应该知道我，我不是冲动派，不管是生意，还是处理日常生活，我都很冷静。"他右手托着腮，声音很低，却不容置疑。

他当然也冷眼观察过我。

我也不是冲动派。美女当然教我动心，我又不是坐怀不乱的柳下惠；但我更珍惜我的前程，我不是为了美人宁肯丢掉江山的那种"情圣”。必须在极度安全的情况下，我才会把步子跨出去。

在这方面，大亨新也算是我的“知己”。既然不用费什么唇舌，他就相信我并没有越轨。

“那么……”我把那封信推回给他。

他把信随手撕成碎片，笑着说：“我古新纵横商场几十年，现在都活到六十五岁了，难道还不会看人？我告诉你，是想提醒你，他是你拉来的，现在他这样对你，你要小心一些。”

大亨新这一招，想来也有离间之意吧？不过我还是很感激他，就因他没有听信柴世方的诬告。

想起柴世方就愤然，虽然不是冲动派，但我也决定找他谈谈，看看他到底有什么天大的仇恨，要这么陷害我。不然他还会以为我是蒙在鼓里的傻瓜呢。

我打了个电话到他的办公室，问他：“喂，你好像对我有气，不如我请你吃晚饭，和你谈谈，怎样？”

“是吗是吗？我没有什么意见呀！你别听别人胡说八道，他们想要挑拨离间。”

他说得很大声，好像很坦然，我乍然听到，差点也怀疑我到底有没有看到那封诬告的信了。

我定了定神，再次问他：“你有没有空？”

“哦，这个，我周末都不出来应酬的。”他笑，“你知道啦，老婆大人万岁嘛。”

给我摆出一副幸福家庭的模样来了，真他妈恶心。

“不一定今天，改天也行。”我说。

再约几次，他也都是推搪。

既然没有诚意，我也不想继续低声下气地求他了。

我又不是耶稣，干吗左脸挨一耳光，还要把右脸再伸过去？

不能面对面地谈清，干脆就在电话上问个究竟。

单刀直入质问他有什么目的，他却发誓绝无此事。“你我兄弟，我还是你拉进来的，怎么会对你不利？你信我啦！假如我恩将仇报，那还算是人？”

我自认在商场上吹牛不再眨眼，不会脸红，我的根据是，我不吃人家，人家必会吃我，既然没有调和余地，我宁可当虎狼，也不做羔羊。但是却从没有碰到过像柴世方这样的无赖。我已够厚脸皮的，而他简直就是不要脸了，我已经点出：“我看过你写给大老板的信。”他仍然若无其事地矢口否认。

大概他的原则是，你不论说什么，我都不认账，只要不是我亲口承认，别人说什么都不关我的事。

但这也要有相当的勇气，并不是人人都可以做到。

我就不成。

但柴世方他行。

不论我怎样软硬兼施，他就是不松口。说来说去，倒好像是我无中生有，或者是听信谣言。

我没办法突破他的无赖防线，只好愤愤地说：“总之，天知地知你知我知，你不要把我看成傻瓜！”

“啊呀！怎么会？要是我把你当傻瓜，我也不会与你合伙做生意，对吧？”

“走着瞧吧！”我扔下一句，便收线。

怎么走着瞧？我心中无数，这只不过是气头上冲口而出的一句话，根本并没有内在含义。

点出来了也就算了。我奈他何？除非拆伙啦！不过目前生意做得还不错，没理由为他的这个小动作，自己便引退；要是那样做，岂不是正中了他的奸计？

还是要忍。

真没想到我要学习当“忍者”。

这时也才深切体味到，当“忍者”看似容易，实际上不知有多难。不说别的，光是受到的那份气，就决不是凡人如我所可以忍受的。

但不能忍也要忍，看钱分上嘛！你柴世方可别让我抓住痛处，我陈某人也不是那么好欺负的。

不是不报，时候未到。

我不出动则已，一旦反击，可真要杀他个片甲不留！小打小闹有什么意思？那只是“八婆”的伎俩。

但他仍意犹未尽，安静了一段时间，又再发动攻击，直接写匿名信给美若了。

简直就是视我的忍让为软弱可欺了。

那晚回家，美若坐在客厅的沙发上，我打了一声招呼，不见她有什么动静，再一细看，才发现她的那张脸板着，神色间流露出一股煞气。这算什么？千辛万苦在外头搏杀回来，等待的竟是这么一副尊容？没好气地朝里面直走，忽听得她叫道：“站住！你过来！”

你说过来就过来了？我堂堂男人大丈夫，不是很没有面子？

但还是站住了。想了一想，假如不忍，她恐怕没完，失面子就失面子吧。且看她说什么。慢慢走回去，心犹不甘，愤愤地往沙发重重一坐，闷声闷气地问：“什么事？”

“你看看这个！”她“砰”地把手上的信往茶几上一拍。

又关我事？

我抄起来一看，又是该死的匿名信，虽然这回用的是四四方方的美术体，但凭着直觉，我骂出口来：“又他妈是柴世方？”

“他？你怎么知道是他？”

“不要说他变字体，就是化了灰我也认得出来！”

我往那封信一扫，视线忽地停住了。

什么？强奸未成年少女？我的天！亏他妈柴世方写得出来，这类字眼……

我强奸未成年少女？值得吗？我陈瑞兴又不是没有钱，有钱什么样的少女买不到，还要强奸那么严重？真是笑话！

美若听了，也觉得有理，才慢慢平心静气起来，“他为什么要这样诋毁你？”

我耸了耸肩膀，“谁知道？也许看我样衰？也许想排挤我，也许什么都不为，就是喜欢这样做。到底为什么，只有他最清楚。”

“这种人，真缺德！”她愤愤地说，“我老公怎么样，我不知道？”

柴世方这一招失灵，却把他自己更加暴露出来了。我也不想拿着这封信与他算账，他这种人，天不怕地不怕，搞得白热化，他会不择手段，狗急跳墙，我也未必顶得住；还是先看看环境再说。

“算了，跟这种人，不要一般见识。”我嘘了一口气，但一想，又不禁愤愤然，咬牙说：“不要给我机会，柴——世——方，不然的话，我……”

我怎么样？也并没有想得很清楚，只不过心中郁积的那口鸟气难消。

“我支持你！”美若口快快地说，“跟他干！”

还是要不动声色，看准再说。

这是好像狼一样的对手，虽然没有狐狸的狡猾，但却凶狠得很，必须小心提防。

何况这条饿狼就在身边，有时简直就是防不胜防。

我也深知我不是圣人，绝非无懈可击。

而且我自己以前也不大防人，特别是不大防自己身边的人，比如阿超。

总认为他是我姐夫，好歹也是自己人，再怎么样也不至于背后给我一刀。

但后来我明白了，就算是姐夫又怎么样？一旦牵涉到钱，几乎人人都可以六亲不认。

那回他向我要一笔钱。

“多少？”我感到很烦。

“给我一百万啦！”

我一怔，一百万？

“一百万对你来说，小意思啦！”他望了我一眼，立刻便把视线移到玻璃窗外，说。

几乎便要发作。小意思？我赚钱也要绞尽脑汁，吃不好饭睡不好觉的日子，你又在哪里了？不过我还是忍了一忍，问他：“你要这么多钱做什么？”

“我？我要退休，要送孩子去留学。”

我再也按捺不住：“你才五十出头，退什么休？又不是不能做了？要是你真的做不得了，不必你出声，我都会好好安排你啦，是不是这样讲啊？”

“我现在只是给你跑腿，说什么我也是你姐夫，人家说我托你的大脚，你让我的脸往哪里放？”他来劲了。

“跑腿？什么叫跑腿？我有使唤你吗？”我提高嗓门。

“你老叫我做这做那……”他嘟嘟囔囔。

妈的！我出钱养你，哪能什么都不用做？说实在的，你要不是我姐夫，我睬你都傻！

记起来了，怪不得他人前人后都半开玩笑地说：“我呀，我是瑞兴的走狗。”

那时我不以为意，以为他只不过要贫嘴罢了，谁知道玩笑话里其实躁动着他不满的意向。

强忍着怒气，我斜着眼睛对他说：“世界上没有不劳而获的事情，你不能只拿工资，什么事也不用做。现代的社会，你该知道怎样运作。”

我见到他的脸涨得有些僵硬，憋了好一会儿，才说：“我是你姐夫。”

“太子爷也不行！”我硬邦邦地答。

“不必这么绝吧，当初打天下的时候，我就跟着你，没有功劳也有苦劳。”

真想一脚把他踢走！

本来下定决心不要把什么亲戚塞进来，免得碍手碍脚，结果还是挡不住二姐的哀求，让阿超进来了。这个先例一开，便像潮水一样挡不住。

这是一个惨痛的教训，请进来容易请出去难，这些皇亲国戚。

如果他们安分还好，偏偏自以为血统高贵，狐假虎威，令人头痛。

当时一时之仁，好心照顾他，现在反倒成为他邀功的口实了。

也不是说他没有苦劳，但我给他的待遇已大大超过他应得的很多，他怎么就没有想到这一点？现在倒好，跟我算起账来了。

“你这么说，也就是要我秉公处理，对吗？”我直视着他，“那好，你可以跑出去打听打听，像你这样的工作，到底有多少钱？做人要知足。”

“我怎么不知足了？”他恨恨地说，“你说，你可不要给我乱扣帽子。”

“我哪有什么帽子？我只不过想告诉你，不要妒忌别人。别人赚几百万，而自己只能赚几千块，也得要接受现实，别人有别人的本事，不要不服气，那没有用。如果能够看得开，自己心里便会好过一些。”我也不再客气了。我觉得他的根本问题在于眼高手低，可惜他却老以为自己不够运气。

人最可悲的，便是没有自知之明。

他怔了半晌，忽地含含糊糊地说：“那个时候，我什么都先孝敬你……”

我一凛。

他话中有话。

我盯着他，眼光一碰，他立刻把视线滑向窗外的郁郁青山。我看到他眉间打成一个“川”字。

那个时候他带我进入温柔乡，莫非为的就是这一招，在关键时刻才露出来？

不过也不像。他不是那种有谋略的人，只不过想起往事可以成为把柄的时候，他也不会轻轻放过。

这明明是在要挟我了。

你这样就像把一柄什么刀子架在我的脖子上，看看我会不会就范。你不知道我吃软不吃硬？

一百万哪，岂不是好过抢？

“也不要说什么孝敬不孝敬了，你是我姐夫，我怎么受得起？只不过大家一起HAPPY，逢场作戏，过眼云烟，我有份玩，你也有份玩。”我淡淡地说。

你去玩，我出钱，你孝敬我？

那两姐妹，他确是把更漂亮的妹妹留给我。

那是自然的，难道他可以独占花魁？说得市侩一点，我是老板，我掏的钱呀！你阿超有机会亲近那当姐姐的，还不是因为老子我有钱？不然的话你凭什么？没有钱又没有貌更无感情，你以为你有宝？叫人家两姐妹来挑，怎么样都会拣我不拣他啦！他还好意思说什么“留给我”？只不过是穿针引线罢了，当然也有功劳，但也不必将自己打扮成“贡献良多”。

说穿了，你阿超这么卖力，也无非是要沾我的光，占点什么便宜。如果没有我，你阿超想要一亲这靓女的芳泽？等下一辈子吧！

不过，他的这个威胁性的暗示，教我明白一个道理，千万不要与身边的人分享秘密。

人都有一个弱点，就是要好时甜哥哥蜜姐姐，一旦翻脸，所有的秘密便会成为致命的武器，击向自己。

谁愿意将自己身上的“死穴”暴露给敌手？

那时还以为是自家姐夫，而且绑在同一架战车上，哪会有什么危险？谁知道我地位不同了，便更加顾忌多多。他反正烂命一条，我的损失可就惨重了。

假如我没有爬到今天这样的位置，那也没有什么大不了，顶多便是家变；但现在——名誉地位，原来也会成为严重的包袱。

假如只是蚁民，不是风云人物，谁会吃饱了撑的去说三道四？我就不同了，虽然我不是像影星歌星那样的公众人物，但在商界也有小小的知名度，万一张扬起来，总不会容易打发。

还是做小人物好，小人物自由自在，想怎样便怎样。

人怕出名猪怕壮。

但如果我还只是个为三餐奔走呼号的小人物，又何来阿超们的百般逢迎呢?

这世界，真是有得有失，针无两头利，倒也是公平的。

哪能所有便宜都让你一个人给占了?

现在阿超明明在提示我要“识做”。实际上我向来都识做，并不是因为有把柄在他手中，而是我以为，我做得到，分一点给亲戚，那也没什么。他真的太不知道外面的世界了，早知道让他去闯一闯，也好教他有个比较。到头来他却不领情，以为我给他小鞋穿。

他是曾经几次向我提出：“算了，你放我走吧，我去闯荡一下江湖也好。”

但每次都给我挡住了。

我知道他并非真心想走，而且他即使走了也分明不会闯出什么名堂，我哪能答应？他在外头碰得头破血流，回来还不是向我哭诉要我援手？既然看死他不会闯出奇迹还不及早制止，他的心就会更野。何况他摆出这样的姿态，无非是跳跳草裙舞。

为了显示自己的存在，他也唯有这样撒撒娇，潜台词是：“我并不是非打你一辈子的工不可!”

假如可以，我干脆照他的屁股猛踢一脚，请他滚蛋算了；但不行，谁叫他是我姐夫。

没料到如今他好像受了无限委屈似的，愤愤不平。

真是防人之心不可无。

假如我有什么堡垒的话，那么，阿超从中作乱，最容易从内部攻破我的防线。

吃一堑，长一智。以后要小心。

但现在只好与他耗上了。我知道他的性格，假如我退一步，他就会逼上一步。我退无可退，唯有硬着头皮死顶，看他怎么办。

实际上打的是心理战，我完全没有必胜的把握。口气虽然硬，但心里却有些虚，搞不好，我陈瑞兴一世英名，就会败在这个我一向瞧不起的姐夫手上！

他怯怯地望了望我，好像想要从我的脸上窥探出什么秘密一样。我刻意轻松地笑着，随手抽了一支烟，缓缓地吞云吐雾，不再理他。在这种时候，当然不能让他在精神上压倒我。

“你的意思是……”他的声调很弱。

“哦，没有。”我摆了摆手，“反正大家都明白。”

不想多说了。事情很明显，白痴都想到啦！

你拿我一手，难道你不考虑自己？你想用这个事情来要挟我，莫说美若未必相信，就算相信了，你又有什么好处？二姐不也一样与你闹翻？害人又不利己，你阿超也不会笨到如此地步吧！

何况他也知道，美若一向对他都有些鄙视，人前人后都是“阿超阿超”地叫他，又何时曾把他当姐夫了？我想他不能不考虑到，万一美若不肯信他，他岂非里外不是人？到那时，可真是叫天天不应，叫地地不灵了。

他必须充分估计到得罪我的后果。

反正也是口说无凭，我只要死口不认，他能奈我何？难道他有办法押了那两姐妹来作证？就算可以，也没有物证，怎能服人？

跟我斗？没那么容易。

他也是蠢到跟自己过不去吧，铤而走险，也不是这么走法，又不是为了“生死战”，而且毫无把握。

一味靠吓呀你！

“算了算了，”他叹了一口气，在我听来很像是一声绝望的呻吟，“不给就算了，反正钱是你的。”

也不能让他太没趣，狗急还会跳墙呢。

我说：“一百万，不是小数目。你知道啦，做大生意的人，钱大都在商场上滚动，哪里会放在手上那么笨？”

从抽屉拿出支票簿，签了十万元撕给他。“你先拿去用吧，不够的话，再说。”

他露出了笑容。

算他精！虽然只拿到要求的十分之一，但十万块也不是那么容易得到的，特别是对他来说，那几乎等于一年工资的总和。

到底还是金钱的威力无穷。

也许他开价时便故意开高些，任我来削减。这十万正是他预期的目标，也未可知。

但我是不会计较这些的。管他怎么策划，我只是依照我的原则去做，只要我认为值得，对方怎么盘算，从来都不在我的考虑范围内。做生意便要这样，以我为主，不给枝节牵扯，才能成功。

把他打发走了，心却不舒服。

始终是个定时炸弹，这个阿超，也不知道什么时候他又会再来。

假如他一而再再而三地出现，涎着脸摊大手掌，我能怎么样？

那简直就是无底洞嘛！

他刚转过身去，我立刻又补上一句：“我希望这是最后一次。”

他回过头来，眼神里打着问号。

我放缓语气，“现在赚钱也不容易，大家将就一些吧。”

“其实我也不想的——”

“要是我是开银行的，那就好了，啊？”我笑着说。

他也笑了。

也不知道他听没听懂我的意思。

不过懂不懂都没有什么关系，最重要的就是希望他以后不要再这样死皮赖脸了。

他后来也真的不再直接向我要钱了。也是的，那么大个人了，也有中等程度以上的文化，怎么能够老是好像乞丐那样？

但是在言语间，他总是流露出一副不得志的样子，眉头紧皱，在我面前从无笑容。

我不是傻瓜，但也不去点破。不耐烦了，便捎带着刺他一句："喂，总不是世界末日吧？怎么这样的口面？"

我相信在必要时，他随时都会把我端出去，给任何我的对手处置。

事关重大，不可不防。

我不能让他摸清我的底细，哪怕不是"核心机密"也好。

随便找了个借口，我把由他保存的支票簿要了回来。

他一面交出，一面疑惑地问我："怎么？"

"为了方便。"我说，"你有时不在公司。"

他其实最知道我懒得填那银码了，平时一切由他写好，我只是大笔一签，便可以了；怎么现在竟走回头路？他当然不会相信。

我也不是要他相信。

明明就是睁着眼睛说瞎话嘛！不仅我知道，我相信他也知道。

本来不必做任何解释都可以，我是老板，老板做事，当然不必向伙计交代。随便找个根本站不住的理由敷衍，已经是给他很大的面子。也不是他有什么了不起的分量，只是因为他是姐夫。

如此而已。

而他也明白我开始对他步步设防，大概自恃是姐夫的身份，常常在我背后甚至面前指桑骂槐。

那天一早，天文台起八号风球，无端获得一天额外假期，我的精神也松弛下来了。

但风势似乎并不大。

傍晚，那些亲戚全上我家吃饭。

电视台播出新闻节目，香港总商会的一个什么外国老板，在接受记者访问时十分不高兴地表示，这八号风球挂得不对，停市的结果，使他们损失了十七亿元的收入。

"这是完全不可以接受的。"那老板说。

“这十七亿元，是怎么算出来的?”二姐问。

“他们自然有他们的计算法。”我说。

“啊呀，这洋老板也太他妈过分了，要是出意外死几条人命，是不是也不如那个什么十七亿?”曼莉叫道。

“老板始终是老板，他们想的，与打工仔当然不会一样的啦，傻女!”阿超立刻接口，说着说着，眼睛还向我这边瞟过来。

无非是想要刺激我一下。我又不是乳臭未干的初出茅庐之辈，怎么会沉不住气。

“观点与角度罢了，很难说谁是谁非。”我微微一笑。

“不管怎么说，人命比什么都要紧!”他提高嗓门。

简直就是借题发挥了，如果我接下话题，我就是白痴。

但我明白他潜藏的敌意。

既然得罪了，也就得罪到底吧，硬不下心肠，想要讨好，结果恐怕反受其害。

我决定对他步步设防，但又不能把他一脚踢出去，“姐夫”这个天然的联系，教我无可奈何。我觉得好像在身边埋下一颗定时炸弹，却又无力将它清除，心情十分矛盾。我真正明白，什么叫做眼中钉、肉中刺了!假如他跟柴世方联手，里应外合，我怎么抵挡得了?

要么永远让他们分离，要么我与阿超划清界线。让他们永远不结成同盟，谈何容易?柴世方既然想要搞我，便肯定会拉拢阿超，我又不能如影随形地跟在他的左右，怎生防止?与阿超一刀两断完全绝交又不可能，与他交恶我不在乎，但在二姐面前不好看。

明明是一捅就破的关系，却要拼命维持表面上的若无其事，实在要有表演的天才。好在我在商场上早就身经百战，喜怒不形于色，或者在盛怒时仍然可以谈笑风生；即使我与阿超心中都互相明白不过，但我总可以在大面子上亮得过去，不是为他，而是为了二姐。

防他也不必防在脸上，只须在心口派驻卫兵。

他未必一定会和柴世方结盟，但有备无患。假如毫无准备，有朝一日他们组成神圣同盟杀了过来，我岂不是束手就擒？

我可冒不起这个险。

“有杀错无放过？”方玫问。

“我杀谁了呀？”我笑着捏了捏她的脸颊，“你可不要给我堆砌罪名。”

“我真的要跟你学两手。”她用双手包围住我捏她的右手，“你好厉害。”

“是——吗？”我暧昧地笑出声来，“你说清楚，我哪方面厉害？”

她怔了一下，忽地打掉我的手，嗔道：“你坏！”

我的心一荡。

有钱真好，有钱可以打情骂俏得毫无束缚。

没有钱当然也可以穷开心，但那绝对是另一种境况。我知道，当初我还是穷光蛋，搂着美若热吻时也还不能全心投入情感，当明天的面包到底在哪里也不知道的时候，情与欲又哪能自由飞翔？

难怪方玫对我又佩服又羡慕。

教她如何赚钱，当然无妨。这世界，钞票满天飞，我也决不可能一人全捞了过来，分点给她，有什么所谓？但我有些担心的是，假如她有朝一日真的发了财，会不会过河拆桥？

我实在也不太摸得清她的内心，虽然她在浓情蜜意时也会死命搂着我，用近乎呻吟的语调耳语：“……乖乖，好在香港有你，要不……”

要不怎么样？她没有说下去。我在一阵温馨甜蜜的感觉中，却又有些微的不安在内心骚动。但我说不出口来。大约她见我没有什么反应，便在床上翻身坐起，双手捧着我的脸：“你干吗不说话，是不是不信我？”

也没有不信。我绝对相信她此刻的情真，但明天会怎么样，我却毫无把握。我只是觉得，她的感情总是在移形换步，难保不淡漠下来。到了那时，她还会记起她今晚说过的话吗？

不过，我不说出来。

说了又有什么用？她当然指天发誓永不变心，而且是诚心诚意。但事过境迁，到那时她也根本会管不住自己。既然如此，还是不必说了吧。

我笑着摇摇头，想要摇掉心中的阴影，但情绪已受到影响，不复先前轻松自如了。

方玫用食指点住我的脸，“你看你看，你这笑容，挺勉强的……”

“哗！你比慈禧太后还厉害，连怎么笑你都要管制？”

“可惜没有相机，要不，我非把你这个表情拍下来不行。立此存照嘛！”她笑。

真能立此存照倒敢情好，将来假如我的不祥预兆不幸应验了，我也许还可以用这张相片去勾回她一点温情的记忆。

那又怎么样？想要她回头？

到了那个时候，别说我未必放得下面子去求她，就算我死皮赖脸，恐怕她也会无动于衷。

女人一旦变心，十辆汽车也拉不回来。

但我能要求她什么呢？现在这个时候？我又不能给她什么。

商场上我永不言退，但在情场中我却迷失了自己。我不知道我追求的是什么。

本来也只是醉生梦死，没想到到了这个年纪，我还会跌进情网恋恋不舍。

倘若说了出来，不给那些男人笑到面黄才怪。

连我自己也始料不及。

十八

越来越相信命运了。

活了这么多年，回首一望，自己走过来的路，怎么会是这样的？

假如给我重新再来一次，一定会另择一条路。不过，我行吗？除非生来就是另一种性格啦，好像赵建奇那样。

那时他在我面前有意无意便透露：“这里不是久待的地方，我想动一动。”

当了主任，还要跳槽？别是他在套我的心里话，可千万不能上当。我望着他不说话。

“真的。”他说着，拍了拍我的肩膀，“你不信？”

“也谈不上信不信，我只是奇怪，到了今时今日的地位，为什么还要走？”

“为什么？为钱啰。”他的声音很大。

这当然绝对可以理解。只不过这么一跳，月薪立刻便多了五千块钱。“比写个专栏钱还更多！”他说。

说得也是。这五千块是铁定入口袋的了。哪像专栏，什么时候叫你停止，你立刻少去这一份收入。

那时还是血气方刚，虽然其实已不是年少气盛的年龄。偶然给一个相识但不相熟的编辑拉去，写反映都市潮流的知识性趣味性专栏，摆在醒目的位置上，不禁暗自心喜。正当感觉良好的时候，忽然觉得有什么不对了。

注意了一下，原来文章刊出时老是给删改。

心里很不痛快，这明明是小看人嘛！

怎么会有这样的变化，百思不得其解。

忍不住打电话去问个究竟，原来换了编辑。

莫非是一朝天子一朝臣？

这分明是给我一点颜色看嘛！

于是便罢写。

也不很清楚当时是什么样的心态了，大概是自我感觉太良好，殊不知正中了那个人的奸计。

你不写，大把人写。你以为你是谁？难道报纸全靠阁下支撑？

现在回想起来才明白当时真的太幼稚，明知写的又不是什么传世之作，改就改吧，有什么不得了？只要稿费没有少给就行。找饭吃罢了，何必那么认真？人家给你一个专栏，说得好听是看得起你，说得实在一点就是照顾你，你可千万不要以为自己才高八斗。香港地，你一声放弃，许多人便蜂拥而来抢夺地盘：没你不成？没有那回事！假如你真能够呼风唤雨，比方你罢写之后报纸销路一落千丈，那还差不多，人家可以对你百般迁就，但，可能吗？

几年来一直对自己说，千万不要沦落成为稿匠，不然的话，那距离我的本意实在太远了，但实际上那只是“理想”而已，现实并非那样尽如人意。当我答应写“都市潮流”的时候，很大程度上便是看在钱的分上；既然如此，我又何必在细节上这般耿耿于怀？

交稿子应该如交货，货物一出门，便概不负责，就算是给改得面目全非，那又有何相干？

现在我已经看开了，有机会时，便尽量跟足要求，为了生存也好，为了证明自己适应能力强也好，心中的目标却是那笔稿费。

瑞兴有时便用调侃的语气对我说："喂，你当年的雄心壮志哪里去了?"

他差一点就要说我对诺贝尔文学奖有野心了。

当初也不是有什么抱负，只不过自命清高罢了，根本没有想到，清高是要有钱做基础的。当饿着肚子，吃这一餐还不知道下一餐在哪里时，谁都会撕破脸皮。

名是虚的，利才是实的。

吃尽稿费低廉的苦头，人也就慢慢现实起来。

人家说："写电影剧本啦！容易出名，编剧费也比你什么稿费要高得多。"

说得对，反正我又不是什么名家，投稿也要看人家的脸色，不如横下心来，另谋出路。

没有经验也没问题，香港又不需要什么分镜头剧本，最主要的便是有卖座元素的电影故事。电影那么多，想要搞出新意思，不是那么容易；但如果抄得巧妙，却是一条发财道路。香港搞商业电影才能卖座，剧本自然也不必讲究什么艺术性。

把电影剧本搞得热热闹闹的，又紧张刺激，又轻松搞笑，我有把握。

但我并不认识影圈中人。

"找柴世方啦！柴世方认识几个导演。"瑞兴说。

我虽然对柴世方绝无好感，但也只有求他了。

柴世方几乎可以说并不认识我。

他抽着烟，仰头把白雾缓缓吐向天花板，这才望着我："影圈，很吸引人啊！美女如云，生活多姿多彩。"

我忍气吞声，陪着笑，不说话。

"你是才子，啊？听陈先生说。"他问。

"哪里哪里。"我谦恭地说，"只不过想赚点辛苦钱。"

"绞脑汁呀！这钱不易赚。"他用食指敲了敲他自己的太阳穴，

"哪像我们，一个电话就可以赚几百万。"

知道你威风啦！但也不必在我面前自夸。

"不过，影圈很好玩的。"他大概见我不吭声，又说了，"人生在世，最要紧好玩。"

"那是，那是。"我附和着，心里却对我自己扮演的这个角色很是厌恶。

"好吧，既然你想要闯一闯影坛，我可以帮忙。助人为快乐之本嘛，对吧！也算是我卖PARTNER一个面子。"他把烟头按熄在烟灰缸上。

我几次要说一声："算了，我不想认识什么人了！"但话到嘴边，却始终说不出来。心为美丽的憧憬笼罩，又怎么舍得毅然放弃？

那个马导演，在影圈中也算是一个人物，他的名字我本就听过，他拍的片子我也看过。我知道他的理论是，要使影片卖座，必须不断制造高潮。他对我说："最直接的办法，就是每隔三分钟营造一次小笑，每隔五分钟再营造一次大笑，那你就赚钱了。"

说真的，我对他导演的影片并不欣赏，但是我根本没有其他选择，想要挤进影圈，眼前是个机会，我告诉自己说，就权当是敲门砖好了；等到把门敲开了，我再掌握自己的艺术生命。

我把剧本的初稿交给他看。

心怦怦跳着。

他翻了几页，随意浏览了一下，就把那叠稿纸收进他的公事包，淡淡地说："我拿回去仔细看，改天再讨论。"

接着便是难耐的等待。

我向柴世方打听过消息，但在电话里柴世方只是笑嘻嘻地说："不要着急，慢慢等吧，人家马导演是影圈忙人，哪能那么快就看完？"

在摆什么臭架子，显示身份吧？

过了半个月，这才接到消息，马导演要求面谈。

要这样改，那样改。这里加一点，那里删一些。马导演口水多多过茶，我只有做听众的份儿。

开始时我也有些辩解：“导演，不是这样咧，这样一来，好像剧情不太连贯，人物性格也好像不完整——”

马导演瞪着我：“哎，老友，这是拍电影，不是搞什么文学创作。照你这个路子，影片非‘扑街’不行！”

他在这一行混了这么些日子，当然比我看得通看得透，我还有什么话可说？

拿他的话来说，就是：“我开始在影圈混的时候，你都还不知道在哪里呢！”

现在是我求他，不是他求我。

柴世方就说：“大把人求他啦！如果不是我出马，他睬你都傻！”

我绝对相信。

影圈让人向往，谁不想逮个机会闯进去“掘金”？

金钱、名声、地位，还有美女……

有所不为？算了吧！

还是收拾心情，按照马导演的要求重新来过。夜以继日绞尽脑汁，把吃奶的力气都用上了，一稿，二稿，三稿……一直写到第八稿。

我自己都觉得这第八稿已经变得面目全非，也不知道变成是他编剧还是我编剧？

实在是离我的初衷太远了！

不过，我不能不向观众低头。

我没有勇气在名利面前退却，眼看一脚已经踏在影圈的门槛上了，难道我还要再缩回去？

心理上再怎么样过不去，也还是要闭着眼睛上啦！

马导演看了八稿，这才眯着眼睛笑道：“这还差不多，基本上可以拍了！”

我有如释重负之感，暗暗欢喜，但一想到自己的创作性已受到大大破坏，几乎变为马导演的传声筒那样，又不禁有点失落。

他大概也猜出我的心境，拍拍我的肩膀，“你不了解影圈，慢慢来啦！当初我又何尝不想搞点艺术电影，但行吗？哪个老板愿做赔钱的生意？你明白的啦！”

当然明白。说到底，电影也是一门生意，能够赚钱就行，赚不了钱，叫好又有什么用？

“观众买票进场求开心，你就要让他开心，米饭班主嘛，顾客永远是对的，RIGHT？”他说。

我点点头，也不吭声。

“欢颜一点啦，又不是世界末日！”他说，“你看王晶的电影，他最能掌握时下观众的口味，所以他的电影有卖座的保证，老板也有信心。”

“可是，他的电影好像俗了一点……”

“俗，当然俗！他本人也不否认呀！”马导演大笑，“俗不俗不是问题，问题是卖不卖座。观众喜欢看什么，你就给他看什么。迎合也好，出卖自己也好，既然想干这一行，你就得迁就些，做人不能太理想化，老弟！”

说得挺实在，但那时我却在心里暗骂他“庸俗”。

现在看来，他说的虽不是什么“至理名言”，但却是“生存之道”。

人为了生存，为了发展，自然不可去撞墙。你看《鹿鼎记》啦，金庸原著武侠小说，尽人皆知了吧，拍成电影有卖座保证了吧？但是改拍起来，编导却在香港化的媚俗笑料上大做文章，许多细节与原著相比已经走了样，但这却正是观众所喜欢的。你只要听听电影院里此起彼落的笑声，你就不能不对编导写个“服”字。

抓住观众的口味与心理，实在是个大学问。

即使有周星驰压阵，也要有令人狂笑的戏份才行，至于情节是否合理，谁会介意？观众买票入场，不就是为了寻开心？闷了，无聊了，走进去一坐，享受一下冷气，哈哈哈，开开心心走出来，本来阴云满天，这时阳光灿烂，心情“靓”回来了，当然值得。

看电影也只是为了娱乐罢了，有几个会去追究什么艺术性之类的东西？

也不知道当时我的执著，是可爱，还是愚蠢？

虽然我现在已经改变看法，但有时想起那理想的年代，心仍有些温热。只不过理想一碰到现实的墙壁，再也无力翻飞的时候，我唯有雌伏在金钱的压力下。其实，我在暗骂马导演“庸俗”的时候，已经不知不觉地也掉在我所说的“庸俗”的浪潮中。是的，假如我真的那么清高，又哪会一再在他的要求面前节节败退？

加盐，加醋，加拳头，加枕头，加低级笑话，加媚俗动作……剧本改了又改，改到我自己都不能认出来了。我一面皱眉头，一面还是依足要求，努力去满足他。

为什么？还不是梦想着有朝一日出人头地？

宁为玉碎，不为瓦全？讲讲当然容易，真个能做到的又有几多人？要是人人可以做到，这句话才不会成为人们挂在嘴上的警句哩。

小心翼翼侍奉马导演，生怕一个不小心得罪了他。眼看到手的影片又要飞掉了。

求神拜佛祈求上帝保佑，马导演拍拍我的肩膀：“你放心，我说OK就OK。我马本清的金漆招牌，拍出来的影片可不是垃圾，你信吧！”

“当然当然。”我心里实际上很讨厌我这时挤出来的笑容，“托您的福。”

他那么一转身，也就是送客的意思了。我茫然走出电影公司，也不知道往下应该怎么办。商谈修改剧本时虽然心烦，却有讨论的对象与热烈的气氛，这时他一走，我就立刻感到寂寞了。那么，从此以后，我就不需要要在这里来回折腾了吗？

等了几天，忍不住打电话找马导演，但电影公司说他外出拍片去了。

当然是拍我那片子去了。只是，他到底上哪儿去拍，没有人告诉我，我当然不知道。

我的心头涌起一种失落感。

再问柴世方，他在电话那头不冷不热地说：“马导演？我怎么知道？他这一向不是和你很密切的吗？怎么连你也不知道他在哪里？”

但我真的不知道。马本清如果有意避我，我有什么办法找得到他？

香港虽然不大，但他要与我捉迷藏，也是轻易得很。

大概听我不出声，他又说了：“片子拍都拍了，不要再想什么了。我祝你好运！”

“无论如何，我很感谢你的帮忙。不管拍不拍得成，我也是这个态度。”

“好说好说。”

一种希望在心中复活，而且越烧越旺。

影片这一拍，几个月就过去了。

也不见有什么宣传，也不见有人通知我，但影片却已铁定上午夜场了。

我赶到那家电影院，在大堂观看隔着玻璃板贴出来的剧照。《笑爷》片名赫然。心一阵狂跳。应该抹一下眼睛再看。导演马本清的名字很大。眼睛一轮扫射，哗！找到“编剧”了，怎么名字那么小？编剧不值钱，还能计较什么？

欣赏一下自家名字印在海报上的滋味，没想到我王承澜也成了小名流了！咦？我傻了眼了。编剧怎么印成“柴世方”？而不是“王承澜”？柴世方从头到尾根本没参与过讨论剧本的工作，怎么现在摇身一变就化为编剧？

这也真算得上是贪天之功了。

要是他柴世方真的是编剧的话，我王承澜岂不是可以做金牌编剧中的金牌编剧？他凭什么？就凭他那文化程度？连一封信都未必写得通哩，就想当编剧？做生意大概还行，搞编剧？下一辈子吧他！

不过世事无奇不有，他就这样“名正言顺”地当上了《笑爷》

的编剧。不信？这不？白纸黑字印着呢！

到这时，我才真切不过地明白，什么叫做沽名钓誉。也就是说，这个词对于我而言，有了一个有切肤之痛的活生生的例子。

实在生动。

而这生动，是用我的汗和泪换来的，也许还有血，未必是看到的那种红的血，而是内心被刺伤却看不见溢出的血。

是内伤呀。

要是我去奔走呼号，不要说人家未必相信，即使相信，也要拿出证据来呀！在法庭上，我总不能说："我以我的名誉发誓，柴世方剽窃我的剧本。"

法律重证据，谁会相信以名誉保证？何况，我这么一个小人物，又不是什么太平绅士，名誉值什么？

但要我打落牙齿和血吞，我也做不到。

柴世方也太他妈欺负人了。他这样龌龊的事情都可以做，难道还有天理？名誉给他捞去，说起金钱，那笔好几万的编剧费也给他拿走了，我辛苦一场，却变得一无所有。

几万块对他来说简直不值一提，但对我却是不小的数目，他未必不明白。但他还是那样穷凶极恶，真叫我难以理解。

我大小也是一个男子汉，如此这般被人欺负，连一声都不吭的话，那还算什么男子汉？他柴世方财雄势大又怎么样？我就不信他能够只手遮天？

最好就是找瑞兴出面。

不过，也没有理由拉他落水。他只不过提了一下柴世方，后来便一直没有过问，更谈不上插手了。如今出了问题，又把他拉来？

算了算了，不要让他为难。他与柴世方合伙搞生意，有利害关系；好汉一人做事一人当，我自己去解决。即使没有他出头大大不利，也是认命了。

不管怎么样，对柴世方我还有一些纠缠不清的顾忌，还是先找马本清再说。

至少也先探个究竟。

但马本清总也找不到，接线生不是说他“不在香港”，便说他“在开会”。也不知道哪句是真，哪句是假。

决定用传真去知会他。

初次接触，要掌握分寸。既要让他知道我不会就此罢休，但也不能让他没有面子。毕竟传真是极可能让别的人看到的呀。假如令他把心一横，我也绝没有什么好处。

要留有余地。

怎么措词，可真要斟酌一下了。

想了一想，终于写定：

马导演：

影片公映，甚喜。唯有些细节急欲与您相商，见字后盼即来电，切切。

王承澜　即日

上午传过去，下午便接到他的电话。果然被我这一招逼得现身了。

“你找我找得那么急，什么事呀？”

那口气有些不满，我假装听不出来，笑道：“哦，没有。小事一件。就是……”

“有什么话快讲啦，别吞吞吐吐，我没空！”

“是这样，我看那电影海报，编剧变成柴世方。您最清楚了，柴世方可从头到尾没有参与过，他凭什么？”

开头我极力想谈得平静些，不料，说到后来，竟气上心来，有些控制不住了。

“哦，这不关我的事。我只管拍片，这事是宣传部搞的，你问他们啦！”

问就问，怕什么！

再拨电话给宣传部，接电话的小姐说：“我们都不是很清楚，是上头交代的！”

“哪个上头？”我问。

“我不很清楚。”她说。

“你叫清楚的那位来听电话啦！”

“对不起，除了我，其他人都走开了。”

不得要领。明明是在耍太极嘛。

我心里很急，看公映这三天的走势，票房并不好，最多一个星期便要换下了。假如拖到那时，再怎么呼天抢地，也已经失去新闻性，谁还会理会？

马本清既与柴世方是老朋友，他自然帮柴世方也不会帮我。我不相信他不知道内幕。

还是直接找柴世方算账。

但柴世方却笑着说：“老兄，你以为电影界那么容易就可以混进来的呀？看开点吧！”

我就算是忍者，这时也忍不住了，“有什么理由我编的剧本，署上你的名字呀！你说说看！”

“哦，你以为你是编剧了？你想想看，现在拍出来的样子，与你的初稿相差多少？简直就是两回事了，对吧？”

“这个我认，但是一直都是我在动手改的呀，你总不能说是你的吧？”

“这个你就有所不知了。”他笑，“每个意念，都是我的，只不过我没有直接对你讲，而是通过马导演的口，告诉你罢了。”

“这样都成？现在你怎么说都可以的啦！”

“哎，你别这么激动，念在你初期也有点功劳的分上，这样吧，我分一万块剧本费给你。”

简直是一副流氓嘴脸！一万块就想收买我，把我的口封住？你未免当我是乞丐了！我不禁冷笑："柴老板，你大把钱，这几万，对你来说根本不值一提，我不明白你为什么也要捞走，这个，你做人也太过分了吧！"

"哎，你要分清楚，属于我的，我一分钱也要拿回来，不然别人会把我当做傻瓜。不在于钱本身，而是在于我的自尊！"

说得真他妈的理直气壮。不过这个话应该是我对他说的，而不是他对我说的。然而，饶是我义愤填膺，这时倒也说不出话来了。他已经这样无赖，我还有什么好说？

"既然这样，我跟你没完！"我扔下这一句，便想离去。但他却拦住说："告我？那你有什么证据？电影公司跟你签过合约吗？"

当初真没想到会搞成这个样子，老是以为电影是文化人搞的东西，即使是搞商业电影也好，也不会尔虞我诈，谁会想到要白纸黑字写得一清二楚？一声口头承诺以为便是真凭实据，岂料翻起脸来没有书面材料便叫自己处于绝对的劣势。

要是横下心来去打官司，虽说不是完全没有胜望，只不过律师费呢？我能负担得了吗？倾家荡产假如赢了官司，那也倒还好说，只怕赔了夫人又折兵，鸡飞蛋打，那时就不知应该找谁去哭诉了。

但临走时仍忍不住愤愤地说："姓柴的，你有钱，你够绝。但我不会就这么拉倒，你看看吧！"

他笑着耸耸肩膀，一面摆手做送客的姿势，一面说："恐吓我呀？我随时候教！"

好一副干了坏事却有恃无恐的神气。

不过我真也拿他没办法，嘴上强硬，内心里却有一种绝望感。投诉无门，我像热锅上的蚂蚁团团转，还没有理清头绪，影片已经换掉了。

还吵什么？认命罢了！

也不见得柴世方捞到什么电影圈的名声，这部影片悄悄地公映，悄悄地结束，就像微风吹过丝毫不露痕迹，谁会记得什么编剧？

不是我不想与他争个你死我活，只不过条件不允许。

看来，这碗电影饭并不是像我这样的人吃的。这一回我可真是卖了力气又一无所有，干什么呀我这是？

也罢，算是买个人生经验。

后来，瑞兴无意中问过我："喂，你那部电影呢？"

他不提还好，他一提，更撩起我的新仇旧恨。

"你那时怎么不告诉我？"他问。

我苦笑。

告诉你？你那时连一声也没问过我，我怎么好意思巴巴地去麻烦你，何况你与柴世方又是合伙人。

"你不想拖我落水？"他摇摇头，"他早已把我拖下水了！"

那时，我哪里知道内情？而且，他也未必熟悉影圈。

算了，一切大概都是冥冥中注定。

正像他与柴世方合伙，又与柴世方拆伙一样。

听到他与柴世方分道扬镳的消息，我心中暗暗高兴。不管怎么样，我不愿意他与我痛恨的小人合作。我甚至有点幸灾乐祸，假如他们仍然合作，我就有可能撞见柴世方，那将会使我浑身不舒服。因为鄙视他，所以我根本不愿再见到他，可惜我又还没有修炼到化境，不能做到连眼珠都不转过去，徒然自己难受。

倘若做得潇洒，又何必自寻烦恼？

去者去矣，来者犹可追。把眼睛盯向将来，不要意气用事。看看瑞兴吧。他明知柴世方未必可以做朋友，但能够在一个时期合作赚钱，他也可以接受。他说："怕什么呀？大家有钱赚，好过赌气大家没钱赚。合伙人罢了，只要防着点，不被他吃掉就可以了。又不是天长地久，到了应该分手就分手，谁也不吃亏。"

我已然吃了亏，跟他翻脸也无济于事，他也根本不会怕我，何不跟他笑里藏刀，到有机会时再给他一下子？

道理上我明白，但行动上我却无论如何努力也做不到。原来这也是一种本事。

既然没有这种本事，唯有老老实实赚钱。银色之梦已经破灭，也只好爬格子啦。

“做作家好哇！”瑞兴说。

我也摸不清他说的是真话，还是调侃我。

以前我把作家看得很神圣，后来才知道在人们的心目中那几乎是庸才的别称。大谈《情人》的那一晚，胖太太正讲到口沫横飞，那年轻太太便笑吟吟地插了一句：“你那么多话，干脆派你做作家好了！”众人大笑，好像都把眼睛扫了过来。我的感觉是她把作家与胡说八道画成一个等号了。

恐怕也难怪人们这么想了。香港毕竟是商业社会，作家必须包装自己、推销自己。

形象深入人心，人家才会认识你。那几个明星作家不断在公众场所讲呀讲的，也不懂得到适当的时候收声，怎么不让人误解？

照说，功夫在文学以外，并不是正道。只不过不管你愿意还是不愿意，这些人却成功了。

说真的，我对他们的作品不屑一顾，但却无法否认他们有响当当的知名度。那趋势，挡也挡不住，根本由不得我说三道四。

回想自己霉得无人理睬，不禁丧气。

啊呀，我又写过什么作品了？还不是天天为钱去胡乱填格子？有什么资格愤世嫉俗？

看到人家势如破竹，心中很不舒服。他们？利也有了，名也给他们霸着，哪有这么便宜的事？这世界，有得必有失，有失才能有得，要名就不要利，要利就不要名；这才公平。现在倒好，名利他们都不松手，难道世界上的好事情，全都给他们作法吸了过去？

啊呀我这是不是酸葡萄心理？

平心再细细一想，又觉得凡事不要强求。

各有前因莫羡人。否则，活着也太辛苦了。

人家有人家意气风发地活着，我也有我平平凡凡地活着，不要去比较，就可以心安理得。个人的力量太渺小，我既然无法改变现状，唯有承认现实。

还是顺应潮流算了。他们如此走红，除了自吹请人吹之外，恐怕本身也并不是草包。假如自己连一点实力也没有，只靠宣传，怕也未必站得起来吧！我只是因为先有成见，心理上过不去，便处处觉得他们“样衰”。

这是很主观的情绪，却于客观事实毫无影响力。

尽管我不愿意，但也不得不承认现实逼人，我又何必把精力花在浪费生命的自我怄气上？

识时务者为俊杰。

既然一时之间也没有赵建奇的好运气，只好在自己力所能及的范围内主动出击了。

也许是从此各走各路，互不相干的关系吧，临走前他再三要请我吃饭。我不愿意跟他做戏，但不好黑口黑面拒绝他，只好说：“算了，你不要破费。”

什么破费？也只不过是吃个快餐而已。

推不过去，且看看他说些什么。

晚上的“大家乐”，人并不挤，说话也方便。

刚把两份“咖喱鸡饭”端来，一坐下，他便抓着调羹，望着我说：“明天我就不回来了。以往有什么不愉快，大家就一笔勾销吧。”

我本来立定主意与他打哈哈，但这时也忍不住责问他：“我只想问你一件事，为什么你把我当成攻击目标？”

“没有哇！”

“往日无冤，近日无仇。”我不理他的话头，继续盯住他不放。

他沉默了一会儿，又往嘴里送了一口饭，这才含含糊糊地说：“我——我走火——入魔——”

既然他肯当面说声“对不起”，也就算了，何必揪住不放？反正人也要走了，以后恐怕也不会有什么机会交往，最后一晚相聚，大面子上要亮得过去。

说到后来，他好像动了情，我见到他泪光闪闪。

都在生活线上挣扎，也就盼望着有出头之日。我明白。但你也不可以踩着人家的肩膀上往上爬呀！

气愤归气愤，此时此刻，我也不好说出口来。

不过也不必唱《友谊万岁》吧。

最后道别时，他显得很诚恳地抓住我的手：“可能你不爱听，不过我还是要劝你。香港地，你不要太理想化，做人一定要现实一点。比方写东西，千万不要搞什么文艺，文艺找不到钱，吓也把读者吓死了。”

他的话刺耳，但我知道是好心。

本来嘛，写东西要直截了当，轻松有趣，读者才爱看。谁叫你扮深沉？把你自己沉下去还差不多！要靠那支秃笔找钱，就得明白个中道理。

委屈自己？看钱分上。不这样做，没人愿意划个地盘让你那边自个儿练“劈空掌”。

就算是在大胆地卖艺，耍什么招势当然也要看人家的脸色行事，才能掌声如雷赏钱不断；在报纸上的“贩文认可区”虽不需“营业执照”，但自然也要有人点头才行。自我清高？那就等你自己回家面壁去吧！

难道他在临别依依，不忍我走死胡同？

恻隐之心人人皆有，虽然我与他有过不大不小的不愉快，但在这个奇异的时刻，他大概也有些良心发现吧。

不过，谁知道呀？人心隔肚皮，也许他不想我在文坛上冒起，故意说些丧气的话来打击我的士气，也未可知。想起他一阔脸就变的那些镜头，我对他的提防之心，始终没有完全撤除。

谁知道他打什么主意？

不管他了，他爱怎么想就怎么想吧，我自有主意。反正我也从没想过要成为什么作家，好好坏坏也就无所谓了。

潮流还是要跟的，不然怎么生存？

金钱也是要赚的，不然怎么生活？

没有大钱，小钱也好。

粪土金钱，无异于自找死路。

没有钱，行吗？在这个现实的社会。

不必发达。想发达就发达了？没有这个命，发达不必去想了，但决不能没有一点钱。

没钱的日子真难过。

没钱就没有了自尊。

我不想。

看看人家方玫，来香港才多久？抓钱比我抓得厉害得多。我有时会想，这到底是因为她拜金，还是因为她聪明？真的搞不清楚。

十九

不用问，许多人看到我的样子，一定会认定我是“发钱寒”的了。那也是没有办法的事情。人家爱怎么想，我也没办法禁制他们，由他们去吧！

我方玫什么世面没有见过？当年，一呼百应，率领群雄的时候，什么传言没有听过？真真假假，我一概不放心上，只晓得按照我心中的目标去做。假如连这些叽叽喳喳也都抵挡不住，我也不必做人了。

本来我也以为我的心已经给磨硬了，甚至于新婚之夜，富胜也苦笑着轻声叹道：“你呀，你就是缺乏女性的温柔，老是摆出战斗格。”

我是这样的了，谁叫你死活都要追求我？

黑了灯他挨上床来，我的心一阵抽搐。也并不是恐惧，只是因为无法适应。

周围黑乎乎的，我还要闭上眼睛，我不愿意看到他。

这个初夜对我来说并没有什么特别的感觉，他呢喃他喘气他累倒，好像都与我无关。一些影像，种种喊声，交错着在脑海闪现轰响。

拳来脚往。刀枪并举。肉搏。

跑步声。呼号声。战歌。

今夕何年？

明月何时初照人……

一觉醒来，倒好像在人生历程中，什么也没有发生过。太阳依然还是从东方慢慢而坚定地升起，那阳光洒在我脸上，暖暖的。再睁眼四下一望，是有些异样。咦，怎么有个男人睡在身旁？

这才想起，原来……

从没想到结婚竟是这么轻而易举的事情，一点也没有想象中那么刺激。就这么一下子，凭着他的毅力，我就得要回应他：“好吧！”

好什么呀好？我反而觉得有个男人在身旁真是碍手碍脚，我看着他酣睡中微张的嘴，忽然涌起一股想要把他踢下床去的冲动。

那么，这位就是我的丈夫了？

结婚，好像是人人必经之路。而我却没有多大的选择余地。也不知怎么一来，我便被推上了领导群雄的位置上。连我自己也不知道，原来我还有领袖才能。假如平平静静地读完大学，我大概也不会出风头，不出风头也就不会有后来的倒霉，只不过身在潮流中，不管愿意也好，不愿意也好，也都身不由己。坐上那个位置，周围的人唯命是从，我慢慢也觉得自己不同凡响，等闲的男人，我哪里看得上眼？而他们也不敢轻易追求我。

说到底，我跟普通的女人并没有什么两样，我也会缝，会洗，会做菜，需要爱情，只不过我的位置局限了我的范围。

机会成全了邹富胜。

他天天都在我左右转，在我处境最艰难的时候，许多拥护者皆纷纷投向对立派，他却从不动摇。那回多数派打着“文攻武卫”的口号，狂攻我们占据的大楼，他为了保护我，独舞一根铁管，站在三楼的楼梯口。

我看着他当时那个架势，颇有一夫当关的味道。

忽然呐喊声和杂沓的脚步声从楼下传来，他回头把我推进房里，喝了一声：“你千万不要出来！”

门便“嘭”地关上了，把我和他隔在两个世界里。

我的心咚咚乱跳。贴着门板，明明听到那些人往上冲来，一面大叫："活捉方玫！打倒方玫！"

假如让他们冲了上来……

不堪设想。

金属交鸣声。喊破喉咙的杀声。惨叫声。

我的心一阵又一阵地抽搐。落在这帮人手里，怎么会有好下场？

忽地那些喊声消失了。

咦！莫非是幻觉？

倾听了一会儿，我打开门，只见邹富胜跌坐在地上，鼻青脸肿，嘴角淌血。赶忙扑上前去，把他半扶半抱架到房里，让他躺下。

假如不是我手下的兄弟赶了回来，这回我们可真是要连窝都给端了。

难得的是他单枪匹马也吃了豹子胆似的护卫我。

我甚至认为，我的这条小命，也全靠他保住了。

我并不讨厌他，但也说不上喜欢他。然而，在那个年月，他却成了最接近我的人，好像除非我不打算结婚，否则也只有他才是对象了。

我答应下嫁他，与其说是爱他，还不如说是为了感激他的痴情。

当时也并不太清楚爱与感激的差别，只是从来也没有牵肠挂肚的感觉。从他那方面来说，对我几乎是言听计从。即使我脾气上来的时候，他也赔着笑："别生气了别生气了，是我不好，行了吧？"

我有时甚至希望他强横一点，多些男子汉的气概，居高临下压倒我。我再怎样强，始终是女人。女人怎么样都希望被呵护，希望被照顾，正如他那时站在楼梯口保护我一样。

有了什么摩擦的时候，他会固执地盯着我追问："你要我怎么样？"

"没有，我只是想，假如你能够像那回那样舍命护我，我就心满意足了。"我说。

他当然有大把理由。

我也知道，这样让他表现的机会，并不是常时有的；何况勇气这种东西，也并非随时随刻都存在。与死神挑战哪，一生中有过一次，也就可以称为英雄了，我总不能要求他浑身是胆视死如归。

但我却好像找到了一个合理的借口，并且信以为真，对他的不满也就益发振振有词起来。

“你再这样，不如我跳下楼去。”他说。

那语调却犹犹豫豫。

真的叫他跳下去，如今他也未必肯的了，我又何必枉做小人？

于是一笑置之。

特殊的时间造成特殊的婚姻，即使心中后悔万分，也只能认了。何况，他在我面前一向矮了一截，就算我无理取闹，他都哑忍。有时我真想他反驳我几句，光是我一个人叫唤，有什么意思？没有回声的寂寞，油然在我心湖腾起。

打不还手，骂不还口？得了吧，你还算不算是个男子汉？

不过，他从决定娶我的那个时刻开始，大约也已经明白自己应该扮演的角色。

我方玫自问长得也不赖，偏偏没有什么男的公然追求我，他在没有任何对手的情况下胜出，难怪他在床上歪缠着我时，总是喃喃地说：“你是我的，上天早就安排好了，把你派给我。”

我沉默地摇晃着头，避免他的嘴唇。我从来不跟他接吻，也说不上是什么样的一种心理。但我不愿意有这样的接触。结婚前在他的拥抱下也不是没与他亲吻过，没有想到结了婚当他与我合二为一的时刻，我却抗拒他的嘴唇，更抗拒他的舌头。

他只能吻到我的脸颊，我的脖子，在黑暗中他怯怯地问：“为什么？”

我不想太伤他的自尊，随口回答：“你压得我喘不过气来……”

他不吭声，但我感觉得到他原来高昂的情欲在迅速溃退。

他软弱地歪倒在另一边，我心中顿时如释重负，只是想要快快地逃到浴室去冲洗一番。

我也常想，我到底是不是性冷感？为什么在床上老提不起兴趣？那晚他便半开玩笑地说："怎么搞的？你老是无精打采，叫人兴味索然！"

假如他真能收拾心情，不再努力的话，那倒是求之不得。但他不能。扫兴的话刚说过，第二天还不是照样搂着我，自嘲地说："你呀，你老是诱人犯罪。"

我引诱他？我一向穿得密密实实，连坐着的时候也是端正得好像小学生上课一样，还有什么风情可言？亏他还会想出这一句来下台阶。明明是他自己蠢蠢欲动，却倒好像是我在怂恿他，假如我不顾及他的面子的话，早就喝一声："伪君子！"

也说不上是伪君子吧，可能还是正常的需要哩。只不过我实在提不起兴趣。本来以为结婚就结婚，哪里想到还有这么多的下文要做。偏偏什么事情都可以作假，唯独反应很难冒充，我在理智上并不想让他难堪，但在感情上却很难突破我心中的关口。当他喘着气一再追问我的感觉时，我无言以对。

本来也知道，只要闭上眼睛胡说一句："很好。"他便不假思索地心满意足，但我真的说不出口。那种感觉应该是绝对温馨美妙的，可是我没有。

我不说并不是因为我从不说假话，相反的，假话空话我也说得不少了，为了鼓动群众，那是免不了的。但在这件事情上我却怎么也无法骗人骗己。

也不是没有憧憬过，在与心仪的男人共处一室的时候，应该怎样将自己的女性柔美尽情展露出来。但那男人却决不是富胜。

当富胜跟我变得没有距离、毫无阻隔之时，我才明白梦想与现实之间，往往有一道不可逾越的鸿沟。

我觉得我和他只是生活在同一个天花板下的一个女人和一个男人而已，仅仅是因为偶然，两个名字便签在同一张具法律效力的证书上，好像是卖身一样。

如果要求不高，也就凑合着这么过了，反正这世界上哪有十全十美的事？天底下的夫妻，又有多少真是那么如胶似漆？

但我却不能，也不甘心。

也许是不安于室。

不然的话，也不会千方百计移居香港了。

人家香港男人是把太太子女送到外国去，自己留在香港再奋斗几年，能赚多一点就多一点。他们叫做“太空人”。而我呢，却是把丈夫丢在北京，自己跑到香港，说得好听是来探路，说得实在一些便是逃避了。

记得当我把我的决定告知邹富胜时，昏黄灯光下他那目瞪口呆的样子，至今让我记忆犹新。他哧哧地说：“那……那我……怎么办？”

看着他那可怜兮兮的表情，我真想一巴掌扇过去，但忍住了。“中华儿女志在四方，你忘了？”

“要去，我们一块去。”他说。

“说得轻巧！”我瞪他，“人生地不熟的，英文也不懂，连广东话也不会讲，两个人去，不是找死啊？”

“那你一个人去，我不放心。”

“怎么？你怕那花花世界把我给吞了？笑话！我方玫要给吞了，在哪里都可以吞的啦！不能吞的话，走到哪儿也都照样吞不了！”

他不说话了。

我趋上前去，摸摸他的脸颊，柔声说：“你放心啦，我在那边打点好之后，再接你去。”

家里不论大事小事，一向由我拍板，就像婚后我一直坚持避孕一样，这回即使他万般不愿意，也是无法挡住我的脚步。

虽然没有孩子的牵挂，也并没有一身轻松的感觉，但是他送机时的挥手刚逝去，当飞机开始在跑道滑行，不管我怎样尽力回想，他的面容却始终是模糊一团。

难道我的记忆力有问题？

多少年来，他几乎天天就在面前晃动，真没想到他留下的影响竟是这般脆弱。

到香港之前，总以为孤身一人在异乡的日子里，定会怀想起他的种种好处。在我动身的前一晚，他直挺挺地躺在我身边，盯着天花板，好像在苦想什么。

我也不知道应该说什么好，便闭上眼睛假寐。

过了一会儿，听到他轻轻叹了一口气，说："你走了，我一个人怎么办?"

我愈加烦闷，想都不想，便回了一句："我到陌生的地方去，都还没有这样彷徨呢，你一个大男人……"

忽然觉得不对，连忙住口。

但他并不吭声。

我松了一口气，心却忽然不舒服起来，要是他反驳，也许还会让我感觉到他是男子汉。

他就是这样，心里不高兴，也不会对我说出来，教我有些无奈。总不能要我老是揣测他的心思吧！那是辛苦的差事，也不是我所能够做得到的。

分开了，我反而感到一身轻松。想要做什么便做什么，不必有什么羁绊；说话的时候，也不用顾忌他的感受了。

可能是因为他一向自卑，对我的一言一行，他十分敏感。那次聊起一个认识的朋友，我无意中说："他当然畏妻如虎啦，谁叫他没他老婆本事大?"

话一出口，我立刻后悔。他却沉着脸，一言不发地转身走进睡房里去了。

有时我也替他辛苦，人家老说他是"方玫的丈夫"，他怎么会没有心理负担?

他偶然也会对我说："我这一辈子，都是生活在你影子底下的了。"

我无言以对。

早知如此，你又何必当初？

又不是不知道我方玫的名声大过你许多，假如连这点都受不了，你又追求个什么劲？

还是暂时分开好，分开了，还我自由。不必两个人老绑在一起，也不必左顾右盼唯恐伤了他的自尊。

因为自尊，好像矛盾却又事属必然。但我也不能时时事事照顾到他的情绪，一不小心就令他受伤，我活得也够瞻前顾后了，这不是我的性格。

性格给扭曲了，是一种莫可名状的痛苦。

一个人生活有一个人的潇洒，不必事事问准人；但一个人生活也有一个人的寂寞，当冷雨敲窗之夜，连一个讲话的对手也没有。

是寂寞。

这世界，大概有许多伟大的事情，而战胜寂寞，我觉得便是其中之一。有得便有失，自由也常被寂寞蚕食，但我认为值得。

起初我也在想，什么时候我赚到一笔钱，便叫富胜也来香港，重建我们的小窝。可是，当我这样向他透露我的大计划时，他却死活不肯来。他的表面理由是他舍不得放弃他的专业而改行经商，但我却明白他绝对是因为害怕我养他而断然拒绝。其实两夫妻，关系亲密，也就无所谓谁养谁？但他就是那么个人，我也没办法。

他并不想放弃我，这个念头也很清楚。几乎在每封信上，他都要写上这一句："你什么时候回来呀？"

无非是要我"鸟倦飞而知返"。

他却没有替我设想，我方玫是何等人物？当初大模大样地在朋友面前说："我走了！"他们立刻恭喜我发财。我还没有混出个人样便回去，那岂不是作践自己？当时恭恭敬敬为我送行的哥儿们，恐怕就要把鼻子都"哼"大了。

无论再怎么样，我也不能丢这个人、献这个丑。

只要发达了，谁不敬你是一条好汉？

想要风光，只有衣锦荣归这一条路，含糊不得。

你看人家利智，挟着一千万美元飞到青岛投资地产，谁不说她是既有漂亮面孔又有脑袋的女强人？在茶楼喝茶我便听到男男女女议论纷纷："人家不是肉弹，是原子弹！一千万美元，你能想象？"假如回到她上海老家，我敢肯定三姑六婆必定挤破她住的酒店门槛。

没有钱了哦，唉，别提了。讲钱失感情。

所以我发誓，如果我赚不到钱，我就不回去，连去走一走看一看也不。不然的话，身上无钱，应该怎么去面对"江东父老"？他们老是觉得我行，假如我不行，我没面子；他们也没面子，那又何苦特意去碰面撩起"痛苦的回忆"？

富胜不来香港，因为要面子；我不回北京，也是因为要面子。

假如我不是方玫，而是普普通通的一个家庭妇女，那该多好，我不必有那么多的顾虑。

原来最幸福的还是平平凡凡的人。

我已经没有什么太多的选择，唯有在商场上左冲右突，因为我已没有退路。

从决定到香港之时，我的内心应该早就有这种朦朦胧胧的打算，只不过不那么具体而已。

到了香港，一切就变得贴近而形象；一直潜藏在我血液里的对做生意的狂热，便及时释放出来。

刚开始的时候，瑞兴只是我看中的一个阶梯而已。

我告诉自己说，商场上的情爱，不是快餐式的一次过，便是分期付款的签订年限合约，动心却不可以动情。谁要是真的投入情感，那便是自讨苦吃。

我决没有想到真的会堕入情网，却无力挣扎摆脱。

瑞兴在我的吴侬软语前滑倒，也未必源于真心爱我，我明白。

假如我没有过那大大的名声，对他怎么会有吸引力；那证据便是，在初期，即使在浓情蜜意中，他也会冷不防便问我："你这么强，也会需要男人吗？"

女人再强，也是女人。

女人总是希望有男人的疼惜，在外面累了回到家里有人抚慰，就像船儿在海面上颠簸，航进港湾，也要落帆歇息一样。

他的问话让我觉得，他只是对我那与一般女人不同的形象感到好奇。

也许，这种好奇也可以教他充满新奇的刺激。我总觉得，像他这种年纪而又事业有成的男人，常常都有一种征服欲。为了证明他的存在，自然便到处试探。

也罢，满足一下他的"英雄感"，又有什么要紧？

"那要看什么样的男人。"我说。

表面上回答他的问题，实际却捧了他一下。我看得出他虽然没有明显的笑容，但眉眼尽是笑意盎然。

"那邹富胜……"

我的心一沉。无论如何，在这个时刻提到邹富胜，对富胜对我都不公平。你陈瑞兴也太残忍了一些。我斜着眼看他，不答话。

他似乎也觉察到他的失态，连忙说："你说，我是不是最好的？"

我闭着眼睛都可以说"是"了，但在这时我却不愿意说出来。这算什么？在查问我的历史呀？

他也是个聪明人，立刻自我解嘲："我总是对自己信心不足，所以才老是要问别人的观感。这样问你，有点强人所难吧？收回收回。"

我对他有戒心，也相信他对我一样有戒心。我们在某些方面互相吸引，但却并非全心全意投入，彼此小心翼翼地合演走爱情钢绳。

这是高难度的技巧，假如分寸拿捏得不好，谁都会一败涂地。而我就更加输不起，我知道我自己的女性吸引力，已经到了强弩之末，倘若我不能俘虏他，今后也就不用设想再用女色惑人了。

无法回避的是，在这个现实而势利的社会中，虽然未必个个都是见色眼开，但漂亮的女性，肯定是会占些便宜的。

可惜的是，我可以利用的本钱已经不是太丰厚，倘若不抓紧，便会一去不复返。

我的青春小鸟一样不回来……

但我觉得瑞兴也并不是浅薄到好像某些大老板那样，只是一味找寻年轻漂亮的影视明星，完全不计较她们本身的文化素质。论年纪我大概没有什么可以炫耀了，可是如果要讲点深度，那些靓妹又哪里是我的对手？何况我与他还有那么多共同的话题。

他有钱。他有名誉。他有地位。

我不否认，这一切对我颇具吸引力。我私心也想要借助他的力量，达到我的目标。不然的话，凭着我一个女人家，赤手空拳，怎么打天下？那时成为领袖，是因为有那么多人拥戴，如今在商场上打滚，真金白银谁会无端端奉献出来让你去冒险？

不过，天地良心，我并不是完全在打他经济上的算盘，我真的有些喜欢他。他的干脆与决断，虽然有些无情，却很对我的脾气。做生意有如搞政治，非得有大魄力不行；这句话我早听人说过，却直到现在才真正明白，此话果然有理。倘若他优柔寡断，怎么可能建立起他的商界地位？

成功人士，总有他的出众之处。瑞兴的作风叫我心折，同时也深感惊奇，人是不是在很多时候都会自我淹没在人海里？那时在大学，大概没有几个人知道他的存在，没料到一到香港，他的潜能便发挥得淋漓尽致。我也并不容易看得起一个人，特别是男人，而他的魅力，教我对他刮目相看。

我却不敢完全投入我的感情。我还看不准他。我不知道他是不是逢场作戏。

假如他仅仅是拿我来解闷，我何必自讨苦吃？不论怎么说，我方玫也曾是一个人物，哪能给一个男人呼之则来，挥之即去？

我真的渴望柔情，女人盼望爱情，我也不例外。但我似乎还没有机会表现我的天性，无论如何我都不甘愿。可惜富胜不能激起我的真情，我也不是没有努力过，我甚至相信一种说法：感情是可以慢慢培养出来的。结了婚再谈恋爱，也许也不错。

但事实上却行不通。

富胜是绝对的好人，很适合做朋友，当情人可就不合格了。

况且他不属于善于体贴女性的男人，什么事情都是粗枝大叶。对女性生理变化他甚至不太清楚，一味地只是按他的要求行事。我当然不会什么都依顺他，他嘴上不说，他的沉默不语却已透露出他的不满。

对我来说，与他同床，慢慢成了一种思想负担。

这思想负担又慢慢筑成了无形的墙，横隔在心间，哪有水乳交融这回事？

我总认为，与他结婚是一件事情，但我自己的人格是独立的，并不依附于任何人；我的心灵也是自由的，并不因此而受到束缚。

和瑞兴在一起，可以保持这种相对的独立。虽然他偶然也会有意无意地问及我的私事，但只须我笑而不答，他便适时地退却，巧妙地转换话题，不露痕迹。

有时我也会高兴于他的刺探，认为那是他在乎我的一种证明，而最可爱的是他不会死缠烂打。富胜就不同，他会摆出一副穷追猛打的架势，让我反感。那一次我因办些事情，回家晚了，他便拉长脸孔，不断絮絮叨叨：

“你去哪里？”

“跟谁去呀？”

“这么迟？”

我没有理他，他便问了又问，虽没发脾气，但却教人十分不自在。瑞兴就不同，与他约会迟到很多，他也只似问非问而已：“怎么？很忙啊？”一副体贴的样子，使我歉意更甚。

不知道从什么时候开始，对他竟越来越投入了；这也是我始料不及的。我以为自己不再是怀春少女，阅历也不算少，怎会在一个我原本并不太看重的“情”字上栽倒？但命中注定，就是逃不掉。

情关始终闯不过？

我不能分析出我倾心于他的真正原因。

也许因为他是成功人士。也许因为他待我不薄。也许因为他的男子汉气概。

也许什么也不是，只因为有缘。

说得似乎很玄，但世事常常便这么玄，说也说不清楚。

我想，假如什么东西都可以理智地解释的话，也许世界上就不会那样混乱或是精彩了！

是那晚一帮商场上的朋友在中环吃完晚饭唱卡拉OK吧，本来我也还可以唱一点，不算太优秀，但也过得去吧。兴致勃勃置身其间，男男女女竟抢着扩音器鬼哭狼嚎，要多难听有多难听，简直比杀猪还刺耳。我鼓起的勇气立刻崩溃，并且反省自己，假如在旁人听来也是这般自虐虐人，岂不将成为小丑？

自以为缩在一角便可以躲避这场面，不料他们吼完之后，转过头来目光一致地嚷道：“方小姐，方小姐唱一个。”

我双手乱摇：“我不会唱。”

他们哪里肯依，一个个把扩音器都递了过来，好像我不唱，今晚的卡拉OK便唱不下去了，果真如此，我就无异于成为罪魁祸首，把众人的热情给一瓢水浇灭了。

真是进退维谷。

我正要用眼神求救于瑞兴，他早已站起身来打圆场：“各位各位，方小姐真的不会唱这些歌，我代她唱啦，大家包涵包涵！”

本来大家也只是起哄，既然他开了金口，自然也就顺水推舟继续玩下去。

他唱得实在不高明。

也正因为他唱得不好，才更加使我动心。

假如他唱得好，那大概是因为他渴望表现，如今证实他唱得难听，我明白他全是为了我而强出头。

而且他这样公然护着我。

虽然他带我出来应酬，已经是不言而喻的了，但他们几个，又有哪个会像他那样出面维护女朋友了？

我就是喜欢他的这种豪情。遮遮掩掩，算什么好汉？

我也问过他，假如他的那些商场朋友公开讥讽我，他会怎么办？他连想也不想，便冲口而出："我当然拍台啦！不尊重你便是不尊重我，有什么可说的？"

他倒也明白。

我相信他那时是很爱我。

不过我对爱情并不那么乐观，也不知道他究竟会爱我到何时。说得明白一些，便是我们的前途在哪里？我不知道，我只知道，即使他与他太太已有诸种裂痕，但他看来并不会主动提出离婚。

"她过去帮过我，我今天会成功，也是因为她的关系，我不能过河拆桥。除非……"

除非他太太要离婚。

我当然对他的这种态度感到十分不自在，但夜深人静时躺在床上平心静气想一想，也觉得除此之外，他也没有什么好办法。

他对他并不投缘的太太也不至于那么绝情，至少说明了他的心肠并不坏，假如他真的想要踢掉她，还不是轻而易举？

这也是我喜欢他的原因之一。

也许在潜意识里，我也希望就这样维持彼此间的平衡，因为我也还有个富胜。

虽然他远在他方，但毕竟还是我的丈夫，而且当年他还是我的"救命恩人"。

恩重如山，就要设法报答啦。中国女性传统做法，便是以身相许，那还有什么话说的？

至于我和瑞兴，可以相互欣赏，也就够了。

或者说，形式上的东西并不重要。

将来如何？不知道。既然没有法律上的保证，人的感情一旦变起来，什么也抵挡不住，那又何必杞人忧天？到时再说吧。

应该来的怎么也会来，避也避不掉。

难道真是那句话：

“不在乎天长地久，只在乎曾经拥有”？

潇洒。

挥一挥衣袖，不带走一片云彩。

我也不知道真的到了那一天来临，我到底能不能够显得这般从容，就算是做戏也好。

也真难分得清楚是财迷心窍？还是色迷心窍？

也许什么也不是，只是因为心有所属。

这时我才明白，人一旦堕入情网，就有些不可理喻，甚至无法解释。常常听人家问热恋中的人：“你喜欢对方的什么呀？”于是便有千篇一律的回答：“温柔、体贴，是不是有钱不要紧，但也不能太穷……”

哦，这是报纸娱乐版上的例牌消息，几乎每个女星都这样说。

其实，事情怎会如此简单？要是这般简单，人就不会成为“万物之灵”了。

到底喜欢他什么？

假如不要冠冕堂皇的答案，而要深入内心，谁能答得真诚而又准确？说出来个个还不是多多少少要显得“有情”！

真实的一面呢？

我已经不是追求浪漫的年龄，但爱情仍是真实的。

我居然爱上瑞兴，一步一步的。如果要说出理由，我也说不准，但我有这个感觉，这就够了。而且爱就爱吧，何必刨根问底？搜肠刮肚找出来的答案，往往并不真实。

只要有那个感觉，就足够了。

感觉在很多时候是只可意会，不能言传。

心灵的交流，再怎么归纳，也都往往差那么一点点神韵。

当我们在一起的时候，他总是十分温柔。也许他没有富胜那么疯狂，但却比富胜持久。他总是在最细微的地方处处顾及我的感受，不像富胜那样，好像只是为了占领，只顾自己痛快，却不会配合我的情绪。

富胜只是闭着眼睛蛮干，而瑞兴却睁着眼睛呼应。当我看着他贴得那么近的眼睛好像爆出火花时，便有一种被熔化的感觉。

何止是眼睛，还有那紧皱的眉头，咬紧的牙关。

好像是在攻坚的勇士。

可是没有杀声震天的呐喊，只有喃喃重复的几句话，好像没有意义却又似乎是最庄严的独白。

倘若我不回答，他便会固执而加速地追问，一浪又一浪排山倒海而来。

那种执著，又分明是中年情怀。

他能够使我得到满足，温温馨馨有如春风阵阵飘来。

老实说，在他之前，我只经历过富胜一个男人，在我的经验中，性爱是那么无味的一件事情。甚至引起我内心的恐惧。可是我毕竟也是个正常的女性，一旦生命之船在香港搁浅，生理的潮汐却仍然澎湃不已，我怎么能够面对着所有异性完全无动于衷？只不过我不敢放松自己而已。而且我也要有所选择，说什么情投意合，到头来也是一场空。我必须现实一些，整个社会都那么现实，我一个人怎么可以浪漫得起来？就像当年成了造反派领袖，起初只是出于浪漫的想法，以为女人是半边天，男人能做的，女人为什么不能做到？鬼使神差被推了上去，过后发现已经被绑在战车上，欲待抽身，早就动弹不得。

是一种骑在虎背上的感觉。

那时被一群人蜂拥着有些身不由己，私心还不是为了扬名为了出人头地？如今好不容易摆脱了那个非理性的岁月，来到香港，虚名也不要了，但不能不图利。

瑞兴微笑着说：“好，我帮你！”

单枪匹马从头做起，生意场上哪有那么容易给我插足的地方？我明白不付出代价是不行的。这个世界，有得必有失。起初只是为了讨他欢心才跟他纠缠不清，但瑞兴并不是那种只顾自己感受的男人，他的持久，显然是等待我的高潮来临。他说：“我喜欢跟你一块达到终点的感觉，特别美妙。”他的体贴，反衬出富胜从来就不理会我的反应。既然跟瑞兴可以一举两得，我又不是傻瓜，哪能不抓住机会？机会总是稍纵即逝的，实实在在的瑞兴就在身畔，不像富胜那样虚无缥缈。在经历了“文革”之后，我明白我只是一个普通人，只有钱和能给我赚钱的男人才是实在的。瑞兴轻抚我的脸颊，“你算是参透了人生的玄机！有前途！”说着便翻身再度压来，喘息着，手却驾轻就熟地在我身上游走，被挑逗的情欲在我的体内喷涌，我惊异于他的精力旺盛。

但天长地久有时尽，假如没有言语来持续灵魂深处的交谈，那又怎能维系心间的彩带？瑞兴即使再累，也不会背向着我倒头便睡，他搂着我温柔地低语，此时不管他说什么，我也觉得美妙无比。

人到中年，渴望的不就是那点关怀与被关怀吗?!

但我也不知道，此情是否真的永远也不会褪色。

人家都说了：当爱已经逝去，你不要强留。

要留也留不住。

青山遮不住，毕竟东流去。有什么办法?

那晚缠绵床上，瑞兴忽然说：“真是越来越爱你，以前可真没试过……”

怪不得他在忘形时会把我抱得死紧，喘着气说：“你呀，你是狐狸精变的……”

又是男人的诡异心理。既然认定狐狸精来勾引男人，那你就避开，不就完了?!

真是得了便宜还卖乖。

说来说去好像女人是祸水。

不过我只是睨了他一眼，并没有生气。狐狸精？我是狐狸精才好呢，有哪个男人可以对狐狸精不动心，除了同性恋？从他口中说出来，我把它看成是女性魅力的象征。倘若他并不入迷，岂非是我的失败？

他在我面前灵魂出窍。他口齿不清地求我一生一世就这样爱他，我嘴上含糊答应，心里却不敢肯定是否此情不渝。

我太知道人性弱点，也并不一定是从一开始便蓄意欺骗，但事过情迁谁也由不得自己，又有什么办法？

甚至，我有时也会想，是不是应该在爱得最浓烈的时候悄然引退，保持最美好的记忆？假如搞到由爱生恨，变成仇人，那就太没有意思了。

但有几个人可以这般进退自如？

我再强，也舍不得。

那就只好随缘了。

何况在情欲之外，还有实际的利益关系。

金钱的利益，再度呼风唤雨的欲望。

但是我已经不能从头再开始了，半途杀进香港这花花世界，许多人都只好认命，但认命不是我的性格，我不能做一个女工甚至一个文员，我要出人头地，风风光光，让所有认识我或不认识我的人拜服。

我才不要人家在背后指指点点：你看看你看看，她也会有今天！

今天怎么啦？还不是一样天高任鸟飞？只是我自己的翅膀已经太过沉重，必须借助风势滑翔了。

这风势，便是瑞兴。

其实一个瑞兴已经抵得过那时我手下的千军万马，在这商场上，甚至更为有用。

如今再也不是打打杀杀的时代，虽然商场如战场，毕竟也只是明争暗斗而已，关系之外，要财雄势大。

瑞兴说：“我会一生一世照顾你。”

这照顾并不是像富豪包女明星那样，他十分清楚我的脾气。一见到我脸色微变，他连忙加一句：“我的意思是说，我一生一世都爱你。”

我当然也分得清真情与假意。

也只是在不经意之间，便把他征服了。

有一个这样的男人拜倒在石榴裙下，令我十分有满足感，好像回到了那个呼风唤雨的年代，比起富胜，瑞兴更具风度，而且从来没有那份谦卑，我不喜欢唯唯诺诺的男人，因此更喜欢他不卑不亢的态度，何况在灵魂深处他早就臣服在我的脚下。

有时也会觉得难以想象，一个在公众场合这般风度翩翩的男人，怎么会在私下这般赤裸裸地显示粗犷的热情？

瑞兴气喘吁吁地说：“这是男人的本能。像我这样的年纪，如果不是因为心理因素的话，不会这么疯狂。”

我知道他在巧妙地解释：并非纯粹生理因素。

也就是爱火熊熊了。

能够在告别青春岁月之后，攫住这么一个男人的心，简直就好像在大海中漂浮，却猛然抓到一块救生板一样，我知道，凭着这块救生板，我可以航向彼岸。

瑞兴问道：“你笑什么？”

我摇摇头。

除了实际的利益之外，征服一个男人的快感，遥遥地唤起了岁月山河的记忆。那一群呼啸的男人已经消隐在历史的长河中，而这个男人却活生生地躺在身边，听我差遣。

这种感觉，真好。

二十

莫非是我命犯小人，和柴世方拆了伙，找到的郑乾坤，虽然没有那么赤裸裸，但也足以叫我提防的了。

在商场上我并不是常胜将军，至少，我对大亨新便判断错误，也是我太轻信他，忘记了商场的运作准则。

他到底是怎么想的？他在背后又搞了什么动作？我却不清楚，我本以为他是我的有力后台，哪里料到他把我找去，劈面就说："柴世方是你找来的，现在他在公司里这样搞那样搞，搞得满城风雨，对我们'铁三角'的声誉大有影响，你看这事怎么办？"

我一阵惭愧，但立刻硬着头皮答他："新叔，人是我叫的，但是，他搞的是我呀，我的损失最大。"

"你有损失，是事实，我明白。"大亨新微笑着，"但一件事是一件事，不能混为一谈。你受损失，但不能说明你应该对邀他合伙负责呀！"

尽管我不是诸葛亮，但我必须有勇气承担决策错误的后果。

"那您的意思是？"

"你退出！"大亨新干脆得很，"我看只有你退出'铁三角'，才可以解决问题，不然的话是个死结。"

要我一下子就决定退出我这个卖过命的公司，当然很难，我垂头不语。

“本来我也觉得你是个商业奇才，大可造就，我也舍不得与你分道扬镳，但没办法。你知道的啦，我们现代企业管理，不能一味讲人情。”

他的语调平缓，一点火气也没有，倒叫我有些惭愧。也没有再三考虑，脱口便说：“你要我退，那我就退出吧。我不会叫你为难。”

事后想及，我真有些后悔不迭。叫他为难？他为难我才是真的呢！按说我对商场上的风雨也见得多了，当时栽在他手下，倒不是经验问题，而是他利用了我对他的信任。

可是，我也并非善男信女，在答应退股之前，我还盯了他一句：“要我走，我走！不过柴世方也要滚蛋，我既然要对他加入公司负责，那么他本人更应该对他的行为负责，不然的话，那太那个什么了……”

我就是这同归于尽的战术。

我拼命打出的江山，送给别的什么人都可以，就是不让这个柴世方占便宜。

“那当然。”大亨新拍拍我的肩膀，“我办事，你放心。”

我觉得自己就算是壮烈牺牲，也找了个垫脚的。

你柴世方和我斗，顶多便是大家都“执包袱”。

难得大亨新一向支持我，我让他坐享其成也应该。我的血汗总不至于为敌人而洒。

至于我自己，手中已有一笔钱，再打天下虽然困难不少，但也已经有了基础。

做生意，我看有三个阶段。第一阶段是人找钱，第二阶段是人找人，第三阶段是钱找人。

“钱找人”的阶段至高无上，是属于垄断的了，大概香港也只有有数的几个，我当然没有达到这个级数，而且也明白此生无望，虽然我也一直在努力朝向这个目标前进。

并非不相信命运，但我知道自己的潜能到底有多少。我不属于顶级的生意人，这点自知之明我还有。充其量我也只能达到“人找人”的阶段，然而这已经很不错了。找人有什么要紧，钱照赚，那就一切OK。

脱离“铁三角”，我要回我的股份，另起炉灶，这又有什么困难？凭我陈瑞兴这几年在商场的声誉，这回卷土重来，多数人也还会给我几分薄面。

商场上当然跟红顶白，我离开“铁三角”，指不定有多少流言在散播，他们怎会说我的好话？但我相信在“利”字底下，什么都可以烟消云散。只要我显示实力，他们又觉得有利可图，便是天大的仇恨也可以化为乌有。

商场上同样是没有永久的敌人，赚钱是唯一目的。

我不能窝窝囊囊，不重组公司则已，一旦重组，必须让人即刻眼前一亮。

第一印象的好坏是最要紧了。

而好的开始是成功的一半。

新的公司必须极具势力，不然的话，那些人怎肯轻易打交道？

光是我一个人的资本，本来也不成问题，但毕竟不够震撼性。

必须找个重量级的合伙人。

这时，郑乾坤从东南亚挟巨资前来香港大展拳脚。也仅不过吃吃喝喝了一两次而已，郑乾坤便举起酒杯说：“我喜欢你，STEPHAN，这杯就干了吧。”

高脚酒杯一碰，仰头咕噜一饮而尽，但觉一股火辣辣的液体流过喉咙，浇向心田。

微醺中，我知道我跟他一拍即合。

正自欢喜，却传来消息，柴世方稳坐“铁三角”的江山，一点也没有离开的意向。甚至连我陈瑞兴原本的办公室，也已经给柴世方进驻了。

我几乎不相信自己的耳朵。

明明讲好我前脚走，大亨新就后脚把他撵出去。不料却久久不见动静。

这时我才发现，大概我自己骨子里还是不放心。

这不放心其实完全是一种直觉。

想来想去，不甘心被欺骗，我决定找大亨新问个一清二楚。

大亨新还是那样笑容可掬，倒好像在刻意衬出我的没有风度。

“唉，怎么那么大的火气呀！年轻人？”

他一面说，一面伸手要拍我的肩膀，我一滑，他拍了个空，有些尴尬，那只右手顺势上举，理了理他自己的头发，笑容却消逝了。

“我想知道是怎么一回事。”我望着他。

“哦，你说的是柴世方呀？”他耸了耸肩膀，“这个世界上，没有永久的朋友，也没有永久的敌人。”

“是不是我成了你的敌人，柴世方成了你的朋友？”

“当然不是这个意思。不过，做人要灵活，对吧？我跟柴世方是生意伙伴，我没有什么所谓，只要他能帮我赚钱就行了。你说是不是这个道理？”

有道理没道理，都已经与我没什么关系了，我找他，本来也没有想要他改变主意，只不过咽不下这口气，特意将不满说与他听罢了。明知无济于事，也要发泄一下，也不知道应该说我是为了争一口气还是不够老练。

大亨新老奸巨猾，我实在不是他的对手。

也只有到了这个时候，我才明白，商场上一山还有一山高。

端的是山外有山，天外有天。

大亨新轻轻耍两下，我便晕头转向。我道行真不算高，在大亨新面前，不过是三流角色。

当我愤愤然的时候，大亨新满不在乎地斜倚在他的旋转椅上，风度翩翩。

他对我说："如果你不满意，随时都可以找我算账啦，我奉陪。"

他根本就摆出一副有恃无恐的姿态。

也不仅是姿态，我相信他确有那个力量，而不是在吓唬我。

不论从哪一面来讲，我都绝对不是他的对手。

好汉不吃眼前亏，我何必自讨苦吃？打得了就狠打，打不了就快逃，溜之大吉。反正世界也大得很，不跟他死缠烂打，也可以少了一个能量很大的敌人。他虽然出卖我，但未必恨我；只要让一让，想来时光必可调整他的某些想法。

人有时就要委曲求全。这世界的硬汉，要不就有钱有势可以支撑下去，要不早就给别人修理得发软了。我既然金钱与势力都大大不如大亨新，那就要见风使舵，才能立于不败之地。

大亨新坑了我一下，算了，忘掉它。

人总不能一直活在过去，特别是不愉快的过去里；终日郁郁寡欢，人生还有什么乐趣？就算是世仇，倘若利益忽然一致了，以往的仇冤也可以一笔勾销。有仇不报非君子？得了吧，那是古老的说法；现代人讲究实效，报了仇又怎么样？无非心理上自我满足一下，又有什么实惠了？

留得青山在，不怕没柴烧。

还是那句话：忍一时风平浪静，退一步海阔天空。

强压胸中的怒火，我深深呼了一口气，笑道："古老板，我怎么会告你？吃了豹子胆也不敢呀！"

"你这句话顺耳，"他说，"算你醒目。"

"希望以后我们还有机会合作。有什么关照，也请记得我。"

"年轻人，只要你看得开，大把世界让你捞啦！"他把手一摆，暗示谈话结束。

年轻人？我也还算是年轻人吗？那只不过是大亨新倚老卖老的口气罢了。也许他的潜台词是："你与我斗？还差得远哩！"

我并不想和他斗。虽然有过一时之气，我也不会因此而意气用事。不管怎么样，站在做生意的立场上，大亨新始终是有力的靠山。

当然我也很明白，要使得大亨新刮目相看，我必须先自强。只要我的生意做得有声有色，以大亨新一贯务实的作风而言，他必不会视而不见。

所以我特别寄希望于郑乾坤。

明知郑乾坤亦非善类，可是没办法，他资本雄厚嘛，不得不将就。只要心中有数，暗中提防就是了。

他开门见山就说："我们合作，先谈条件。我这个人喜欢先小人后君子，也好过先君子后小人，对吗？"

"当然当然。"我说，心中暗想，这个老狐狸果然厉害，一开口便这般咄咄逼人。

"我要坐大。一切重大决策，要由我拍板，OK？"

假如不答应，合作大概也就告吹了。这郑乾坤根本就是喜欢出头露面的人，要他退居第二线，当然不会干。反正我对于虚名并不大在乎，只要有钱赚就行，他爱怎么做就怎么做，我才不管。

我只是坚持账目必须清楚。

既然决定和他合作，我当然相信他能够给公司赚钱，但赚到了，也一定要有我的份才行。我才不要当傻瓜呢！

亏了那是没有办法的事情，倘若赚了却给人吞掉，那才不值得。

宁愿当面挨了一记明枪，我也不要给人从背后捅一刀。

郑乾坤大笑："我们都是生意人，都先做小人，你放心，我郑某人说不上是江湖好汉，但决不赖账。我答应你，我们明算账，绝对不会亏待你的。"

好一副居高临下的姿态。

这是他的方式，也只好由他了。

财大气粗，一点也不假。

只要我步步为营，谅他也耍不成什么把戏。

"击掌为誓？"我半开玩笑。

“口说无凭，当然要立字为据。”他认真地说。

无非就是上律师楼去办些手续，他不说我也会坚持。

现在什么都要书面合法，哪有“一诺千金”这回事？就算是有律师作证具法律效力，有些人也还会打生打死呢，没有任何证明文件，那简直便是开自己的玩笑。

现代人老是感到自身没有保障，“牙齿当金使”？哪有这回事？有多少人当面是人，背后是鬼！

就像柴世方。人一卑鄙起来比什么都卑鄙。那时候柴世方不是次次都是相逢开口笑吗？除了承澜好像独具慧眼，第一印象就不好之外，几乎所有的人一提到他都说：“哦，你那个伙伴呀？我看不错嘛，满脸忠厚老实，看来不会暗算人。”

谁知道偏偏大奸大恶就是他！

笑里藏刀自是道行不浅的招势，不是人人都可以练就，他却是高手。

我也不是完全觉察不到他的小动作，可是，那时我抱定一个想法，认为人与人之间本来就很难找到肝胆相照的交情，我也不必强求。

管他为人如何，只要公司可以赚钱，其他便一切都不理会。我才不愿扮演神父导人向善的角色，实际上我自己也够差劲的了，又有什么资格教训人？

须知我与他只不过是生意伙伴而已，相互之间也都不能为对方承担什么。

有了柴世方，再来个郑乾坤，我已经有经验了。

不能说身经百战，但也不再只是纸上谈兵。

所以我更是恨不得“先小人，后君子”。

一切有法律约束，最好不过。

龙飞凤舞地签上自己的大名，忽然想到，有生以来，我签过多少这样或那样的合约？

比如结婚，一纸婚约就把我自己交给美若，而美若也把自己交给我了。

事实上，我未必是她一生中所遇到的最好的男人；而她也未必是我一生中所遇到的最好的女人。

只是为了一种莫名其妙的客观限制，便结成了夫妇。

而且似乎不能回头。

如今这个时代，离婚当然也没有什么了不得。两个痛苦的人，何必非要终生绑在一起，彼此都不舒服？长痛不如短痛，各分东西，未尝不是塞翁失马。

然而，人是有惰性的，到了没有什么所求的时候，也就懒得离婚了。

不能说我心软，只不过我确实舍不得云生和曼莉。就算我可以争取到抚养权，我也不想让他们尝受家庭破裂的痛苦。

反正我也老了，他们还年轻。

做父亲的，也像蜡烛一样，照亮了儿女，毁灭了自己，而且心甘情愿。

记得那个时候云生还小，大概三四岁吧，我也还在潦倒，和几个朋友相聚，云生就在我的怀里睡着了。其中一个未结婚的男士摇头道："你怎么那么宠他呀？老那么抱着行吗？"

我也知道不行，但做父母的，大多都是这样，人之常情，何怪之有？我心里有些不舒服，便淡淡地回了一句："你不懂。等你自己有孩子，你就知道了。"

他却仍坚持："可怜天下父母心。但我肯定不会。如果要这个样子，我宁愿不要孩子！"

佩服佩服，果然是"男子汉风范"。

不过我不成。

也许是因为隔了一层。等到他真的有了自己的孩子，他的豪言才能作准。无论如何，那是他自己的事，与我无关。既然舍不得孩子，当然自己也要有所克制，甚至是牺牲。

人生在世，总不能事事称心如意。上帝很公平，人总是得一失一，哪里又会天下便宜都让你一人给独占！得失之间也就只好忍痛抉择了。

命运的十字架，谁都必须背负。

包括签字划押这种形式。

好好坏坏，事前自己固然要落足眼力，谨防上当受骗；但做人又不能因为危机四伏而把大好机会也给葬送了。

不能只见树木，不见森林。

谨慎观察之后，始终要有个判断。

成功与失败，可能在某个程度上系于机会与运气，这时也就唯有勇往直前了。

与郑乾坤合伙，叫我警惕起全身的毛孔，因为我知道我根本不可能依赖他，稍微疏忽，我可能就败在他手里，但我又不可能与他公开对阵，毕竟他是我的PARTNER。

十分微妙的关系。

我在他面前戴起假面具做人，我相信他在我面前也一样戴着假面具。我不在乎。反正我也知道，我深入不到他心里，他也深入不到我心里，我们只能是有商业利益的伙伴，而做不成真正意义上的朋友。

彼此明白，也省去了心理上的不平衡。

很久以前还在打工时，有个同事大概为了表示他有性格，曾经当众大声说道："我们大家都只是同事，不是朋友！"那时我乍听之下，感到很不自在，以为他只为聊博女同事一粲，难免想出一些类似警句的言语。如今看来，他恰恰点出了要害，只不过我自己不太明白，或者一厢情愿罢了。

我又何尝不知道那个道理？只不过我却没有勇气捅破那温柔脉脉的面纱而已。如今阅历渐多，心也给磨硬了，再也不会只顾面子而刻意回避现实。

同时我也不会小不忍而乱大谋。

郑乾坤要怎样讨尽口舌上的便宜，都由得他，那有什么关系？我一概当它是耳边风。

除了他暗示与方玫相好。

已经有好多次我想要当面问方玫，他说的是不是真话？可是，当话到嘴边，我还是问不出口。

我实在怕伤了她的自尊心。

假如那只是郑乾坤的烟幕，我岂不是中了他的奸计？而且有侮辱方玫之嫌，我做不出来。假如真有其事，那怎么办？也许我可以说，那是过去的事情，不必追究。假如她矢口否认，我又应该怎么办？而她的否认倘若让我更加深怀疑，那就越发不可收拾。

思前想后，决定沉默是金。

可惜的是在方式上我并不多心，但在灵魂深处却是阴影挥之不去。

常常在睡梦中朦胧看到方玫与郑乾坤腻成一团，惊醒过来胸中压抑得很，老半天睁眼看着天花板，再也无法入睡。那晚甚至叫出什么来，忽见躺在身边的美若在暗夜中望着我，伸手抹了一下我的额头，问道："怎么搞的？一头的冷汗！你刚才还叫什么方玫……"

我的心一跳，她听到什么了？嘴上却掩饰着："是吗？我也不记得发了什么怪梦，好像跟方玫做生意吧？"

先观言察色再说。

她笑了："难怪，你叫得那么大声，大概是生意闹翻了吧？不过，梦与真实往往是相反的。"

我不知道她是否借题发挥，不过，到了这步田地，我也只有硬着头皮对答下去："但愿如此。要不，我们的生意，可真要少赚几笔大钱。"

"原来这个方玫还是一个福星呢！"她说，"既然如此，我们可不能亏待她呀！"

真话？假话？摸不清。我笑了笑，也不答话。这个时候，言多必失，还是看看动静如何，再做定夺。

后发制人最好。

但等了好半天却没听见她再说什么，只有均匀而稍微沉重的呼吸声响起。嗯，她又睡过去了吧？

我舒了一口气，这个时候真乐得清静。少说一句，便少一分危险。万一前言不对后语，给她看穿了，岂不是不打自招？不爆发“世界大战”才怪呢！

转念一想，是不是求之不得？

我也弄不清楚我自己。到底想要维持现状，还是希望打破局面？

说到底我自己还是狠不下那个心肠。

可能这也是我的致命伤。

只有在迷迷蒙蒙中才有勇气向方玫试探。

我脸上极力漾出笑容，用不经意的语调问她。

她望了我一眼，又望向别处：“是又怎么样？不是又怎么样？你是我的什么人？”

“要是我不在乎你，我才不会问哩！”真气人，她用这个口气同我讲话。

女人心，海底针。也不知她在想什么。海誓山盟的时候，你也忘了？

不过，即使是海誓山盟又如何。给风轻轻一吹，有时便不知飘散在何方，也不能要求每个人永久是那个心境，人究竟是善变的。此刻自己似乎还在信守，但明天回头可能便觉得幼稚可笑，也真说不定。

我叹了一口气，却惊醒了。眼前哪有方玫？在床头灯发出一团柔和的昏黄灯光下，我竟在床上抱着一本《神雕侠侣》睡了过去。从客厅传来的电视声浪，又教我忆起，美若仍未回房呢。

二十一

手牵着手，瑞兴和方玫迎着那冲向岸边的海浪扑过去。他笑着，她也笑着。笑声荡漾在这长洲东湾的海面上。

瑞兴踩着海水，一把搂住方玫："没想到你游得这么好！什么时候学的?"

"从娘胎里就学了!"方玫笑着，一拨水，便以漂亮的自由式直往浮台游去。

瑞兴跟在后面，上气不接下气地爬上浮台，"你……你都不……等等我……"

"等你，等到什么时候?"方玫仰面躺着，眯眼望向蓝天，水珠从她的额头泻下，"等你游过来，我都沉下去了。"

瑞兴瞥了她一眼，觉得她似乎话里有话，但也只好装聋作哑，岔开话题："都中秋了，天气还这么热，你看不是有些反常?"

"反常便是正常，正常才是反常。"

"哗！你谈哲学呀?"瑞兴怪叫。

"假如这是一座浮岛，只剩下我们两个人，大概也不错吧，我想?"

瑞兴一怔，却不知应该怎么样接下话题，便随口道："没有吃的，没有穿的，也没有钱，不饿死才怪。”

“你这人就是太冰冷，这个时候浪漫一下也好嘛，你偏偏就要把人家的思路拉回到现实，真扫兴！”方玫翻了个身，趴在那里。

瑞兴连忙说：“太多幻想，我怕没有好处。”

这时浪大了起来，浮台颠簸得比较厉害。方玫一骨碌爬起身来，哼了一句：“游回去吧！”

一纵身便跳进海中，向岸上游去。

瑞兴全身湿漉漉地跟在她后面，往沙滩那顶租用的太阳伞下走去，一屁股坐在她旁边的沙滩椅上，刚喘了一口气，头一歪，他愣住了：紧挨着的一把新插上的太阳伞下，那一对男女也一样愣住了。

在中秋翌日的中午，瑞兴和方玫竟与承澜和SANDY相遇在长洲的海滩上。

尴尴尬尬地打了招呼，四个人便各自闭目养神，也不说话。

二十二

（王承澜的内心独白）

怎么这样倒霉？我十年都不来长洲一次，一来就碰上了瑞兴，而且是在这种情况下。要是只有一个他，或者是他跟美若在一起，那还好办，最多便是让他认为我与SANDY相好便是。现在死啦，偏偏教我撞见他跟方玫在一起！不知道他会不会不好意思？他见过那么多世面，大概也不会太当一回事吧！何况他以前也隐隐约约向我透露过。我相信那也并不是因为他对我无话不谈，而是基于一种男人的无聊虚荣心。我也不知道他是否投入了真情，但依我的想法，假如他深爱方玫，那他一定会珍藏内心深处，而不会宣之于口。这是一种尊重。但他也许与我对事情的看法不同，也不一定。我也不必以自己为准绳去量度他的用心。

他大概也不会担心我会向美若告密吧。我是怎么样的一个人，他即使不摸得一清二楚，也当会八九不离十。也许我也是自私自利之辈，但却不会对老朋友做出损人不利己的勾当。

假如损他而利我，可能我会动摇。

但结果如何，我现在不能肯定，只好不做预测了。我想，诸如此类事情，有太多意外的因素可以临时介入，到那时我才决定我到底会如何动作。

人生有太多不可思议的事情，特别是男女间的感情，许多时候真不能以常理推断。瑞兴会与方玫走到一起，真是太令人惊奇的事，他们到底有什么相通之处？或者说是相互吸引之处？

我不知道。

依我看，方玫已经年华老去，说得不好听，更年期都快到了吧？瑞兴怎么会给她迷住呢？

真不明白。

按瑞兴现在的身份，要度假照理也不会到长洲。到长洲的，不是一群群的年轻人，便是像我这样没有多少钱的中年人。莫非他也认为最危险的地方最不危险？

啊呀糟糕！SANDY是他的女秘书，这回冤家路窄给撞上了，对她很不利。SANDY没有明讲，但在言语之间，总让我感到，她对瑞兴余情未了。我也弄不清楚我对她怀着什么样的一种心思，今天休息，在街上碰到她，看她凄惨孤独寂寞的面容，不禁涌起一股怜悯之情。她可怜巴巴地说："陪我走一走吧？"我想都不想，一口便答应了。

不要说是长洲，便是澳门，也就是一句话。

在别人看来，一男一女跑到长洲海滩去吹海风，肯定是情侣。我却不这么想。我对SANDY有好感，那是真的，但并没有什么别的意图。我也不会像某些人嘴上那样自我洗脱："她呀？在我的眼中就好像同性朋友一样。"此地无银三百两！而且表现出对别人的不尊重。既然够胆一齐出来，不论有什么样的议论，自己也要承担下来，怎能闪闪烁烁？

就怕她不方便。

瑞兴又不问我，假如他问我，我还可以向他解释。我总不能无端端主动对他说："我跟SANDY没有什么。"

管他呢。他爱怎么想便怎么想，我也没法制止。

但求问心无愧。

咦，就算是我跟SANDY相好了，又有什么“愧”对他了？他又不是她的什么人，只不过是老板而已，老板也没有权力干涉手下工作以外的事情。

除非他吃醋啦！

应该不会吧。他对SANDY一向若即若离，假如他有意，恐怕SANDY也不会这般失落。

不过，谁知道？男人的心很野，我也很野。也许他本来无动于衷，这回看到SANDY和我在一起，忽然激发他的占有欲，也未可知……

(陈瑞兴触景生情)

世界据说变得越来越小，更不用说香港了！人生何处不相逢？相逢有如在梦中。跟承澜多久没见了，没想到今天会在这里碰上，而且避也避不开！

假如可以避开，就算我不避他，他也会避我。我相信他不会说出去。他是那种怕别人尴尬的人。如今四眼相对钉在这里，还要走避，那就更显得怪异，我明白。

昨天方玫缠着我说：“跟我过一次中秋，你都不干？就这么一次……”

看着她眼泪闪烁的模样，我心软了。随便找个借口，对美若说要去台湾谈生意，人便往这边溜。中秋夜待在长洲的酒店里，站在阳台相拥着，那月亮在乌云中穿行，忽隐忽现，我忽然珍惜此刻无人打扰的良辰美景。

在明月清风下浅谈低酌，真不知今夕何年。

方玫似乎并不满足于这光景，享完一夜的二人世界，今天中午醒了过来，便嚷着要游泳。真不应该跟着她颠，明知海滩人多，这不，就碰上承澜他们，真邪门！怪只怪心里老以为没有那么巧，谁料到无巧不成书!

方玫不在眼前时，我可以口沫横飞地向他说起我们的韵事。无非是真真假假，吹吹牛牛有什么要紧？不然的话，这贫乏的日子应该怎么过？忽然大家面对面碰到一起，我口将言而嗫嗫嚅嚅。

这才知道，真真假假的即兴创作，与完全不可矫饰的纪实，还真是完全不同。

上天把我们四个人安排在同一地方同一时间，简直是在开玩笑。

那次美若有意无意地问我："你在外面，一定很风流吧?"

我望了她一眼，避免正面回答："人不风流枉少年。"

她的脸色都变了："那就是有啦!"

我吓了一跳，连忙说："没有没有，我说的是少年，我可已经是人到中年了。"

"你讲话怎么吞吞吐吐的，前言不对后语!"

"跟你开玩笑，你就这么认真?"我跟她兜圈子，脑子却在飞速寻找对策，"你要不信我，你问问承澜啦，他最清楚。"

"算了吧，这几年，你也很少跟他泡的啦，他知道什么?"她白了我一眼，"何况他是你的哥儿们，怎么都会帮你说话，问你问他，都是多余。"

"你不信我，又不信他，什么人才信?"

"私家侦探啦。"她说，"给他钱他为我办事，他能不卖命？我还是相信钱的威力。"

"发神经!"我不由得提高声调，"你钱太多了，无端端乱花钱去做毫无意义的事情!"

"看看怎样再说啦!"她歪歪嘴笑了一笑，我却觉得她一点欢容也没有。我一副不理睬的模样，不再接话，抓起茶几上的一份《星岛晚报》胡乱翻看，却一个字都没有入脑。私家侦探？要是她真的去找私家侦探，那可糟了!

不过再细细一想，又觉得以她的性格，虽然有时会嚷嚷，但也还不至于这么大动干戈。假如她真的要这么做，大概也不会向我预告了。

我这样自我安慰，饶是经历过不少的风风雨雨，这时也不免有些微的不安。假设在这附近，有一个受雇的“侦探”正用长镜头相机不断照相的话，如何是好？

我忍不住抬起眼皮，方玫仍在闭目养神，连承澜与SANDY也好像睡过去了的模样。我四处张望，那么多的人，我哪里判断得了有没有“福尔摩斯”？

不需要太多，只要有一两张搂着方玫的相片就够了。美若“啪”的一声把它们扔在我面前，声音也变了：“你好哇你！人家花前月下，你却在光天化日之下也情意绵绵？”

好在是幻象。美若不在眼前，但这情景，谁能担保不会发生？

悬疑。

悬疑得好像《本能》一样。什么是本能？性的本能？杀人的本能？还是什么本能？

那天几个人吃饭，谈起近期城中的热门电影，有人用轻佻的语气问看过这部电影的小姐：“你看过吧？你觉得怎样啊，这个三级片？”

那位年轻的小姐望了他一眼，淡淡一笑：“也没什么，感到害怕的应该是你们这些男人吧。”

明知甚至有生命危险，那警探也还是不能自已地爱上了疑犯，用生命做赌注而疯狂地与她做爱，这到底应该如何解释？

为了一夜狂欢，是否什么也不在乎？

牡丹花下死，做鬼也风流？

不明白。

换了是我，才不要赌命呢。

命只有一条，赔出去了再也无法收回来。

我只能在安全的情况下越轨。要说我自私也好，无情也好，我的极限就摆在这儿。

和方玫？不知道。是不是当局者迷？

但我知道，她不会威胁到我的生命，我不必那样提防她。但她会不会动摇我与美若的婚姻，我也说不清。假如美若真的动用私家侦探，这家庭便从此多事了。但要我决然放弃方玫，我也狠不下这个心。

我想要两全其美，但看来很难。就算美若睁一只眼闭一只眼，方玫能够永远安于这状况吗？

（SANDY心乱如麻）

真没想到在这样的情况下碰到老板。明知他终究只是我生命中的一个幻影，我却无法完全忘情。

那些女友都说我发傻，我也知道我蠢，但一点办法也没有。她们一个个都精过鬼似的，滑得像泥鳅，怪不得个个都数落我：“你简直就是不食人间烟火！现在还有谁会像你这样苦苦地等？”我知道，一见势头不对，不管男的女的，全都赶紧转向：哪有撞墙不知回头的？

也不能说他欺骗我的感情，自始至终，他都没有对我动过心，我知道。当我说他是“好人”的时候，她们全都嗤之以鼻：“你呀，你已经不可救药了！”

可是我相信我的感觉。很多人都有一种偏激的心理，只要与自己不大对头，便一律可以打成“坏人”；其实什么是好人？什么是坏人？许多时候也很难明确界定。

任何人都有软弱的时候。当他软弱，也向我倾诉过心事。但那并不表明他有什么企图，只不过他信得过我，随手一抓我便成了他倾诉的对象。

其实我常常提醒自己。世人常以淫邪的眼光来看待老板与女秘书之间的关系，我可千万不要成为别人嘴上议论的东西呀！我要告诉他们，并不是老板的金钱就绝对可以买通所有女秘书的心。

想的是一回事，事实又是另外一回事。

我并不是为了他的钱，但人家却活生生地要把我套进他们心目中女秘书的故事里面去的主角。

唯有沉默不语，笑骂由人。

像这一类事情，越描越黑，越辩越说不清楚，最好的办法就是不予理睬。如果你沉不住气，你就会陷进“群起而攻之”的悲惨境地；不管是什么派，好像都争着要分享口诛笔伐的过瘾之处。

只要不说话，他们重复了又再重复，说了一阵，最后自然也会觉得没趣：没有了新闻价值，大概也就应该住口了吧。

我倒不大害怕人家怎么说，倒是看到他就这样公然拖着方小姐的手，大大刺伤了我的心。

也许他也不是蓄意教我难受吧。只不过命运这样安排，他想要抽身也来不及。

只能说，命中该遭此劫。

他甚至也没有正面跟我打招呼，视线一直盯着王先生，只是最后才迅速掠过我的脸，便游开了。

会不会是他看到我与王先生在一起，便疑心我们相好？假如是这样，那倒是好事，证明他对我不是完全不在乎。

莫非他也吃醋？

得了吧，到这个时候，还在胡思乱想。他身边有方小姐，他怎么会把我放在心上？不要自作多情了！

可是我想不通我又有什么地方不如她？

论年纪，我比她青春得多。

论长相，我也比她好看吧？

难道只是我自己自我感觉良好？不过这可不是我自己说的，许多人都这么说。

也许他们只是同情我，才说我的好话？

我也给搞糊涂了。

不过，女人不一定要年轻，也不一定要漂亮，有时出色的男人便爱上了她，有什么办法？

例子？多得很哩。

或许是缘分吧。

我再怎么样，假如缺了一点缘分，又怎么能够抓住他的心？

她们说，男人喜欢的女人，要出得厅堂，入得厨房，上得卧床；也许方小姐便是如此。她的魅力，我可能缺乏认识，但他却一定不会。

他既然爱上她，必有他的理由。

我不能这样再自我折磨下去。我是否也该辞职了？天天面对着他，始终不是一件好事。离开了，换个新的环境，也许慢慢就可以淡忘。

听说时间是治疗心灵创伤的最好药方。

若是他对我有情，那倒也罢了；既然他无意，我必须逃情。

况且就这么毫无转圜余地地碰上了，以后应该如何日日面对？

我不在乎，因为我跟王先生根本没发生过什么事情。但他信吗？不过，信也好不信也好，也已经没有什么分别了。

这封辞职信，应该怎么措词呢？

真头痛……

（方玫半醒半睡中）

真是个惊奇的结局！

本来以为游游海泳，吹吹海风，可以轻轻松松把这两天假期打发掉，哪里想到会发生这般戏剧性的场面。

没有碰到认识的人的时候，即使海滩上人山人海，那又与我何干？我们想做什么都可以。但碰到了他们俩，我们就要规规矩矩了，连半躺在这沙滩椅上，也保持些距离，就算是他们心知肚明，表面的功夫，我们还是得去做一做。

也许这是虚伪？我也不想这样，只是这世界上真情流露的人太少，谁不戴上假面具做人？只是程度有所不同而已。有时为了保护自己，虚伪一下也无妨。只要不拿来害人，我对虚伪也绝非深恶痛绝。

人是需要一些适应生存的手法，而某些虚伪，正可使自己不陷于被动甚至被猎获的危险。

想想也不是为了我自己，跟他们我只不过是点头之交，他们爱怎么想便怎么想吧，于我并没有大碍，顶多把我说成是“瑞兴的女人”。但瑞兴可不同了，他跟他们很熟，熟了就危险，他怎能不想到他自家的“后院”？

我方玫是有热情如火的时刻，一旦冷静下来就会对周遭的形势做客观的分析，我不会被热情吞噬掉应有的理智。瑞兴他再爱我，看来也不会情愿抛弃一切既得的名位与财富，与我浪迹天涯。

他已经是一艘落帆的船，只希望在避风港里静静地停泊，偶尔有微微波浪来抚摸当然很好，但一切都以风平浪静为最高原则。

也许他已经累了？

我却是仍在展翅的鸟儿，许多航程尚待飞越。我的翅膀开始老化，不飞就要掉下来，我必须奋力支撑，虽然辛苦，却是唯一的选择。

生命的意义在于运动。

我这半生真够轰轰烈烈的了，一呼百应的滋味也尝过，可是回首一看，什么都变成一场虚幻。最使我高兴的是，我毕竟做了一回真正的女人。原来做女人也有做女人的满足，那万种柔情是一种专利，以前我不懂得发挥，不表示我并不拥有，一旦时机成熟，不用怎么调教，不也一样可以散发魅力颠倒众生？

要在女性柔媚淋漓尽致的时候抽身而去，我当然不舍得，尤其对着心爱的男人。可是我明白花无百日红，所谓永恒，只是人的主观意念，事实上哪有这回事？

做什么事情都要抢先机，争主动。我才不要成为任人颐指气使的弱女子哩。

以前听说过一个故事，老板准备解雇一个伙计，不料风声外泄，那伙计抢先一步，在老板正式通知之前，赶着交了辞职信，并且喝道：“记住，是我炒你，不是你炒我！”

当时听罢，很觉得可笑。这伙计岂不是白白少了一个月的补薪吗？这样吃亏的事情他都干？不可思议。也许那还是老板故意放出的消息，叫他中计呢？现在想来，才明白以一个月的薪水来争回一口气，绝对聪明。你有钱，我有气，连钱都不在乎了，你又能拿我怎么样！

人的弱点之一，便是常常不能做到见好就收，好了还要更好，岂知那是没有穷尽的欲望，到了栽跟头的时候，才明白自己终是凡人，不论如何左冲右突，也没办法超越那个极限。

我也不是一开始就明白这个道理，那时给人前呼后拥，自以为是天生的学生领袖，根本不知天有多高地有多厚。后来失意了，曾经拥有过的威风烟消云散，我才明白自己抓到的，只不过是假象。

可能曾经有过从高峰滑落的教训，所以我对眼前的一切格外珍惜，但也不会幻想着那是永恒不变的财富，我只是尽力而为，不会期望过高。要是有一天给打回原形，我才不会受不了。

当然我会步步小心，爬上来了自然不想滑下去。没有思想准备，那终究是残酷的事情。倘若没有过，那倒也罢了，拥有过却又失去，那就太过痛苦。因为反差太大。尝到甜了再吃苦，不如从未吃过甜的。

我不能只成为瑞兴的影子，不论从哪个角度来讲，只有自己自强，才能立于不败之地。就算是瑞兴现在关照我，若我只能依赖他而存在，万一有一天他对我兴趣减低，我岂非顿失靠山？

最要紧的还是靠自己。

好像利智。我应该封她做我的偶像。

我不知道她怎么会拿出一千万美元来投资大陆的地产，但她有勇气在名成利就的时候淡出娱乐圈，却叫我对她刮目相看。那些男人以前大概只把眼睛盯在她的身材上，从今以后，恐怕在色迷迷之外，也要打起十二分精神与她周旋。这就是女强人的威力。

我未必能够做到像她那样，她有她的优势，但我可以向她看齐。

她从上海来香港，不过十来年吧？如今已经可以衣锦还乡。我没有她在影视界的名声，我没有她有钱，我没有她年轻，我也没有她漂亮；我拿什么跟她比？但人总应该有个盼头，不然的话永远也就别想出头。

只要自己努力过，成败还在其次。

是谁说的了：天空没有留下翅膀的痕迹，但我已经飞过。

精彩。

是不是也可以套在我与瑞兴的关系上。

也许应该这么说：姻缘路上没有留下足迹，但我确然爱过。

或者还可以再补充：也确然被爱过。

不管将来的世界怎么变，但爱与被爱，都是最幸福的一种感觉。

也不必太过浓烈，只要温馨，就很美好。

即使相隔在天边，也未必就找不到沟通的热点。

心灵的共鸣永远要比肉体的吸引更加深沉。

但不论如何，人总是人，特别是女人，脆弱的时候，有谁能够帮助我？本来我以为我在情场上可以进退自如，哪里料到到头来还是把持不住，连我都暗暗生自己的气：怎么好像老是长不大？

即使跟瑞兴缠缠绵绵的时候，每逢周末或节日，他总是说："没空。"什么没空，还不是回家陪老婆孩子去？我算得什么？但也只好忍了。直到实在忍不住，不免就对他发作："反正我也不是你的什么人，最多不过是出租女郎罢了。"他一愣，吃吃地说："你知道我对你怎么样……"

再说下去，没有什么意思，也不会有什么结果，我只好沉默是金。

大概他以为我接受现实。

那晚温存完毕，我把被子拉到齐脖子处，望天花板，轻轻说了一句：我决定移民。

他似乎颤了一下，沉默了一会儿，才问："为什么？"

"不为什么，"我说，"我总不能这样守着你，一生一世。何况

‘九七’快到，我现在也有点钱，可以移民，干吗不走？”

“不需要那么急吧？”

“只争朝夕。”我强笑，“既然要走，迟走不如早走。”

一走了之，眼不见为净。

反正天地这么宽阔。

我方玫再也不复是刚来香港闯天下的方玫。

命中注定我是指挥别人的女强人，到了今天我已坐拥财富，又怎能忍受别人说我是瑞兴的“二奶”？

其实不是没有跟他摊过牌：“只要你跟你老婆离婚，我就随你！”

但他不吭声。

我叹了一口气：“大概我们是有缘没分了！”

舍不得是一回事，现实是另一回事。

只要手中有钱，天涯何处无芳草？

我不知道他会怎么想，但我不愿意过多解释。知我罪我，我亦无言。也许他会如释重负，也许他会锲而不舍，也许已经没有也许……

也许。

二十三

太阳渐渐西移，伞下的阴影也跟着移动。猛烈的阳光晒在人人的手臂上，使得他们不得不蠕动了一下，一个个睁开原来假闭的眼睛。

对望下露出一丝尴尬的笑容，承澜忽然一跃而起，将沙滩椅拖进新的阴影中。回头笑道："机动灵活一点，没理由它动我们不动。"

瑞兴连忙附和，也跟着跳起来。

方玫双手互抱，站在伞下，遥望远处。

远处的海湾，人们在戏水。一阵风吹过，大潮涌起，形成一浪又一浪，袭向岸边，泳客在那海浪中身不由己地起伏。

"人真是太渺小了！"方玫吐了一口气。

"人定胜天。"瑞兴说。

"是吗？"方玫瞥了他一眼："我倒不觉得。以前我信，现在我不信。要是人定胜天的话，那次香港下暴雨，就不会死那么多人啦！"

"喂，不如把你们的太阳伞也靠过来啦！"瑞兴望着承澜，说。

"我无所谓。"承澜耸耸肩膀，"SANDY你说呢？好不好呀？"

SANDY淡淡地说："都可以。"

等到靠在一起，她便率先躺回沙滩椅上，再次闭上眼睛，一副天大的事她也不理的样子。

方玫对着瑞兴做了个鬼脸，瑞兴假装看不见，转过头去问承澜："你怎么这么久都不找我？"

承澜笑着不说话。

"美若也问起你。"瑞兴又说。

承澜看到方玫迅速地瞥了陈瑞兴一眼，而且脸色变了。他心里暗叫糟糕：这个瑞兴，怎么这般不懂得世故？

但瑞兴似乎并没有察觉，"什么时候也把芝兰叫上，一齐出海玩玩啊？"

承澜一味说："好好好。"一面寻思应该如何转换话题，引开方玫的注意力；但一时又不知道应该说什么好。

这时，一阵隆隆声由远而近传来，承澜抬头一望，原来是一架直升机越过山头，从海湾上空飞过。

"怎么越飞越低？"承澜很高兴终于有了新的话题。

那直升机在海滩那一边的上空停住，机顶上的螺旋桨旋成一个圈，低吼着。

"就在半空待着吧，别他妈下来了！"瑞兴直嚷嚷。

SANDY也睁开了眼睛，懒懒地问："什么人那么威风呀，乘直升机？港督？"

"港督无端端飞来长洲干吗？"承澜应了她一句。

"谁坐的都好，总是要落地的。"方玫说，"哪能老在半空中？飞得再高再远，还不是要回到陆地上？"

"有见地！"瑞兴夸张地竖起右手大拇指，"我怎么就没想到这一点？"

"你没想到的多着呢！"方玫哼了一声。

"比如呢？"瑞兴笑嘻嘻。

"比如那架直升机现在就降落了。"方玫回答。

承澜闻言望了过去，它果然在缓缓地垂直降落，螺旋桨刮起的风看来很大，甚至把它附近的海面都掀起一片片水波。直升机着陆后，爬下几个穿白色制服的男人，抬起担架就往一个方向跑，他立即明白是怎么一回事："赶着抢救危险的病人！"

很快，直升机又拔地而起，升到一定的高度，便以一个弧线飞越山水之间，消逝在港岛那一头。

"去玛丽医院，五分钟就到了。"瑞兴喃喃说。

"你又知？好像你自己坐过似的！"方玫嗲声嗲气地气他。

在承澜听起来，好像是在打情骂俏。

"没坐过，但可以猜一猜呀！"瑞兴依然在笑，"要不，病人怎么救？"

净他妈耍花腔！承澜想道，忽然有些腻味，但嘴上却不好说，也只有赔着笑，逮住个天气，随口问："都中秋了，这天气怎么还这么热？真的有点古怪。"

"秋老虎嘛。"方玫说，"热过这一阵，天气便会一天一天地凉下来。"

"你怕热，还是怕冷？"承澜问。

"也没什么一定。"

"加拿大现在怕也冷了吧？"瑞兴忽地插一句。

"再冷，大概也不会比北京的冬天冷吧？"方玫的反应十分之快。

"怎么？你移民？"承澜有些吃惊，"之前怎么没有听说过？"

"也是这两天才匆匆决定的。"她解释。

"为什么？"

"不为什么，香港待腻了，便想动一动。一动便动到那么远的地方去，"方玫有些泪光闪闪，"可能我命中注定要漂泊一辈子。"

承澜想问她：那么瑞兴呢？却一直开不了口。只觉得瑞兴的情绪有些烦躁，也不知道到底发生了什么事。

大家又都躺在各自的沙滩椅上闭目假寐。

海风温柔，轻轻地拂过来又拂过去，承澜在朦胧中听到方玫在低声地吟哦：

“你没有那么多的死灰能扑灭我的灵火，你没有那么深的遗忘能吞没我的爱情！”

呀，挺熟的。

承澜想了一想，记起来了，是雨果那老头子的两句诗。

她这是什么意思呢？自己要飞走了，却留下这么两句情诗。

承澜偷眼瞥了一下瑞兴，只见他双眼闭着，眉头紧皱，好像沉入远古的洪荒时代。

太阳继续西斜，阳光又越过太阳伞的防线，再次洒向他们的身上。天空是秋日的湛蓝，温度是夏日的猛烈。

但人人一动不动，似乎都在享受太阳浴。

附近一架大型卡式录音机，正大音量播出叶倩文唱的《潇洒走一回》，承澜悠悠想起，二十年前，在古都的一个夏夜，坐在宿舍那昏黄的灯光下，瑞兴拉起手风琴，他俩百无聊赖地低声合唱过那首《深深的海洋》。

1992年1月13日——1992年9月17日，稿完；

1995年12月26日下午2时，修订于香港。

校改于2013年4月24日，香港鲗鱼涌。

后 记

那是在上世纪九十年代中的事情了，应《星岛晚报》副刊主编李洛霞之邀，撰写连载小说《一样的天空》。当时还没有计算机打字这一说，至今我依然记得每天早晚伏案用圆珠笔写作的情景；如今回头再看那一笔一划手写的原稿纸，除了惊叹科技一日千里的发展之外，也有恍若隔世之感。这一晃，近二十年的时光便悄悄流逝，惊回首，竟让人惊异岁月的无声远去，但一样的天空下，依然演变着不一样的人生。那时九七就在眼前，如今香港已经回归，但许多故事人心依旧常新，回顾从前，温故知新，也并非没有意义的吧？

那时候，报业副刊蓬勃，小说连载版盛行，下午茶时分，有好几次路过上环的街头巷尾，见到上了年纪的老人家，坐在矮凳上看一份报纸的连载小说，随着八卦杂志风行电子传媒发达，这种现象现在当然已经绝迹，但却确实曾经存在过。那时我便在报纸上取得一席之地，催生了这个长篇。当时，小说连载是报纸副刊的例牌节目，但是变化是永恒，自上世纪九十年代中开始，香港传媒生态发生了巨大变化，读者口味也变样，有人认为以前是文人办报，现在转化成为商人办报，这种说法有多少真实成分，我不敢说。但就表象而言，确实令人沮丧。既然小说版纷纷阵亡，那小说也只好转移阵地，在文学杂志上另找出路，由于能够容纳的版面有限，中长篇从此之后便几乎没有栖身之地。小说既然出路狭窄，香港的中长篇便有难了；直接出版单行本吗？香港出版社商业利润当头，没有噱头的作品难得出版；看来唯有靠有心人去申请艺术发展局资助出版了，但能否审批通过，又是另一回事了！但即使出路艰难，喜欢文学的人锐减，我相信小说自有其不可替代的功能，文学读者依然还会天长地久。

我一度迷于阅读长篇小说，那时正是“文革”时期，我们几个逍遥派躲进小楼成一统，每天就在宿舍里啃十八、十九世纪的外国长篇名著，印象中有托尔斯泰《战争与和平》、《安娜·卡列尼娜》、《复活》，阿·托尔斯泰《艰苦的历程》、《彼得大帝》，莱蒙托夫《当代英雄》，肖洛霍夫《静静的顿河》，雨果《九三年》、《笑面人》、《悲惨世界》，福楼拜《包法利夫人》，莫泊桑《漂亮朋友》，司汤达《红与黑》，巴尔扎克《人间喜剧》，狄更斯《双城记》，杰克·伦敦《马丁·伊登》，斯坦培克《愤怒的葡萄》，马克·吐温《汤姆·索亚历险记》、《哈克贝利·芬历险记》等。当然并非认真读书，甚至也从不做笔记，虽然当时读的是文学系，但并不努力，只不过大把时间，无聊才读书，消遣借以消磨时光而已。但后来到香港投身工作，除了《齐瓦哥医生》之外，再也极少有阅读长篇的机会了，于是大学时期的阅读经验，又变成成长过程中难得的经历了。回想起来，那时竟有机会跑到内部书店，去琉璃厂“中国书店”书库淘当时已在社会上绝迹的文学书，我也有些惊奇；后来却发现那段无心插柳，确实受益匪浅。

《一样的天空》写出，竟会有反馈，也是出乎意料之外。在这本书里，我以诗人、散文家舒婷，文学评论家、中国现代文学馆常务副馆长吴义勤和美国华文作家、文学评论家陈瑞琳的评论以及香港诗人、小说家兼摄影家廖伟棠的访谈为序，铭感他们多年的情谊和支持。感谢李冰、何建明、刘方先生的大力协助，更感谢李亚梓小姐尽心尽力的责编，这才有本书的机缘。

当这篇后记写出之时，已是2012年年末，香港的天气阴晴冷热不定，冬至过后，今天气温下降，冬天终于来到了吧？严寒过后，百花齐放的春天就在眼前。我始终不能忘怀在电脑键盘上敲字的身影，即使那姿态翻了过去，却永远常新地定影在我的心底。

2012年12月24日，晴，气温9～15度，于香港新威园。

图书在版编目（CIP）数据

一样的天空/陶然著. －北京:作家出版社，2013.8
ISBN 978－7－5063－6947－3

Ⅰ.①一… Ⅱ.①陶 … Ⅲ.①长篇小说－中国－当代
Ⅳ.①I247.5

中国版本图书馆 CIP 数据核字（2013）第 139201 号

一样的天空

作　　者：陶　然
责任编辑：李亚梓
装帧设计：张晓光
出版发行：作家出版社
社　　址：北京农展馆南里 10 号　　**邮编：**100125
电话传真：86－10－65930756（出版发行部）
86－10－65004079（总编室）
86－10－65015116（邮购部）
E－mail：zuojia@ zuojia. net. cn
http://www. haozuojia. com（作家在线）
印　　刷：三河市紫恒印装有限公司
成品尺寸：152×230
字　　数：240 千
印　　张：18
版　　次：2013 年 8 月第 1 版
印　　次：2013 年 8 月第 1 次印刷
ISBN　978－7－5063－6947－3
定　　价：28.00 元
